Medeias latinas
Medeae Romae
EDIÇÃO BILÍNGUE

Organização e tradução
Márcio Meirelles Gouvêa Júnior

MEDEIAS

latinas
Medeae Romae

EDIÇÃO BILÍNGUE

1ª reimpressão

autêntica C|L|Á|S|S|I|C|A

Copyright © 2014 Márcio Meirelles Gouvêa Júnior
Copyright © 2014 Autêntica Editora

Todos os direitos reservados pela Autêntica Editora. Nenhuma parte desta publicação poderá ser reproduzida, seja por meios mecânicos, eletrônicos, seja via cópia xerográfica, sem a autorização prévia da Editora.

AUTORES
Ênio, Pacúvio, Lúcio Ácio, Varrão de Átax, Higino, Ovídio, Sêneca, Valério Flaco, Hosídio Gueta, Ausônio, Dracôncio

COORDENADOR DA COLEÇÃO CLÁSSICA, EDIÇÃO E PREPARAÇÃO
Oséias Silas Ferraz

ORGANIZAÇÃO, TRADUÇÃO E APRESENTAÇÃO
Márcio Meirelles Gouvêa Júnior

REVISÃO DA TRADUÇÃO
*Antonio Martinez de Rezende
Sandra Braga Bianchet*

REVISÃO
Lúcia Assumpção

CAPA
Diogo Droschi

PROJETO GRÁFICO E DIAGRAMAÇÃO
Conrado Esteves

**Dados Internacionais de Catalogação na Publicação (CIP)
(Câmara Brasileira do Livro, SP, Brasil)**

Medeias latinas: Medeae Romae / organização e tradução Márcio Meirelles Gouvêa Júnior. -- 1. ed.; 1. reimp. -- Belo Horizonte : Autêntica Editora, 2019. -- (Coleção clássica)

Edição bilíngue: português/latim.
Bibliografia.
ISBN 978-85-8217-384-8

1. Poesia latina I. Gouvêa Junior, Márcio Meirelles. II. Série.

13-14029   CDD-871

Índices para catálogo sistemático:
1.Poesia : Literatura latina   871

Belo Horizonte
Rua Carlos Turner, 420
Silveira . 31140-520
Belo Horizonte . MG
Tel.: (55 31) 3465 4500

www.grupoautentica.com.br

São Paulo
Av. Paulista, 2.073,
Conjunto Nacional, Horsa I
23º andar . Conj. 2310-2312
Cerqueira César . 01311-940
São Paulo . SP
Tel.: (55 11) 3034 4468

A Coleção Clássica

A Coleção Clássica tem como objetivo publicar textos de literatura – em prosa e verso – e ensaios que, pela qualidade da escrita, aliada à importância do conteúdo, tornaram-se referência para determinado tema ou época. Assim, o conhecimento desses textos é considerado essencial para a compreensão de um momento da história e, ao mesmo tempo, a leitura é garantia de prazer. O leitor fica em dúvida se lê (ou relê) o livro porque precisa ou se precisa porque ele é prazeroso. Ou seja, o texto tornou-se "clássico".

Vários textos "clássicos" são conhecidos como uma referência, mas o acesso a eles nem sempre é fácil, pois muitos estão com suas edições esgotadas ou são inéditos no Brasil. Alguns desses textos comporão esta coleção da Autêntica Editora: livros gregos e latinos, mas também textos escritos em português, castelhano, francês, alemão, inglês e outros idiomas.

As novas traduções da Coleção Clássica – assim como introduções, notas e comentários – são encomendadas a especialistas no autor ou no tema do livro. Algumas traduções antigas, de qualidade notável, serão reeditadas, com aparato crítico atual. No caso de traduções em verso, a maior parte dos textos será publicada em versão bilíngue, o original espelhado com a tradução.

Não se trata de edições "acadêmicas", embora vários de nossos colaboradores sejam professores universitários. Os livros são destinados aos leitores atentos – aqueles que sabem que a fruição de um texto demanda prazeroso esforço –, que desejam ou precisam de um texto clássico em edição acessível, bem cuidada, confiável.

Nosso propósito é publicar livros dedicados ao "desocupado leitor". Não aquele que nada faz (esse nada realiza), mas ao que, em meio a mil projetos de vida, sente a necessidade de buscar o ócio produtivo ou a produção ociosa que é a leitura, o diálogo infinito.

Oséias Silas Ferraz
[coordenador da coleção]

9	Apresentação – As Medeias latinas
40	Medeia Desterrada, de Ênio
44	Medo, de Pacúvio
48	Medeia ou Argonautas, de Lúcio Ácio
52	Argonautas, de Varrão de Átax
54	Fábulas, de Higino
82	Heroides XII, de Ovídio
94	Metamorfoses 7.1-424, de Ovídio
118	Tristes 3.9, de Ovídio
122	Medeia, de Ovídio
124	Medeia, de Sêneca
194	Os Argonautas, de Valério Flaco
236	Medeia, de Hosídio Gueta
272	Epigramas, de Ausônio
274	Medeia, de Dracôncio
309	Bibliografia
311	Sobre o tradutor

As Medeias latinas

1. *Quis enim Medea Romae fuit?*
Quem enfim foi Medeia em Roma?

Momentos antes de sua aparição nos palcos de Roma, quando Ênio levou a narrativa da princesa da Cólquida pela primeira vez à encenação nos teatros latinos, Medeia foi anunciada na fala da ama. Esta dizia querer que não houvessem ocorrido os eventos argonáuticos – desde o corte das madeiras do monte Pélio, com que fora construída a nau Argo, até a conquista do velo de ouro –, para que sua errante senhora – *errans era ... mea* –, ferida – *saucia* –, no ânimo adoecido – *animo aegro* – por um amor cruel – *amore saeuo* -, nunca tivesse arredado o pé de casa.[1] Tais foram as primeiras características de Medeia transmitidas a uma plateia para a qual o aparato teatral e o perfil da personagem eram, ao menos para a maioria da população romana do final do século III a.C., de recente conhecimento. Conjugaram-se naquela descrição, os primeiros atributos que acompanhariam a trajetória literária de Medeia: ela era, pois, *errans* e *saucia*.

Quanto à primeira dessas características – *errans* –, o particípio presente do verbo *erro* traduz-se por "aquela que vagueia", "que erra sem parar e sem rumo definido". Essa acepção de movimento contínuo também ecoa nos demais fragmentos enianos da tragédia, como na descrição da inquietude da protagonista que, sem lugar para fugir após o decreto de exílio, indagou-se para onde se voltaria e que rumo daria a seu andar?[2] Era a impressão de um vagar sem fim, na acepção que também se guardou no título da obra – *Medea Exul*. Afinal, *exul*, ou *exsul*, deriva etimologicamente do sentido do "desterro" ou do "afastamento do solo e da pátria", a partir da locução *ex solo*.[3]

Medeia, nessas primeiras adjetivações latinas, foi revelada como a mulher que, expatriada, perambulava sem pouso, destino ou refúgio. Aliás, sua característica da errância foi preservada na tradição da narrativa, ainda que alterada nas sucessivas reconstruções. Também o escritor augustano Higino, na *Fabula XXVI*, no episódio ateniense da saga, decerto em referência à versão eniana da tragédia, chamou Medeia de *exul*; e, do mesmo modo, na *Fabula XXV*, ao se referir aos eventos do episódio coríntio, adicionou-lhe novo elemento ao completar a abrangência da acepção de *exul*, quando a disse estrangeira, ou *aduena*. Era o refinamento da tipificação da exilada que, estando em terra alheia, recebia o tratamento guardado aos forasteiros. Afinal, o substantivo *aduena* liga-se ao verbo *uenio*[4] que, modulado pela preposição *ad*, indica a direção do movimento de aproximação. Medeia, assim, era "a estrangeira que chegava", "que vinha". E foi esse o sentido nuclear de sua caracterização que se preservou até o ocaso da produção literária latina, como ainda se vê na obra de Dracôncio, que, tantos séculos depois do contexto republicano, referiu-se a ela como *aduena*, na maldição que Diana pronunciou em desfavor de sua infortunada sacerdotisa, quando lhe votou ser para sempre uma estrangeira.[5]

Eis a primeira característica que acompanhou Medeia desde sua aparição nos palcos latinos: a errância da estrangeira. No entanto, ainda em época bastante próxima à de Ênio, lembre-se a referência a Medeia feita por Plauto, no *Pseudolus*. Embora sem lhe conferir a condição de protagonista, o comediógrafo apresentou-a como capaz de realizar feitiços de rejuvenescimento tão poderosos que se tornaram modelo para o cozinheiro que garantia a salubridade de suas refeições.[6] Era a condição de feiticeira de Medeia que, do mesmo modo que sua origem estrangeira, jamais seria afastada de sua personalidade, como característica de parte das magas latinas, pertencentes ao grupo das misteriosas e poderosas princesas estrangeiras plasmadas sob o padrão literário da homérica Circe. Nesse sentido, haja vista a beleza de Medeia referenciada por Pacúvio, no fragmento

12 do *Medus*, quando o poeta a chamou de *mulier egregissima forma*; haja vista também a referência de Lúcio Ácio, restante no fragmento 12 de sua *Medea siue Argonautae*, no passo em que Jasão dirigiu-se a ela chamando-a de deusa – no mesmo sentido que seria utilizado por Valério Flaco, na descrição do primeiro encontro entre a colca e o grego, quando o herói a comparou, em formosura, a Diana.[7] No tocante à magia, considerando a presumível realidade do modelo euripidiano da obra de Ênio, embora sem que se tenha conservado a informação dos poderes sobrenaturais de Medeia nos fragmentos existentes da tragédia eniana, é de se supor que também na *Medea Exul* a personagem tenha sido praticante de encantamentos ou de invocação aos deuses noturnos e aos mortos, sem cuja ação, a narrativa não se concluiria com o assassinato de Gláucia e Creonte, nem com a fuga de Corinto. E foi a visão que, decerto, igualmente Varrão de Átax deverá ter privilegiado em sua épica – os *Argonautica* –, quanto mais se se puder considerar aquela obra como uma recriação latina do poema de Apolônio de Rodes, no qual Medeia foi representada na plenitude de seus poderes sobrenaturais. Isso se comprova facilmente no fragmento 9 da épica de Varrão – *de quem viu a cabeça cingida por uma serpente enroscada* –,[8] no passo em que, presumivelmente, o poeta descreveu a manifestação da deusa Hécate, invocada por Jasão e apresentada com seu recorrente adereço viperino. Afinal, a referência à deusa Hécate na intriga dos *Argonautica* obriga a que a narrativa remonte-se à dimensão dos deuses infernais. A mera menção à deusa da magia é capaz de inserir a personagem no âmbito de suas práticas. Por sua vez, já não mais no período republicano, mas naquela primeira geração de escritores que acompanharam o início do principado, foi a vez de Higino chamá-la de maga nas *Fabulae XXIV* e *XXV* – indiretamente, na descrição dos estratagemas da morte de Pélias e, de modo direto, sob a expressão *uenefica*, na notícia da opinião que se tinha dela em Corinto. Vê-se que, na tradição da narrativa, a condição de feiticeira de Medeia ia se robustecendo, decerto no relevo que a própria prática da magia ia também adquirindo em

Roma. Além de Higino, seja Virgílio ou Horácio, seja Tibulo ou Ovídio, seja Flaco, Hosídio Gueta ou Dracôncio, todos esses autores referiram-se aos atributos mágicos de Medeia, elevada ordinariamente a poder igualar-se às mais importantes bruxas da literatura latina. Em Virgílio, Medeia serviu de modelo para construção da desventurada rainha Dido que, no final da vida, auxiliada por uma feiticeira etíope, invocou a magia para elaborar a maldição que se consumaria na eclosão, séculos mais tarde, das Guerras Púnicas e nos sofrimentos levados ao Lácio por Aníbal. Já em Horácio, por meio da magia Medeia salvou Jasão dos touros cuspidores de fogo e envenenou os presentes que, enviados à princesa de Corinto, mataram-na com o pai.[9] No elegíaco Tibulo, ela foi retratada como o paradigma da feiticeira estrangeira que, assemelhada a Circe, era perita em filtros e poções amorosas.[10] Em Ovídio, seus poderes mágicos acham-se na *XII Heroides*, nas referências à ajuda a Jasão nas provas impostas por Eetes;[11] bem como nas *Metamorphoses*, na descrição do auxílio ao chefe dos argonautas para as mesmas provas de Eetes;[12] e no longo ritual de rejuvenescimento de Éson, preparatório para o engodo da morte de Pélias.[13] Medeia, nos primeiros anos do Império, ia se tornando, a cada nova releitura, mais poderosa e assustadora. Nos anos neronianos, quando a temática dos feitiços e descrições macabras ganhou especial atenção estética, foi a vez de Medeia de novo servir de assunto aos poetas, agora a Lucano e a Sêneca. Em Lucano, na *Farsália*, para descrever a morte de Vulteio, seus opositores foram comparados aos terrígenos guerreiros despertados pelos encantamentos de Medeia;[14] enquanto, na tragédia de Sêneca, foi longamente descrito o ritual de encantamento dos presentes nupciais.[15] Já nos *Argonautica* de Valério Flaco, sob a dinastia dos imperadores flávios, quando Medeia retornou ao tempo literário de sua juventude, ela permaneceu como a maga, sendo seus feitiços realizados, porém, para o bem de Jasão. No sétimo livro da épica, ela, com seus unguentos e poções, auxiliou o herói no cumprimento das provas impostas pelo rei; enquanto, no oitavo livro, foi o adormecimento da serpente guardiã do velo que se deveu a seus poderes, ainda que o poeta, em sua constante busca pela reabilitação da maga e de Jasão, tentasse exculpá-la de suas tradicionais faltas afirmando, por meio da fala da própria protagonista, que ela não desejava que nada daquilo ocorresse, ao perguntar retoricamente a Jasão no último verso restante da obra: *Crês que eu tenha merecido isso, que eu queira essas coisas?*[16] Era a manutenção dos poderes mágicos de Medeia que, aliados à sua condição de estrangeira, tornaram-se menos assustadores em razão da feição benéfica emprestada a ela pelo poeta. Depois do início da dissolução do poder imperial de Roma, os poderes mágicos de Medeia foram ainda outra vez relatados, embora potencializados pela já cristã intolerância contrária ao paganismo – e adversária da feitiçaria a este intimamente coligada. Por isso, em Dracôncio, seus poderes sobrenaturais foram descritos ao início do poema, revelando-a a importunar os deuses e a subverter a natureza, sob o aviso de que não convinha ao vate conhecer os encantamentos que sua língua murmurava.[17]

Ao se refinar cronologicamente a caracterização latina de Medeia, ia se consolidando a imagem da estrangeira desterrada, da maga, daquela espécie de belas feiticeiras errantes, exiladas, poderosas e misteriosas detentoras da habilidade de constranger os deuses à sua vontade e de cometer crimes e sacrilégios.

Ainda naquela primeira apresentação latina de Medeia, a causa de sua interminável errância parece evidente. Isso porque a *errans* Medeia, na descrição da ama, encontrava-se ferida na alma – *saucia animo*. *Saucius* é aquele ser atingido por um violento golpe. Eis também o lugar onde se encontrava a ferida de Medeia – em sua alma, na sede da razão. Porém, a ferida não lhe causou a morte ou o aniquilamento, fazendo-a, em compensação, *aegra,* ou doente e ensandecida.

A causa do turbulento estado valetudinário da alma de Medeia também foi fornecida pela ama eniana. A *aegritudo animi* teria sido provocada por um amor selvagem – *saeuo amore*. Eis a nova dimensão da personagem que afinal se afigurava na obra de Ênio e que se inseria na tradição helenística do tratamento dado ao amor e às consequências da paixão – fontes de dissabores funestos e infortúnios. Nesse sentido, a motivação da doença da alma foi corroborada pelo fragmento 3 da tragédia, na descrição feita talvez pela própria enferma acerca do agente causador de seu tormento: o desejo – *cupido*.[18] Afinal, *saeuus* foi um adjetivo apto a expressar tanto a fúria quanto a ferocidade – primeiro, dos animais e dos elementos da natureza, e depois, na esfera humana, ligando-se à desumanidade e à selvageria. Diante disso, Medeia foi construída como uma mulher que, ferida na alma pelo brutal sentimento do amor, tornou-se, após seus atos funestos, errante e expatriada. Aliás, a ferida em sua alma foi descrita de múltiplas maneiras pelos latinos. Em um dos dois únicos fragmentos restantes da tragédia de Ovídio, a afecção que consumia e inquietava sua alma foi caracterizada como uma forma de possessão divina.[19] Do mesmo modo, na *XII Heroides*, essa afecção clareia-se na expressão de que um deus motivava seu agir.[20] Foi nesse sentido que também Sêneca descreveu o estado de alma de sua personagem, quando, na tragédia *Medeia*, fê-la comparar-se às potências naturais, irrefreáveis e indomáveis.[21] Era a evidenciação do poder dos movimentos que se davam em seu sofrido e atordoado ânimo. Outra vez comparando-a às forças naturais foi que Sêneca a chamou de um mal pior do que o mar[22] –, em uma superação que ganha em profundidade na narrativa da saga argonáutica a que se liga Medeia, considerando todos os perigos enfrentados pelos primeiros nautas.

O ânimo da errante feiticeira Medeia, portanto, achava-se ferido, adoentado, atingido pela potência do *amor*. Consumia-o um *furor*, na dimensão anímica do termo que anunciava a loucura e a insânia motivadoras de seus crimes, na acepção utilizada por Júlio César, ao equiparar *furor* e *amentia*,[23] e por Sêneca, quando, no título de seu *Hercules Furens*, anunciou que o herói mataria, num delírio furioso, os próprios filhos.[24] Assim também Virgílio considerou o termo, ao afirmar que o amor selvagem levara Medeia, na condição de mãe, a conspurcar as mãos;[25] e o fez Dracôncio, ao afirmar que o mesmo amor defraudado fizera de uma mãe uma madrasta.[26]

Porém, essa ferida da alma da errante feiticeira causada pela mistura de furor e amor selvagem despertou nela as afecções que, em Horácio, haveriam de qualificá-la a partir de então. Na *ars poetica* da *Epistula ad Pisones*, Horácio pontificou que Medeia deveria ser feroz e invencível.[27] Aduz-se às características da errância, da magia e da ferida na alma causada pelo sevo amor, também e primeiro, o atributo da *ferocia*. Nesse caminho, *ferox* radica-se igualmente no campo semântico do rude estado de selvageria, em sua dimensão animalesca e indomável. Então, a *ferocia* de Medeia assume a condição de componente emocional da força motriz de seus atos e decisões, inevitáveis conducentes a um estado de regresso à brutalidade do mundo não civilizado. Além disso, o segundo atributo horaciano de Medeia – ser *inuicta* – reforça a caracterização de sua potência irrefreável e soberana que, como no passo já citado de Sêneca, a fez ser comparada, com superioridade sobre as forças naturais do mar, das terras, do fogo e dos raios.[28] Em todos os episódios da narrativa, apesar das perdas e perseguições, Medeia sempre conseguiu evadir-se vitoriosa.

Mas, diferentemente de Agave, a infeliz mãe de Penteu, e do *Hercules Furens* que, tomados pela da insânia, mataram os filhos, Medeia caracterizou-se também pela hesitação. Afinal, outro aspecto seu privilegiado em Roma foi o dilema estabelecido entre seus mais humanos sentimentos e as emoções selvagens, seja na importância pictórica do modelo de Timômaco, como referenciado por Ausônio nas *Epigramas* 129 e 130 – notadamente quando, chamando-a de *pessima colchis*, definiu-a como mãe hesitante – *cunctans mater* –, seja na produção literária, como é de se supor que tenha sido em Ênio, em Varrão de Átax, quando ela encontrou-se incerta entre trair o pai ou ajudar o amado, como se vê no fragmento 7, em Ovídio, quando o amor a conduziu ao sofrimento e aos crimes, como também em Sêneca, na descrição do momento em que ela decidiu a morte dos filhos,[29] seja ainda em Valério Flaco, quando suportou o dilema de fornecer ao grego os sortilégios que lhe permitiriam consagrar-se vencedor nas provas impostas por Eetes. Caracterizava-a, como contraparte do processo de hesitação, a plena consciência de seus atos, por mais ímpios ou criminosos que fossem.

Na latinidade, Medeia construiu-se como a bela princesa estrangeira que, desterrada, fez-se errante em terras estranhas; construiu-se também como a poderosa feiticeira e sacerdotisa de Hécate capaz de reverter o curso da natureza e de submeter os deuses à sua vontade; construiu-se, ainda, como a prestimosa amante que, desprezada e ferida na alma pela selvagem invencibilidade do amor, tornou-se insana e, consumida pelo furor, alcançou o cume das transgressões, fazendo-se, a cada novo crime, mais ímpia e mais nefasta à pátria, à família e aos deuses.

Medeia caracterizava a acepção romana da barbárie – não no sentido etimológico do termo, que se referia àqueles que não falavam o idioma nacional, mas no sentido de afastamento dos conceitos civilizatórios. Medeia tornava-se bárbara, como em Horácio,[30] como em Ovídio, na *Ars Amatoria*[31] ou na *XII Heroides*, quando ela mesma afirmou, ao recriminar Jasão pelas perfídias, que para os olhos dele ela se havia tornado bárbara, pobre e culpada.[32]

Medeia, enfim, em Roma, tornou-se o exemplo da barbárie, testado em suas mais diversas possibilidades literárias.

2. *Cui Medea Romae profuit?*
A quem Medeia serviu em Roma?

Três poemas de Marcial dão conta da popularidade alcançada pela narrativa de Medeia na produção literária latina no fim do século I d.C. Vê-se isso no quinto livro das *Epigrammata*, quando o poeta indagou a Basso por qual motivo escreveria uma nova *Medea* ou um *Thyestes*.[33] No décimo livro, as referências às obras relativas à colca encontram-se duas vezes – na enumeração das personagens mitológicas presentes nas principais intrigas teatrais[34] e na referência à obra de Sulpícia, com a informação de que ali não havia notícias de Medeia nem dos *monstra*.[35]

O enfado demonstrado por Marcial em relação ao tema parece indicar o grau de sua difusão. Como se tem visto, a narrativa de Medeia foi abordada por quase todos os autores latinos. Tanto que o rol dos escritores que dela trataram coincide, em sua maioria, com a própria lista de autores latinos. No entanto, na esperada transformação dos tempos, os enfoques recebidos por Medeia de cada autor foram, de algum modo, bastante diferentes, moldados, decerto, pelas necessidades da época, mas também pelas idiossincrasias dos artistas.

Em uma abreviada sequência cronológica dos autores que tiveram Medeia como protagonista de suas composições, a começar por Ênio, não se pode afastar a conclusão preliminar de que a abordagem feita por ele da herança mitológica grega aderia-se ao esforço romano de inserção no mundo helenístico, segundo a percepção de que o poeta, em razão de seu nascimento calabrês e de sua natural proximidade linguística com o mundo helênico, estava destinado a assumir a condição de mediador entre as antigas culturas e o nascente poderio romano, contribuindo para a formação de uma identidade nacional. O *semigraecus* Ênio transformou-se no primeiro arquiteto literário de uma nova cultura, construída, sob a ênfase em temas morais e de virtude, pela reunião dos valores helenísticos e romanos. Nesse sentido, dada a origem da protagonista e a natureza do gênero trágico como espelho social de Roma e de seus costumes,[36] a tragédia *Medea Exul* mostrou ser o *locus* apropriado para discussão e problematização do convívio latino com sua alteridade civilizacional, e serviu para reflexão sobre a marginalização do estrangeiro na comunidade da *Vrbs*, forçado ao isolamento cultural. Embora mantendo a intriga mitológica da narrativa, ao afastar do tratamento dado a Medeia a feição adversa inserida pela tradição grega, ao menos desde as inovações aportadas ao mito grego por Eurípides, buscando dizê-la útil à sociedade que a acolhera, Ênio assegurava sua própria inclusão no mundo romano, em um processo que literariamente ligava-se às inovações poéticas por ele importadas. Medeia, no tempo em que Roma ansiava por se tornar pertencente ao mundo feito comum pelas conquistas de Alexandre e começava a receber as levas de estrangeiros oriundos das conquistas expansionistas do Estado, serviu a Ênio como exemplo de uma possível avaliação favorável dos bárbaros e mesmo da barbárie que, em sua dimensão estrangeira, revelavam poder ser úteis à sociedade romana – que, em si mesma de algum modo ainda estrangeira no mundo helenístico, procurava sua própria inclusão.

Quando, na geração seguinte, Pacúvio retomou a narrativa de Medeia para descrever a continuação da saga, em seu contexto de aprofundamento das tendências filo-helenísticas, antes perseguidas por Ênio, ela recebeu um tratamento ainda mais benévolo do que o que lhe havia sido conferido na apresentação inaugural, transformando-se em modelo de perfeição e excelência moral. Estrangeiro que era Pacúvio em Roma, a reabilitação de Medeia por ele processada deu-se como a reconversão da personagem a uma pretensa bondade primitiva havida antes de seu encontro com Jasão, sendo a natureza selvagem da estrangeira de alguma maneira afastada. Medeia serviu a Pacúvio como proposta de aumento da inclusão em Roma do estrangeiro, purificada das ameaças representadas pela diversidade cultural. Além disso, sob o viés histórico, a tragédia *Medus* pode ter servido aos propósitos dos Cipiões na luta contra o rei selêucida Antíoco, tornando-se Medeia, simbolicamente, a garantidora do direito do Ocidente sobre o domínio do Oriente, do mesmo modo que Medo, filho de Medeia e Egeu, tornava-se o príncipe ocidental que dominaria o Leste. Medeia passou a representar as origens bárbaras do Estado – e, graças a isso, as incursões romanas em solo asiático poderiam justificar-se.

Esse tratamento benévolo concedido a Medeia prosseguiu na iniciativa de Lúcio Ácio, na tragédia *Medea siue Argonautae*. A barbárie, porém, reconsiderada em Ênio e alargada em Pacúvio para alcançar a dimensão da própria *Vrbs*, recebeu uma abordagem menos inclusiva por parte do último tragediógrafo republicano, talvez sob a motivação da nacionalidade romana do autor, que, na condição natural de cidadão, não precisava buscar sua inclusão na cidadania. A ênfase na lida com o estrangeiro foi substituída pela tentativa de compreensão do estatuto da barbárie, passando a considerá-la como um estágio de desenvolvimento civilizacional.[37] No retorno literário à juventude de Medeia, quando a trama épica de Apolônio de Rodes foi transposta por Ácio para os coturnos latinos, Medeia serviu-lhe como a representação de uma etapa de aprimoramento cultural que, em continuidade ao enfoque de Pacúvio, estava sendo cumprido por Roma. Essa interpretação ganha sentido ao se perceber o estágio da inserção romana no mundo helenístico nas últimas décadas da República, próximo ao período das dissensões civis e das reformas de Mário, quando as novas gerações da intelectualidade da *Vrbs*, já impregnadas dos valores herdados dos escombros da Grécia, buscavam estabelecer-se como novo modelo civilizacional, adequado ao poderio bélico já alcançado por Roma. Medeia, de natureza bárbara por nascimento, patrocinava literária ou simbolicamente a transformação de Roma em uma potência cultural, quando seu poderio bélico já estava consolidado.

Nesse sentido, também Varrão de Átax, adiantando-se para o período cesáreo, manteve a abordagem favorável a Medeia, com o enfoque similar àquele dado por Ácio e por César às formas da barbárie segundo o grau de aculturamento dos povos e de adesão ao conjunto de valores culturais sumariados no conceito ciceroniano de *humanitas*, como patrimônio cultural da sociedade e de cada um de seus participantes, e em seu aperfeiçoamento sintetizado posteriormente na definição de *romanitas*, considerada como o modelo de virtude romano. Lembre-se que Varrão era narbonense, proveniente da Gália Transalpina, também considerado, por conseguinte, como um estrangeiro em Roma; lembre-se ainda que sua opção pelo tratamento dado ao estrangeiro deveria ser pautada pela busca de inserção política, como, de regra, era a pretensão das populações coloniais que buscavam assento no Senado. A jovem Medeia, assim, repetia, no canto épico argonáutico republicano, a condição simbólica emprestada pelo ditador à pintura de Timômaco, quando foi levada ao templo da *Gens Iulia* como parte de seu projeto expansionista, a simbolizar a reunião dos povos conquistados na dimensão sagrada romana. Medeia, reconduzida à sua juventude auxiliadora dos civilizados ocidentais, serviu ao poeta como a representação literária da feição benfazeja da barbárie que, como a princesa colca, ansiava por deixar seu estado de selvageria para se acolher no mundo aculturado.

A morte de Júlio César, porém, levou à reversão desse tratamento benévolo até então concedido a Medeia e à barbárie. Diferentemente de seu antecessor, Otaviano, posteriormente na condição de *princeps* e de Augusto, buscou garantir a primazia de Roma e da Itália sobre os povos conquistados, em detrimento ao anterior ideal cesáreo de fundir, em um único Estado, os vencidos e os vencedores. A aliança entre Marco Antônio e Cleópatra passou a ser considerada por Otaviano como uma ameaça à integridade do Estado, de modo que a rainha do Egito foi guindada à condição de primeira inimiga de Roma, arregimentando em si os deméritos e os vícios contrários aos costumes antigos – os *mores maiorum*. A equiparação simbólica havida nos tempos de Júlio César entre Cleópatra e Medeia tornou-se prejudicial à princesa colca. Ela pôs-se a servir aos poetas como exemplo negativo do comportamento esperado do povo romano. Por isso, para representar de maneira poética o maior perigo à fundação de Roma, Virgílio retomou o modelo helenístico da Medeia de Apolônio de Rodes para edificar não uma heroína propriamente épica, mas para, sincretizando-a com a imagem negativa de Cleópatra, fazê-la sua trágica rainha de Cartago, cujos atos tiveram por consequência a maior provação a que se submeteu a República romana: o desafio das Guerras Púnicas. Medeia já não mais simbolizava a possibilidade do caráter auxiliador dos estrangeiros, mas os perigos existentes na relação com eles. Para tanto, aprofundaram-se sua feição de feiticeira e a crueldade de seus atos, notadamente com o aumento da intensidade literária e da quantidade das descrições do fratricídio e do filicídio – assim nas *Bucolicae* virgilianas; assim, com suas particularidades, em Horácio, em Propércio, em Tibulo, em Higino, em Fedro. Assim também em Ovídio.

Entretanto, no caso de Ovídio, a barbárie de Medeia recebeu um tratamento um pouco mais condescendente do que o de seus coetâneos, trazida que foi para as relações *intra limites Romae* e *inter personas*. Ela passou a representar não apenas a reflexão sobre o tratamento cívico romano dado aos estrangeiros, mas também possibilitou a reflexão literária sobre a desmedida e a imoderação e, como corolário disso, permitiu a análise da avaliação social das consequências da submissão pessoal ao desregramento das afecções. Isso porque, em Ovídio, a caracterização da barbárie de Medeia não se prendeu às acepções étnicas e geográficas normalmente vinculadas ao termo, mas preferiu adotar seu significado comportamental, relacionado aos excessos que deveriam, de acordo com os costumes, serem evitados. Na *XII Heroides*, quando Medeia foi representada em sua mais humana dimensão, ela serviu como suporte à reflexão dos exacerbados sentimentos do ciúme, da dor e da ira despertados pelo repúdio amoroso, como evidência do destempero emocional a que o amor frustrado pode conduzir. Era a descrição do afastamento da conduta esperada da *uirtuosa femina romana*. Medeia era a desventurada *amans* que refletia o extremo a que poderia levar a submissão à afecção amorosa, conducente, em última análise, à condição similar à da barbárie, considerada em sua esfera pessoal de distanciamento do comportamento esperado em Roma. Além disso, ela também serviu a Ovídio pela possibilidade de sua narrativa levar à discussão sobre a contraposição entre *Pudor* e *Pietas*, de um lado, e o invencível *Amor*, do outro. Sob o influxo dessa contraposição, nas *Metamorfoses*, encontra-se a descrição do processo de transformação dos sentimentos de Medeia, de maneira a acompanhar a mudança da ingênua, inofensiva e apaixonada moça na perigosa e vingativa assassina. Medeia evoluiu, a partir do estado de inocência paradisíaca havida na Cólquida em direção à maturidade coríntia e aos muitos fogos de sua vingança, na metamorfose da própria personagem. Além disso, se, nos *Amores*, Ovídio forneceu a chave de sua interpretação da barbárie, por ele considerada equiparada à loucura,[38] será, pois, a incapacidade reflexiva de Medeia – turbada pelo *Amor* – que pautará seus atos e suas impiedades. Assim, sua frustração amorosa teria sido a causadora de uma espécie de loucura, ou uma mania, de tal sorte que toda a violência de seus atos daí seria decorrente, diminuindo-lhe a culpa e a responsabilidade pelos atos. Sua Medeia, menos estrangeira e ainda mais ingenuamente apaixonada do que suas antecessoras literárias, e mais humana por ser abordada em contexto elegíaco, serviu a Ovídio como exemplo da amante que, em desmesura de sentimentos de ciúmes e de frustração amorosa, entregou-se funestamente à invencibilidade do *Amor*, quando foi despertada nela, sob o influxo amoroso do descaso e da traição, a dor produtora do delírio e da dimensão trágica inevitável à própria narrativa. Medeia tornou-se, em Ovídio, a vítima dos perjúrios do amante, feita, por isso, um exemplo do indesejado comportamento romano. Ademais, em uma nova possibilidade de serventia da personagem, ela ainda encarnou outro aspecto ainda atribuído à barbárie sob o exemplo da errância do degredado, *errans* que ela sempre foi. Nos *Tristia*, ao buscar a etimologia do nome da cidade de Tomos, Ovídio descreveu o local de seu próprio desterro – o lugar onde coincidentemente teriam começado, na informação do autor, as desventuras de Medeia, ali alvejada pela seta de Cupido. Remetendo à condição errante da personagem, o poeta exilado equiparou seus sofrimentos aos dela, na medida em que o exílio de Medeia evocava simbolicamente a misteriosa pena de ostracismo de que tanto se lamentou o poeta em suas derradeiras obras.

As condições políticas, porém, alteraram-se nos anos finais da dinastia júlio-cláudia. Incrementou-se coercitivamente a repressão palaciana, o que levou Roma a vivenciar um regime de forte insegurança individual sob o avassalador poderio de Nero. Terá sido nesse ambiente de incertezas que Medeia recebeu seu novo tratamento literário, agora sob o marcante viés filosófico de Sêneca. A personagem serviu ao filósofo como suporte para a reflexão das fronteiras da barbárie da alma, sob a concepção estoica da inexistência de diferenças ônticas entre os homens em função da origem. Diferentemente do modelo euripidiano, que contemplava a desonra e a traição como motores primeiros dos crimes da colca; diferentemente também do benéfico modelo republicano latino, favorável à inclusão dos estrangeiros no contexto político da *Vrbs*; ou do modelo augustano, hostil ao que não fosse representante da *romanitas*; e diferentemente ainda do paradigma amoroso de Ovídio, segundo o qual Medeia fora confinada à dimensão erótica de suas frustrações e o *infelix amor* tornou-se o centro de motivação reflexiva da narrativa; a *Medea* de Sêneca articulou-se sob um novo enfoque, estruturado por meio da figura onipresente da *dolor*. Entrava-se na dimensão do desmesurado sofrimento como o causador final da irracionalidade humana. Independentemente da função específica da produção teatral de Sêneca, seja para a educação do *princeps*, seja para deleite da audiência, seja para a correção de seu comportamento mediante o uso dos *exempla*, seja para veiculação ideológica, seja mesmo para a realização do exercício íntimo do autor em busca da compreensão dos enredos da alma e de sua cartografia, ou em busca da recriação e do desvendamento da subjetividade humana; independentemente também de terem sido, ou não, as suas tragédias levadas aos palcos ou apenas à declamação pública, a intriga da narrativa de *Medeia* permitiu a Sêneca a reflexão sobre o comportamento esperado do *uir* estoico, na condição de que o homem virtuoso tornava-se livre tão só quando conhecia sua própria natureza e compreendia a extensão sobranceira do Destino. Afinal, a impiedade e a ira de Medeia, despertadas pela dor decorrente do amor frustrado e aprofundadas pela perda da capacidade interpretativa em função da falsa compreensão da realidade e da formulação de juízos imperfeitos, mais não foi do que a negação do próprio estatuto do sábio, segundo a concepção estoica de que o ser humano apartava-se do estado de selvageria pela submissão ao domínio da razão. Turbado seu espírito em uma escalada crescente da dor e de surgimento do mal, todos seus atos manifestaram sua sucumbência ao império das paixões e o seu transporte para um mundo aquém da humanidade. Por isso, a descrição dos rituais de magia – um atributo bárbaro por excelência – serviu ao poeta para reforçar o retrato do estado de violência existente no interior da alma da protagonista, a evidenciar a sua irracionalidade e sua face obscura e mais inconsciente. Medeia fez-se a encarnação da vontade descontrolada e do desejo urgente que não admite afronta. Sua alma transformava-se em escrava da desmedida, em uma servidão inadmissível ao homem livre e soberano. No entanto, percebe-se em Sêneca certa benevolência no tratamento concedido a Medeia. As perfídias de Jasão, potencializadas pelo decreto de exílio, transformaram-se na causa exclusiva dos crimes de Medeia, como contrapartida do inapropriado e imoderado amor que ela mesma dedicara ao herói trágico. Ela foi, de algum modo, exculpada de suas faltas, sob o argumento da invencibilidade da *dolor* e do *infelix amor* – tirânicos *affectus* que constrangiam despoticamente a alma humana, tornando-a selvagem e bárbara como a própria colca, em seu caminho de retorno à rudeza primordial, como uma força da natureza em confronto com os liames da cultura, delimitadores últimos da *humanitas*.

O advento da dinastia flávia diminuiu o regime de terror e insegurança imposto até então pela tirania de Nero. Como parte da propaganda oficial formulada pela nova linhagem de *principes*, parece ter tido início um processo de restauração das instituições e dos valores romanos degradados nos anos anteriores, com a reconstrução de templos, a reemissão de moedas com a efígie dos primeiros imperadores e a retomada do mecenato literário oficial. Foi nesse ambiente de incentivo de produção cultural para a celebração da nova família de governantes que Valério Flaco empreendeu sua épica aventura argonáutica, retomando, para tanto, *ab ouo*, a narrativa de Medeia. Nesse contexto histórico e político, o canto marinheiro permitiu que se remontasse simbolicamente à expedição náutica de Vespasiano,[39] que, ainda durante o reinado de Cláudio, participara da campanha que completou o périplo da Caledônia, tal como foi celebrado no exórdio da épica. Nessa opção poética de estabelecimento da aproximação simbólica entre o imperador e o capitão dos argonautas, fica evidente o esforço do autor em transformar Jasão no herói mais excelente da literatura latina. No desafio emulatório propiciado pelo diálogo estabelecido com a tradição literária já assentada em Roma, Jasão suplantou seus pares, de tal sorte que se tornou mais valente do que o iliádico Aquiles, mais engenhoso do que o odisíaco Ulisses, mais diplomático do que o alexandrino Jasão e mais pio do que o virgiliano Eneias – escoimados os defeitos de cada um deles. Dada a excelência do herói, também Medeia, como contraparte do heroísmo do jovem grego que a deveria conquistar, mereceu tratamento privilegiado, tornando-se igualmente superior às demais heroínas épicas da literatura latina. Por isso, Flaco a fez mais inocente do que Helena, mais auxiliadora do que Nausícaa e mais amorosa do que a Medeia rodiana e do que a virgiliana Dido – embora ainda guardasse, nas prolépseis existentes no poema, algo da barbárie que a tradição literária tornava inevitável. Medeia afastou sua feição terrível para reassumir a condição de benevolência para com os heróis ocidentais, possibilitando, com isso, a Jasão o cumprimento das provas impostas por Eetes, a conquista do velo de ouro e a salvação da juventude grega. A maga, dessa maneira, mostrou-se redimida de seu passado literário, quanto mais que o estado de incompletude da obra silenciou a descrição de seus prováveis crimes – inexistentes na urdidura no poema flaquiano em razão da possível interrupção abrupta do poema. Por outro lado, Medeia ainda serviu ao poeta como elemento fundamental para a celebração da nova estirpe imperial, uma vez que seu rapto teria posto em movimento a cadeia de eventos que ligaria a guerra de Troia às narrativas fundacionais de Roma. Isso se depreende da profecia inserida na primeira fala de Júpiter nos *Argonautica*, quando anunciou que a chegada de Medeia à Grécia iria motivar, em reciprocidade de ações, o rapto de Helena,[40] e a sequência de alterações de poder que deslocariam o comando do mundo, desde a Ásia, passando pela Grécia, para alcançar definitivamente Roma. Valério Flaco, que, por meio da incessante recorrência à tradição literária fizera de sua heroína a excelente *inter pares*, assumia a função de anunciar a própria grandeza do Estado romano, fazendo, em contrapartida, que também a dinastia flávia suplantasse simbolicamente a dinastia júlio-cláudia, uma vez que a importância de Eneias, antepassado mítico da *gens Iulia*, como fundador remoto da *Vrbs*, foi diminuída pela façanha de Jasão, equiparado poeticamente a Vespasiano, que trouxera consigo não apenas a jovem maga, mas, sobretudo, que possibilitara a permanência do império romano e de sua glória eterna anunciada por Júpiter. Vespasiano, desse modo, pôde ligar-se à fundação do Estado, substituindo os méritos fundacionais atribuídos à dinastia anterior. Medeia, por fim, feita virtuosa para enaltecer os méritos do imperador na figura de Jasão, serviu também para glorificar Roma e suas origens literárias orientais.

Na sequência, por volta do ano 200 d.C., e no início da dinastia severiana, foi no intrincado jogo de intertextualidade do centão[41] de Hosídio Gueta que Medeia recebeu mais um novo tratamento em língua latina, já então em solo africano – ao menos a julgar pelo testemunho de Tertuliano.[42] Pressupondo a dupla familiaridade dos textos centonários por parte do receptor, que conhecia não apenas a narrativa reconstruída, mas, sobretudo, o hipotexto virgiliano, o autor pôde levar à reavaliação a tradição da barbárie da colca, redimida de qualquer culpabilidade por meio da transparência do hipertexto. Na nova tessitura dos versos relativos a Dido, à Sibila e a Niso e Euríalo, o autor não só afastou da rainha cartaginesa – conterrânea do poeta – a nefasta avaliação virgiliana que a descrevera como maior ameaça à construção do Estado romano, mas ainda a redimiu por meio da inocência da personagem, que afastou de Dido o destino funesto do suicídio, por intermédio de sua equiparação com a fuga da maga no carro solar. Hosídio Gueta pareceu destruir simbolicamente Roma na desconstrução de seu poema mais importante, para reconstruir Cartago na purificada vingança de Medeia, do mesmo modo que Cartago fora reconstruída dentro do sistema completamente romano. Em última análise, Medeia serviu a Gueta como uma forma de revanche poética à vitória de Roma nas Guerras Púnicas, de tal modo que a pretérita barbárie de Medeia tornou-se vitoriosa, como se a anunciar a chegada ao poder da linhagem de Septímio Severo, de origem cartaginesa.

Finalmente, a última aparição de Medeia na literatura em língua latina deu-se nos derradeiros anos do século V d.C., também em Cartago, já durante o período de maior florescimento da produção intelectual latina norte-africana. Seu surgimento, porém, ocorreu sob o contexto religioso do advento do cristianismo como fé majoritária, após a proibição dos cultos pagãos decretada por Teodósio I. Trata-se da *Medea*, de Dracôncio. O gênero literário utilizado pelo poeta na elaboração dessa obra, o epílio, que preferencialmente, então, por meio da representação de situações costumeiras e de comportamentos ordinários, permitiu a reavaliação conceitual dos padrões éticos do Mundo Antigo em crise no fim do paganismo, parece indicar a dimensão ideológica existente na composição que, por meio da paródia e do sistemático descrédito de valores típicos dos heróis antigos e de seus modelos de virtude, expressaria o julgamento formulado por um autor cristão indignado com as antigas crenças e narrativas de crueldade dos deuses. Medeia tornou-se um símbolo literário capaz de refletir o grito angustiado do poeta amedrontado pelo mal, resumindo tudo aquilo que fosse fruto do politeísmo grego-latino. Medeia serviu a Dracôncio como síntese da civilização helenística antiga, considerada inculta, ignorante e supersticiosa pelos adeptos da nova crença que se afirmava na intelectualidade mediterrânea. No mundo cristão que despontava, Medeia tornou-se o exemplo da potencialização da barbárie, da crueldade descabida e da desmesura erótica, quando bárbaro era aquele que, na definição de Ambrósio, ainda acreditava nos deuses antigos.[43]

Em suma, no curso da produção literária latina, a narrativa de Medeia serviu como símbolo não apenas de uma mulher bárbara individualizada, de uma estrangeira detentora de poderes mágicos, ou de uma desenfreada amante abandonada, mas também como a representação da própria barbárie, como um corolário disso, do esforço romano por compreendê-la, avaliá-la e avaliar a própria noção de romanidade.

3. *Cur de Medea Romae locutum est?*
Por que se falou de Medeia em Roma?

Na latinidade, como se viu, Medeia tornou-se o exemplo literário da caracterização da barbárie, quando sua narrativa serviu aos poetas, mitógrafos e oradores como suporte para simbolização e para a reflexão acerca do convívio de Roma e de seus cidadãos com a diversidade cultural, buscada e desejada pelos romanos, e que os rodeava além das fronteiras. No entanto, também já se viu que o conceito latino da *barbaries*, diferentemente da clássica acepção grega linguística e etnológica desconectada do estágio de desenvolvimento dos povos, radicava-se na noção de grau de desenvolvimento civilizacional, desconsiderando, portanto, sua vinculação com o estatuto da nacionalidade. Afinal, para definir o estrangeiro não faltavam outros termos latinos, como *aduena, hostis, externus* ou *peregrinus*. Por isso, a palavra *barbarus*, ainda que importada do grego como um conceito fundamental do helenismo, foi ressignificada em Roma para adquirir a acepção ideológica de marca do nível de desenvolvimento cultural de um povo. Estabeleceu-se o paradigma do *barbarus* de acordo com o grau de sua proximidade com a herança grega, de maneira a reputar bárbaro tudo aquilo que fosse exterior ao mundo helenístico-romano, ou seja, tudo aquilo que não estivesse, segundo sua interpretação autoavaliativa, na plenitude do desenvolvimento humano. Foi essa a noção do *barbarus* inserida no verso de Marcial, que equiparou a rusticidade verdadeira dos campos ao estado da barbárie,[44] no sentido de pertencimento primordial ao estado bruto da natureza ainda não transformada pela mão humana. Foi também no sentido da *barbaries* como falta de aprimoramento pessoal no âmbito das convenções sociais que o termo apareceu em um dos *graffiti* de Pompeia, na mofa endereçada a um certo Istacido, com a ameaça de chamar de *barbarus* àquele que não convidasse o autor para a ceia.⁴⁵ Era a noção da *humanitas*, que balizava essa fronteira definidora da barbárie e que a caracterizava como elemento central de expressão cultural de Roma. Afinal, bárbaros e romanos achavam-se interligados por uma espécie de união indissociável que tornava o mundo romano incompreensível sem a contraposição da barbárie, considerada definidora, por força do contraste especular, da própria civilização mediterrânea em que buscava inserir-se a republicana *Vrbs* e garantir, já a partir do período do principado, seu *status* imperial. Estabelecia-se, daí, uma dicotomia que separava o estado de civilização e o estado de primitivismo animalesco, como um filtro capaz de apartar os participantes dos não participantes da cultura helenística, alargada sobre as conquistas territoriais romanas.

Vê-se que a noção da barbárie, como um conceito cultural helenístico aprimorado pela esfera intelectual latina, era o liame que permitia ao *uir romanus* participar da autopercepção da humanidade. Era o elemento capaz de definir a edificação da identidade romana, uma vez que essa autopercepção apenas se desenvolveria no contraste com outros paradigmas culturais. Por isso, foi com tamanha recorrência que o conceito da barbárie inseriu-se na literatura e no pensamento latino, como problema fundamental dos questionamentos da própria sociedade. Desse modo, podia-se garantir a inclusão, ainda que tardia, de Roma no refinado, culto e sedutor mundo helenístico, além de se poder definir, como consequência inevitável desse processo de inserção cultural, sua própria identidade nacional. Bárbaro era, pois, todo aquele que não fosse ou que não agisse como um romano – como afinal compreendeu Caracala, que estendeu, por meio da *Constitutio Antoniniana de Ciuitate*, em 212 d.C., a cidadania a todos os habitantes livres do Império. Bárbaro não era apenas o homem que vivia além das fronteiras geográficas do Estado, mas, sobretudo, era aquele que vivia além da própria dimensão existencial da *romanitas*. Bárbaro, por isso, era *immanitas*, era o monstruoso. Bárbaro, então, definitivamente não era o estrangeiro, mas o selvagem, o rústico, o inculto, o incivilizado; era o homem ainda sob o animalesco poder da *feritas*, ou seja, era aquele ser reduzido à condição bestial própria de um estágio primitivo da humanidade; era, por fim, a representação das forças mais imponderáveis e indomáveis da natureza, personificando a antítese da ordem norteadora de toda a civilização do Mediterrâneo.

No entanto, dado o esforço romano para conseguir sua inserção no mundo helenístico a partir das iniciativas filo-helênicas dos Cipiões; dadas as bárbaras origens literárias de Roma celebradas desde o início da produção poética latina; dada também a opção augustana de justificar sua supremacia política mundial por meio da articulação de um passado bárbaro em contraposição a um presente civilizado sob o governo do *princeps*; e dadas, enfim, as conquistas territoriais que precisavam incluir socialmente as novas elites provinciais romanizadas, a *barbaries* ergueu-se à condição de elemento capaz de, por oposição e contraste, gerar a coesão sociopolítica formadora da própria noção da identidade romana.

Porém, essa barbárie considerada em Roma como definidora de seus *limites* não poderia ser aquela oposição ideológica ou cultural capaz de ser enfrentada e derrotada pela força do Estado, já que a esta oposição relativa restava tão só a mais absoluta destruição, como ocorreu com as cidades de Cartago e Corinto. Pelo contrário, era aquela barbárie invencível, representada politicamente pela intransponibilidade da Muralha de Adriano, do Reno ou do Danúbio. Era o atributo do *barbarus* que não se incluía em Roma pelo compartilhamento da *humanitas* nem por seu complemento, a adesão à *romanitas*. Era, sim, a barbárie absoluta, aquela capaz de afrontar o poderio romano e de levá-lo à destruição.

Eis, portanto, o motivo de Medeia representar literariamente tão bem essa barbárie junto aos romanos: dentre tantos *exempla* de princesas estrangeiras existentes nas narrativas mitológicas herdadas do helenismo, ela era a única descrita como *inuicta*, como a definiu Horácio. De fato, embora o tema da jovem virgem que traía o pai por um amante estrangeiro fosse de grande recorrência no repositório mitológico clássico, sob os exemplos de Ariadna, Cila ou Tarpeia; embora também o paradigma das mulheres estrangeiras que sofriam por amores nefastos fosse de larga abrangência, como nas desventuras eróticas de Fedra, Pasífae ou Dido; embora, finalmente, tampouco o filicídio não fosse desconhecido, sob a lembrança das tramas trágicas de Agave ou de Hércules, apenas Medeia jamais foi vencida ou contida, tornando-se, assim, e só assim, o modelo da fronteira de tudo quanto não fosse romano.

Por isso, na Roma Antiga, falar de Medeia era extrapolar a dimensão literária da transmissão da narrativa para determinar as divisas da condição humana; era avaliar o próprio pertencimento ao mundo civilizado e à dimensão da cultura. Recriar as desventuras da poderosa maga era, pois, criar a imagem espelhada do modelar *uir romanus*, para assim ressaltar a excelência deste, e, desse modo, também a da *Vrbs*; era, portanto, indagar sobre as fronteiras da subjetividade latina, era determinar os *limites* da *romanitas*, a partir dos quais se chegava à barbárie intransponível e invencível. Mas, falar da atroz e invicta bárbara era, sobretudo, refletir sobre o estreito e inevitável convívio da latinidade com o mundo que, delimitando-a por meio da intransponibilidade de suas barreiras, e compondo-a como parte de sua própria população, definia-a como civilizada.

Notas

[1] ENN. *trag.* 260-261: *Nam nunquam era errans mea domo efferret pedem/ Medea animo aegro amore saeuo saucia.*
Então, Medeia, minha errante senhora, nunca teria levado o pé para fora de casa.

[2] ENN. *trag.* 284: *Quo nunc me uortam? Quod iter incipiam ingredi?*
Para onde irei agora? Que caminho começarei a seguir?

[3] ERNOUT, Alfred; MEILLET, Alfred. *Op. Cit.* p. 230.: Exul, exsul. -lis: exilé. (...) *Ex(s)ul* est mis en rapport par les Latins avec *solum*.

⁴ GAFFIOT, F. *Dicionnaire Latin Français*. Paris: Hachette, 1934. p. 66. "(*aduenio*): étranger."

⁵ DRACÔNCIO. *Medea*. 300: *Aduena semper eat*.
Seja sempre estrangeira.

⁶ PL. *Ps*. 868-872: *Quia sorbitione faciam ego hodie te mea, / item ut Medea Peliam concoxit senem, / quem medicamento et suis uenenis dicitur/ fecisse rursus ex sene adulescentulum, / item ego te faciam*.
Porque, com minha poção, farei hoje exatamente da mesma forma que Medeia quando cozinhou o velho Pélias, a quem com um medicamento e seus venenos, conta-se que ela fez de homem velho novamente um adolescente. Assim também farei contigo.

⁷ V. FL. 5.378-379: *Si dea, si magni decus huc ades' inquit 'Olympi, / has ego credo faces, haec uirginis ora Dianae*.
Se tu que chegas és uma deusa, se és a grande glória do Olimpo, diz, creio que estas são as tochas e a face da virgem Diana.

⁸ VARRO ATAC. Frag. 7 *Cuius ut aspexit torta caput angue reuinctum*.
Quando vi sua cabeça cingida por uma retorcida serpente.

⁹ HOR. *Ep*. 3.10-14: *Vt Argonautas praeter omnis candidum/ Medea mirata est ducem, / ignota tauris inligaturum iuga/ perunxit hoc Iasonem, / hoc delibutis ulta donis paelicem/ serpente fugit alite*.
Quando Medeia, entre todos os argonautas, admirou-se com o formoso Jasão, untou-o com um extrato de alhos para que sujeitasse os indômitos touros; e com alhos envenenou os presentes que a vingaram de sua rival antes que ela fugisse sobre uma serpente alada.
e HOR. *Ep*. 5.61-66: *Quid accidit? Cur dira barbarae minus/ uenena Medeae ualent, / quibus superbam fugit ulta paelicem, / magni Creontis filiam, / cum palla, tabo munus imbutum, nouam/ incendio nuptam abstulit?*
Por que resultam ineficazes os cruéis venenos da bárbara Medeia, com os quais antes da fuga ela se vingou de sua orgulhosa rival, a filha do grande Creonte, queimando-lhe o corpo com a túnica envenenada com que lhe presenteara no exato dia de suas bodas?

¹⁰ TIB. 2.4.55-60: *quidquid habet Circe, quidquid Medea ueneni, / quidquid et herbarum Thessala terra gerit, / et quod, ubi indomitis gregibus Venus adflat amores, / hippomanes cupidae stillat ab inguine equae, / si modo me placido uideat Nemesis mea uultu, / mille alias herbas misceat illa, bibam*.
Quantos venenos tenha Circe, quantos tenha Medeia, quantas ervas que a terra tessália produza, e quanta secreção que pingue da virilha da égua no cio quando Vênus sopra os amores sobre os indômitos rebanhos, se minha Nêmesis me olhar com o rosto plácido, com mil outras ervas que misture, eu beberei.

[11] OV. *Ep.* 12.13-18: *Aut, semel in nostras quoniam noua puppis harenas/ uenerat audacis attuleratque uiros, /isset anhelatos non praemedicatus in ignes /inmemor Aesonides oraque adusta boum!/ semina iecisset totidem seuisset et hostes, / ut caderet cultu cultor ab ipse suo!*

Ou, quando outrora chegou a nova nau às nossas areias, transportando os homens audazes, o ingrato esônide houvesse enfrentado o fogo e a boca queimada dos touros sem ter sido preparado com meus medicamentos; tivesse lançado à terra e cuidado de tantas sementes quanto inimigos, para que o semeador fosse morto por sua própria seara.

[12] OV. *Met.* 7.94-99: *per sacra triformis /ille deae lucoque foret quod numen in illo /perque patrem soceri cernentem cuncta futuri /euentusque suos et tanta pericula iurat:/ creditus accepit cantatas protinus herbas/ edidicitque usum laetusque in tecta recessit.*

Ele jura pelos rituais da deusa triforme, que é o nume que preside àquele bosque, e pelo pai do sogro, que vê todas as coisas do futuro, pelos seu sucesso e pelos tantos perigos: Ela acreditou, e ele logo recebeu as ervas encantadas, aprendeu seu uso e, contente, retornou à casa.

[13] OV. *Met.* 7.179-293.

[14] LUC. 4.548-556.

[15] SEN. *Med.* 670-848.

[16] V. FLACO. 8. 467: *Mene aliquid meruisse putas, me talia uelle.*
Crês que eu merecia algo disso, que eu desejava tais coisas?

[17] DRACÔNCIO. *Medea.* 13-15: *Quae carmina linguis murmuret aut urens species quae nomina dicat, haec uatem nescire decet.*
Os encantamentos que sua língua cáustica murmure e os nomes que diga, convém que o poeta desconheça.

[18] ENN. *Scaen.* 265-265: *Cupido cepit miseram nunc me proloqui/ caelo atque terrae Medeai miserias.*
O desejo agora me faz, mísera que sou, espalhar pelo céu e pela terra as misérias de Medeia.

[19] SEN. *Suas.* 3.6: *Hoc autem dicebat Gallio Nasoni suo ualde placuisse; itaque fecisse illum, quod in multis aliis uersibus Vergilii fecerat, non subripiendi causa sed palam mutuandi, hoc animo ut uellet agnosci. Esse autem in tragoedia eius: feror huc illuc, uae, plena deo.*
Galião dizia que muito agradava a Ovídio Nasão esse verso; e que, por isso, havia feito com ele o que fizera com muitos outros versos de Virgílio, não o plagiando, mas abertamente tomando-o emprestado, para que fosse reconhecido. De fato, está em sua tragédia: "Sou levada aqui e lá, ah, plena de um deus.

[20] OV. *Ep.* 12. 211-212: *Viderit ista deus, qui nunc mea pectora uersat./ nescio quid certe mens mea maius agit.*
Que o deus que agora revolve meu peito visse essas coisas. Não sei ao certo o que de maior minha mente prepara.

[21] SEN. *Med.* 166-167: *Medea superest: hic mare et terras uides/ ferrumque et ignes et deos et fulmina.*
Resta Medeia: aqui vês o mar e as terras, o ferro e o fogo, os deuses e os raios.

[22] SEN. *Med.* 363: *Maiusque mari Medea malum.*
Medeia, um mal maior do que o mar.

[23] CAES. *Gal.* 1.40.4: *furore atque amentia impulsus.*
Levado pelo furor e pela insensatez.

[24] SEN. *Her. F.* 976-991: *Quid hoc? Gigantes arma pestiferi mouent./ Profugit umbras Tityos AC lacerum gerens/ et inane pectus quam prope a caelo stetit./ Labat Cithaeron, alta Pellene tremit/ Macetumque Tempe. Rauit hic Pindi iuga/ hic rapuit Oeten, saeuit horrendum Mimans./ Flammifera Erinys uerbere excusso sonat/ rogisque adustas propius ac propius sudes/ in ora tendit; saeua Tisiphone, caput/ serpentibus uallata, post raptum canem/ portam uacantem clausit opposita face - / sed ecce proles regis inimici latet, / Lyci nefandum semen: inuiso patri/ haec dextra iam uos redde. Excutiat leues/ neruus sagittas – tela sic mitti decet/ Herculea.*
O que é isso? Os gigantes pestíferos movem suas armas. Títio foge das sombras e, trazendo o peito lacerado e inane, quão perto do céu está parado! O Citerão balança, Palene e o Tempe macedônio tremem... Este arrancou o cume do Pindo, aquele arrancou o Eta; o Mimante se enfurece. A flamífera Erínia estala o chicote e chega as tochas acesas cada vez mais perto do meu rosto; a terrível Tisífone, com a cabeça rodeada por serpentes, depois de raptar um cão, fechou na minha cara a porta aberta... mas eis que se esconde a prole do rei inimigo, a semente nefanda de Lico: ao contrariado pai, esta mão vos devolva. Que o arco lance as flechas ligeiras – convém que assim se atirem os dardos de Hércules.

[25] Verg. *E.* 8.47-50: *Saeuos Amor docuit natorum sanguine matrem/ commaculare manus; crudelis tu quoque, mater: /crudelis mater magis, an puer improbus ille? /Improbus ille puer; crudelis tu quoque, mater.*
O amor ensinou à mãe a macular as mãos cruéis no sangue dos filhos. És tu também cruel, ó mãe; mas mais cruel é a mãe ou o ímprobo menino? Ímprobo é aquele menino, mas tu também és cruel, ó mãe.

[26] DRACÔNCIO. *Medea.* 22-23: *Mixtus amore furor de matre nouercam fecit.*
O furor misturado ao amor fez da mãe uma madrasta.

[27] HOR. *Ars.* 123: *Sit Medea ferox inuictaque, flebilis Ino.*
Seja Medeia feroz e invicta, seja Ino chorosa.

[28] SEN. *Med.* 166-176.

[29] SEN. *Med.* 945-957.

[30] HOR. *Ep.* 1.5.61-62: *Cur dira barbarae minus/ uenena Medeae ualent.*
Por que são menos eficazes os terríveis venenos da bárbara Medeia?

[31] OV. *Ars.* 2.382: *Barbara per natos Phasias ulta suos.*
A bárbara do rio Fase foi vingada por meio de seus filhos.

[32] OV. *Ep.* 12.105-106: *Illa ego, quae tibi sum nunc denique barbara facta, nunc tibi sum pauper, nunc tibi uisa nocens.*
Eu sou aquela que, para ti, agora tornou-se bárbara, que agora tornou-se pobre, que agora é considerada por ti culpada.

[33] MART. 5.53.1: *Colchida quid scribis, quid scribis, amice Thyesten?*
Por que escreverás uma *Medeia*, amigo, por que um *Tiestes*?

[34] MART. 4.1-2: *Qui legis Oedipoeden caligantemque Thyesten,/ Colchidas et Scyllas, quid nisi monstra legis?*
O que lês senão Édipo, o sombrio Tiestes, Medeia, Cila e outros monstros?

[35] MART. 10.35.5-6: *Non haec Colchidos adserit furorem/ diri prandia nec refert Thyestae.*
Ali não arde o furor colco, não há o banquete do terrível Tieste.

[36] CIC. *S Rosc.* 47: *Etenim haec conficta arbitror esse a poetis ut effictos nostros mores in alienis personis expressamque imaginem uitae cotidianae uideremus.*
De fato, acho que essas coisas foram inventadas pelos poetas para que víssemos nossos costumes representados em outras pessoas e para expressar a imagem da vida cotidiana.

[37] ACIO. *Trag.* 400: JASON: *Primo ex inmani uictum ad mansuetum applicans.*
Primeiramente, aplicando-se à mansuetude dos hábitos, para fora da selvageria.

[38] OV. *Am.* 1.7.19. *Quis mihi non 'demens!' quis non mihi 'barbare!' dixit?*
Quem de louco, quem de bárbaro não me chamou?

[39] V. FL. 1.1-21: *Prima deum magnis canimus freta peruia natis/ fatidicamque ratem, Scythici quae Phasidis oras/ ausa sequi mediosque inter iuga concita cursus/ rumpere flammifero tandem consedit Olympo./ Phoebe, mone, si Cumaeae mihi conscia uatis/ stat casta cortina domo, si laurea digna/ fronte uiret, tuque o pelagi cui maior aperti/ fama, Caledonius postquam tua carbasa uexit/ Oceanus Phrygios prius indignatus Iulos,/ eripe me populis et habenti nubila terrae,/ sancte pater, ueterumque faue ueneranda canenti/ facta uirum:*

uersam proles tua pandit Idumen, / namque potest, Solymo nigrantem puluere fratrem / spargentemque faces et in omni turre furentem. / ille tibi cultusque deum delubraque genti / instituet, cum iam, genitor, lucebis ab omni / parte poli neque erit Tyriae Cynosura carinae / certior aut Grais Helice seruanda magistris. / seu tu signa dabis seu te duce Graecia mittet / et Sidon Nilusque rates: nunc nostra serenus / orsa iuues, haec ut Latias uox impleat urbes.

Cantamos os mares pela primeira vez singrados pelos filhos dos deuses, e a nau profética, que depois de ousar seguir as margens do cítico rio Fase e abrir o curso entre Pedras Movediças, assentou-se, enfim, no constelado Olimpo. Febo, inspira-me, se tenho em minha casa a casta trípode da sibila de Cuma e louros verdejam minha digna fronte. E tu, de quem maior é a fama desde que o Oceano Caledônio, antes hostil aos frígios Júlios, tuas velas transportou, livra-me do vulto e da nuvem que cobre a terra. Santo pai, ajuda aquele que deve cantar os venerandos feitos dos heróis. Teu filho, porque pode, mostra a queda da Idumeia e o irmão, negro de pó, lançando furioso tochas contra as torres. Ele irá instituir culto a ti e a tua gente, quando, ó pai, brilharás por toda parte no céu, e a Cinosura não será mais a estrela guia para a nau tíria, nem será Hélice observada pelo marinheiro grego. Tu sinalizarás, e sob teu comando, a Grécia, Sídon e o Nilo põem seus barcos. Agora, ó sereno, permitas nosso início, para que esta voz encha as cidades latinas.

[40] V. FL. 1.542-60: *accelerat sed summa dies Asiamque labantem / linquimus et poscunt iam me sua tempora Grai. / inde meae quercus tripodesque animaeque parentum / hanc pelago misere manum. uia facta per undas / perque hiemes, Bellona, tibi. nec uellera tantum / indignanda manent propiorque ex uirgine rapta / ille dolor, sed--nulla magis sententia menti / fixa meae--ueniet Phrygia iam pastor ab Ida, / qui gemitus irasque pares et mutua Grais / dona ferat. quae classe dehinc effusa procorum / bella, quot ad Troiae flentes hiberna Mycenas, / quot proceres natosque deum, quae robora cernes / oppetere et magnis Asiam concedere fatis! / hinc Danaum de fine sedet gentesque fouebo / mox alias. pateant montes siluaeque lacusque / cunctaque claustra maris, spes et metus omnibus esto. / arbiter ipse locos terrenaque summa mouendo / experiar, quaenam populis longissima cunctis / regna uelim linquamque datas ubi certus habenas.*

Mas chega o último dia, e deixamos a Ásia, que cai – os gregos reclamam-me seu tempo. Por isso, meus carvalhos, as trípodes e as almas dos ancestrais enviaram ao mar essa tropa. Uma via abre-se para ti, Belona, entre as ondas e as tempestades. Não causam tanta indignação o velocino, nem a dor pela virgem raptada. Mas - e em minha mente nenhuma decisão é mais firme - virá um pastor do frígio monte Ida, que levará aos gregos ódios e lamentos iguais, em reciprocidade de dons. Que guerra verás após o desembarque dos pretendentes! Em quantos invernos de Troia verás Micenas chorar! Quantos heróis e filhos de deuses, quantas forças verás cair, e a Ásia ser derrubada pelos grandes Fados. Decide-se aqui o fim dos Dânos, e logo irei favorecer outros povos. Franqueiem-se os montes, selvas, lagos e todas as prisões do mar. Que todos tenham esperança e medo. Eu sou o árbitro e, movendo as alturas terrenas, escolherei qual será o mais logo reino sobre todos os povos, ao qual, certo, entregarei as rédeas das coisas.

[41] O centão foi um gênero literário da Antiguidade que consistia na fragmentação de poemas consagrados para reconstrução de novos versos, que criariam um sentido diferente do texto original. No entanto, como o primeiro sentido dos versos era conhecido pelo público, este se mantinha no poema reconstruído, como uma espécie de hipotexto que alterava a compreensão da obra final.

[42] TERTULLIANUS. *De Praescritione. Haereticorum.* 39.3: *Vides hodie ex Virgilio fabulam in totum aliam componi, materia secundum uersus et uersibus secundum materiam concinnatis.*
Vês hoje uma história diferente, que foi composta inteiramente a partir de Virgílio, pelo arranjo da matéria segundo os versos, e dos versos segundo a matéria.

[43] AMBROSIUS. *Epistulae uariae.* 18.7: *Hoc solum habebam commune cum barbaris, quia Deum antea nesciebam.*
Uma só coisa eu tinha em comum com os bárbaros, porque eu antes não conhecia Deus.

[44] MART. 3.58.4: *rure uero barbaroque laetatur.*
Alegra-o o verdadeiro e bárbaro campo.

[45] *L Istacidi, at quem non veno, barbarus ille mihi est.* In: CANALI, Luca; CAVALLO, Guglielmo. *Graffiti Latini.* Milano, Biblioteca Universale Rizzoli – Classici Greci e Latini, 2008. p. 238.
Lúcio Istacídio! Aquele com quem não janto é para mim um bárbaro.

MEDEAE ROMAE
Corpus Literário Latino

Enius
Medea Exul

1. Vtinam ne in nemore Pelio securibus
caesa accidisset abiegna ad terram trabes,
neue inde nauis inchoandi exordium
cepisset, quae nunc nominatur nomine
Argo, quia Argiui in ea delecti uiri
uecti petebant pellem inauratam arietis
Colchis, imperio regis Peliae, per dolum.
Nam numquam era errans mea domo efferret pedem
Medea animo aegro amore saeuo saucia.

2. Antica erilis fida custos corporis,
quid sic te extra aedis exanimatam eliminat?

3. Cupido cepit miseram nunc me proloqui
caelo atque terrae Medeai miserias.

4a. Quae Corinthum arcem altam habetis matronae
opulentae optimates.

4b. Multi suam rem bene gessere et publicam patria procul
multi qui domi aetatem agerent propterea sunt improbati

5. Nam ter sub armis malim uitam cernere
quam semel modo parere.

6. Qui ipse si sapiens prodesse non quit nequiquam sapit.

7. Si te secundo lumine hic offendero, moriere.

8a. Nequaquam istuc istac ibit; magna inest certatio
nam ut ego illi supplicarem tanta blandiloquentia
ni ob rem?.

8b. Qui uolt quid uolt ita dat (semper) se res ut operam
dabit.

Ênio
Medeia Desterrada

1. **Ama**: Antes no bosque pélio, abatido por achas,
não tivesse tombado o abeto sobre a terra,
nem então se iniciasse a construção da nau
que agora pelo nome de Argo é conhecida,
p'ra que, levados nela, os guerreiros argivos
escolhidos, por dolo, exigissem dos colcos
o dourado tosão, ao comando de Pélias.
Não sairia de casa a errar minha senhora,
Medeia, por um sevo amor ferida na alma.

2. **Pedagogo**: Antiga e fiel guardiã do corpo da senhora,
o que te expulsa temerosa do palácio?

3. **Ama**: O desejo faz, mísera, espalhar
por céu e terras as misérias de Medeia.

4a. **Medeia**: Matronas ricas e excelentes, que ocupais a
alta cidadela de Corinto.

4b. **Medeia**: Longe da pátria, muitos cuidaram bem do seu
interesse e do público;
e muitos que passaram a vida em casa foram reprovados.

5. **Medeia:** Pois três vezes na guerra eu quisera viver
a parir uma só vez.

6. **Medeia**: Sábio que não ajuda nada sabe.

7. **Creonte**: Morrerás se amanhã eu te encontrar.

8a. **Medeia**: Adiante não se irá, há grande altercação.
Pois quando, com voz branda, eu lhe irei suplicar,
senão por interesse?

8b. **Medeia**: Quem quer o que de fato quer, alcança
o que o esforço dará.

8c. Ille trauersa mente mi hodie tradidit repagula
quibus ego iram omnem recludam atque illi pernicem dabo
mihi maerores, illi luctum, exitium illi, exilium mihi.

9. Vtinam ne umquam mede cordis cupido corde pedem extulisses!

10. Non commemoro quod draconis saeui sopiui impetum, non quod domui uim taurorum et seguetis armatae manus

11. Quo nunc me uortam? Quod iter incipiam ingredi? Domum peternamne? Anne ad Peliae filias?

12. Tu me amoris magis quam honoris seruauisti gratia

13. Sol qui candentem in caelo sublimat facem.

14. Fructus uerborum aures aucupant.

15. Saluete optima corpora.
Cette manus uestras measque accipite.

16. Iuppiter tuque adeo summe sol qui res omnis inspicis
quique tuo lumine mare terram caelum contines
inspice hoc facinus prius quam fit. Prohibessis scelus.

17. Asta atque Athenas anticum opulentum oppidum contempla et templum Cereris ad laeuam aspice.

8c. **Medeia:** Ele, com o ânimo adverso, entregou-me hoje as chaves com as quais darei a conhecer toda minha ira, e com que lhe trarei a ruína. Para mim, as tristezas; para ele o luto. Para ele a morte, para mim o exílio.

9. **Coro:** Quem dera, Medeia, nunca tivesses arredado o pé com o coração desejoso de um coração!

10. **Medeia:** Não comemoro porque adormeci o ímpeto da seva serpente nem porque domei a força dos touros e a tropa das seges armadas.

11. **Medeia:** Para onde agora irei? Seguirei que caminho? P'ra a casa de meu pai ou das filhas de Pélias?

12. **Jasão:** Mais por amor que honra, me salvaste.

13. **Jasão:** O sol que ergue no céu a tocha candente.

14. **Jasão:** Os ouvidos colhem os frutos das palavras.

15. **Medeia:** Adeus, corpos esplêndidos.
Dai vossas mãos, tomai as minhas.

16. **Coro:** Ó Jove, ó sumo Sol que vês todas as coisas, que envolves com tua luz o mar, o céu e a terra, vede este horror antes que ocorra. Impedi o crime.

17. **Coro:** Para, e Atenas – a antiga e opulenta cidade – Contempla; vê o templo de Ceres à esquerda.

Pacuuius
Medus

1. Accessi Aeam et tonsillam pegi laeto in litore.
2. Te, Sol, inuoco,
ut mihi potestatem diuis inquirendi mei parentis.
3a. Axena Ponti per freta Colchos denique delatus ad haesi
3b. Ore beato lumine uolitans, qui per caelum candidus equitas
4. Repudio auspicium: regrediundum est ilico.
5. Ques sunt is? Ignoti nescio ques ignobiles.
6. Quae res te ab stabulis abiugat? Certum est loqui.
7. Quid tandem? Vbi ea est? Quo receptat? Exul incerta uagat.
8. Si resto, pergit ut eam; si ire conor, prohibit baetere
9. Custodite istunc uos ne uim quis adtolat neu qui adtigat.
10. Angues ingentes alites iuncti iugo
11. Linguae bisulcae jactu crispo fulgere.
12. Mulier egregissima forma
13. Cedo, quorsum itiner tetinisse aiunt?
14. Caelitum camilla, exoptata aduenis: salue, hospita
15. Possum ego istam capite cladem auerrumcassere
16. Populoque ut faustum sempiterne sospitent
17. Qua super re interfectum esse dixisti Hippotem?
18. Atque, eccum in ipso tempore ostentum senem
19. Vitam propagans exanimis altaribus

Pacúvio
Medo

1. **Medo:** Cheguei à terra de Eetes e prendi a amarra do navio na praia venturosa.
2. **Medo:** Te invoco, Sol,
para eu indagar dos poderes de meus divinos parentes.
3a. **Medo:** Pelos mares inóspitos do Ponto, eu, atrasado, cheguei ao Colcos e, finalmente, fiquei.
3b. **Medo:** Tu que, voando com a face contente, brilhante conduzes os cavalos pelo céu.
4. **Medo:** Repudio o auspício. Para ali se deve regressar.
5. **Perses:** Quem são esses? Não sei quem são os ignóbeis desconhecidos.
6. **Perses:** O que te aparta dos estábulos? **Medo:** Direi, decerto.
7. **Perses:** Enfim, quem é? Onde ela está? Por quem foi recebida? **Medo:** Desterrada, erra pelos ermos.
8. **Medo:** Se paro, faz com que eu siga; já, se começo a ir, proíbe continuar.
9. **Perses:** Guardai-o; que ninguém o machuque ou toque de leve.
10. **Perses:** enormes serpentes aladas atreladas ao jugo.
11. **Perses:** línguas bifurcadas brilharam com áspero pulsar.
12. **Perses:** Uma mulher de belíssima aparência.
13. **Coro:** Saio. Qual caminho dizem ter tomado?
14. **Coro:** Serva dos deuses, vens mais desejada: salve, hóspede.
15. **Medeia:** Posso eu desviar esse crime da cabeça.
16. **Medeia:** Para que sempre protejam a propriedade do povo.
17. **Perses:** Por que motivo disseste que Hipote fora morto?
18. **Medeia:** E eis que, ao mesmo tempo, o velho foi mostrado.
19. **Eetes:** Prolongando a vida do moribundo nos altares

20. Refugere oculi, corpus macie extabuit,
lacrimae peredere umore exanguis genas,
situm inter oris barba pedore horrida atque
intonsa infuscat pectus inluuie scabrum

21. Quis tu es, mulier, quae me insueto nuncupasti nomine?

22a. Sentio, pater, te uocis calui similitudine

22b. Set quid conspicio? Num me lactans caluitur aetas?

23. Illum Amor quem dederat, qui plus pollet potiorque est patre

24. Cum te expetebant omnes florentissimo
regno reliqui; nunc desertum ab omnibus
summo periclo sola ut restituam paro.

25. Clamore et sonitu colles resonantes bount

26. Diuersi circumspicimus, horror percipit.

20. **Eetes:** O olho afundou, o corpo magro definhou;
a água lágrima escavou o rosto exangue;
entre as faces disposta, a barba intonsa e horrível
de sujeira escurece imunda o peito.

21. **Eetes:** Que mulher és tu, que me chamaste por um nome
[não costumeiro?

22a. **Medeia:** Sinto, pai, que foste enganado pela semelhança
[da voz.

22b. **Eetes:** Mas que vejo? Acaso a idade, iludindo, me engana?

23. **Medeia:** O Amor, que mais pode e é mais poderoso que
[o pai, dera-o.

24. **Med:** Ao te aguardarem para um reino florescente,
eu te deixei. Abandonado hoje por todos,
só eu preparo o modo como resgatar-te.

25. **Mens.:** Com clamor e ruído as ressoantes montanhas atroam.

26. **Mens.:** Olhamos para diversas partes; o horror toma posse.

Lucius Accius
Medea siue Argunautae

1.   Tanta moles labitur
fremibunda ex alto ingenti sonitu et spiritu
prae se undas uoluit, uortices ui suscitat,
ruit prolapsa, pelagus respergit, reflat.
Ita dum interruptum credas nimbum uoluier,
dum quod sublime uentis expulsum rapi
saxum aut procellis, uel globosos turbines
existere ictos undis concursantibus,
nisi quas terrestres pontus strages conciet
ou forte Triton fuscina euertens specus
subter radices penitus undanti in freto
molem ex profundo saxeam ad caelum eruit.

2. Sicut citati atque alacres rostris perfremunt
delphini.

3.   Siluani melo
consimilem ad aures cantum et auditum refert.

4. Ego me extollo in abietem, alte ex tuto prospectum aucupo.

5. ... uagant, pauore pecuda in tumulis deserunt.
Quid uos pascet postea?

6. Prima ex inmani uictum ad mansuetum applicans.

7.   ... ut tristis turbinum
toleraret hiemes, mare cum horreret fluctibus.

8. Qui potis est refelli quisquam, ubi nullust causandi locus?

9. Principio extispicium ex prodigis congruens ars te arguit.

10. Nisi ut astu ingenium lingua laudem et dictis lactem
lenibus.

Lúcio Ácio
Medeia ou Argonautas

1. **Pastor**:   Massa imensa desliza,
no mar tremendo co' assovios e fragor;
ondas revolve adiante; à força causa vórtices
tomba p'ra frente. O mar respinga e resfolega –
qual quando, arrebentada, uma nuvem revolve-se
ou para o alto uma pedra é levada por chuvas
e vendavais; ou furacões espiralados
atingem golpes contra as ondas circulares
– a não ser que na terra o ponto cause os danos;
ou o Tritão, co'o tridente, as grutas revolvendo
até as raízes do profundo mar undoso,
do abismo lance ao céu uma massa de pedra.

2. **Pastor**: Como os velozes golfinhos de focinhos alegres ressoam.

3. **Pastor**:   E chega aos ouvidos um canto que soa como uma melodia do Silvano.

4. **Pastor**: Eu me ergo em um abeto e, do alto a salvo, perscruto a paisagem.

5. **Pastor**: ...vagam; abandonam por medo o gado nas colinas. O que vos alimentará depois?

6. **Jasão**: Primeiro, para fora da selvageria, aplicando-se à mansuetude dos hábitos.

7. **Jasão**:   ...como se suportasse a terrível tempestade de furacões, quando o mar se encapelasse com as correntes.

8. **Jasão**: Quem pode refutar alguém onde não há espaço para defesa?

9. **Jasão**: Desde o princípio, atribuem-te a arte dos prodígios e da inspeção das vísceras.

10. **Medeia**: Ao menos para que, astutamente, com a língua eu elogie o engenho e lisonjeie com falas mansas.

11. Perite in stabulo frenos immittens feris.

12. Exul inter hostis, exspes, expers, desertus, uagus.

13. Tun dia Medea, cuius aditum exspectans peruixi usque adhuc?

14. Lauere salsis Vultum lacrumis.

15. Pernici orbificor liberorum leto et tabificabili.

16. Fors dominatur, neque uita ulli propria in uita est.

17. Apud Vetustam turrem.

11. **Medeia:** No estábulo, ajustando com destreza os freios às feras.

12. **Medeia:** Desterrado entre inimigos, desesperado, desprovido, abandonado, errante.

13. **Absirto:** És então a divina Medeia, por quem gastei a vida esperando a chegada?

14. **Eetes:** Lavar o rosto com lágrimas salgadas.

15. **Eetes:** Estou privado de descendência pela morte horrível e destruidora dos filhos.

16. **Coro:** A Fortuna domina e, na vida, a vida não é propriedade de ninguém.

17. **Coro:** Junto à antiga torre.

Varro Atacinus
Argonautae

1. Ecce uenit Danai multis celebrata propago;
namque satus Clytio, Lerni quem Naubolus ex se,
Lernum Naupliades Proetus, sed Nauplion edit
Filia Amymone Europae Danaique superbi.

2. Tiphyn et aurigam celeris fecere carinae

3. Quos magno Anchiale partus adducta dolore
et geminis cupiens tellurem Oeaxida palmis
scindere Dicta eo nympha sub antro

4. Te tunc Coryciae tendentem spicula nymphae
hortantes 'o Phoebe' et 'ieie' conclamarunt

5. Huic similis curis experdita lamentatur

6. Desierant latrare canes, urbesque silebant;
omnia noctis erant placida composta quiete.

7. Cuius ut aspexit torta caput angue reuictum

8. Frigidus et siluis Aquilo decussit honorem

9. Tum te flagranti deiectum fulmine, Phaethon

Varrão de Átax
Argonautas

1. Eis que chega de Dânao o descendente célebre;
pois é o filho de Clítio, a quem gerou Naubolo
o nauplíade Preto a Naubolo gerou
e a Náuplio gerou Dâna e a Amímone europeia.

2. E da ligeira nau, Tífis foi feito o auriga.

3. Que pela dor do parto, Anquíale levada,
desejando partir co'as duas mãos a terra
cretense, dentro da dicteia gruta...

4. Então, as ninfas de Corícia, te exortando
a lançares o dado, "ieiê, Febo, gritaram".

5. Como aquela, lamentou-se, destruída de aflições.

6. Os cães calaram-se e as cidades silenciaram,
a quietude da noite a tudo regulava.

7. Quando viu sua cabeça cingida por torcida cobra...

8. E o frio Aquilão abalou a glória das selvas...

9. Então tu, Faetonte, derrubado pelo raio flagrante...

Fabulae Hygini

I. Themisto

1. Athamas Aeoli filius habuit ex Nebula uxore filium Phrixum et filiam Hellen, et ex Themisto Hypsei filia filios duos, Sphincium et Orchomenum, et ex Ino Cadmi filia filios duos, Learchum et Melicerten.

2. Themisto, quod se Ino coniugio priuasset, filios eius interficere uoluit; itaque in regia latuit clam et occasione nacta, cum putaret se inimicae natos interfecisse, suos imprudens occidit, a nutrice decepta quod eis uestem perperam iniecerat. Themisto cognita re ipsa se interfecit.

II. Ino

1. Ino Cadmi et Harmoniae filia, cum Phrixum et Hellen ex Nebula natos interficere uoluisset, iniit consilium cum totius generis matronis et coniurauit ut fruges in sementem quas daret torrerent, ne nascerentur; ita ut, cum sterilitas et penuria frugum esset, ciuitas tota partim fame, partim morbo interiret.

2. De ea re Delphos mittit Athamas satellitem, cui Ino praecepit ut falsum responsum ita referret, si Phrixum immolasset Ioui, pestilentiae fore finem. quod cum Athamas se facturum abnuisset, Phrixus ultro ac libens pollicetur se unum ciuitatem aerumna liberaturum.

3. Itaque cum ad aram cum infulis esset adductus et pater Iouem comprecari uellet, satelles misericordia adulescentis Inus Athamanti consilium patefecit; rex facinore cognito, uxorem suam Ino et filium eius Melicerten Phrixo dedidit necandos.

4. Quos cum ad supplicium duceret, Liber pater ei caliginem iniecit et Ino suam nutricem eripuit. Athamas postea, ab Ioue insania obiecta, Learchum filium interfecit.

Fábulas, *Higino*

1. Temisto

1. Atamas, filho de Éolo, teve da esposa Nebulosa, o filho Frixo e a filha Hele; com Temisto, filha de Hipseu, dois filhos – Esfíncio e Orcômeno; e com Ino, filha de Cadmo, dois filhos – Learco e Melicerte.

2. Temisto, quando Ino a privou do marido, quis lhe matar os filhos. Por isso, escondeu-se no palácio e, surgida a ocasião, julgando matar os filhos da inimiga, matou desavisadamente seus próprios, enganada pela ama que lhes pusera roupas indevidas. Temisto, ao saber do fato, matou-se.

2. Ino

1. Ino, filha de Cadmo e de Harmonia, quando quis matar Frixo e Hele, filhos de Nebulosa, pôs-se a deliberar com as mulheres de todas as tribos, e conjurou para que queimassem as frutas produtoras de sementes, para que estas não germinassem, de tal modo que, com a esterilidade e a falta de frutos, morresse toda a cidade, parte de fome, parte de doença.

2. Por esse motivo, Atamas mandou a Delfos um emissário, a quem Ino orientou que trouxesse de volta um vaticínio assim: "Se Frixo fosse imolado a Jove, a peste teria fim". Porém, como Atamas se recusasse a fazê-lo, Frixo, de livre vontade, prometeu-lhe que iria sozinho libertar a cidade da desventura.

3. Então, quando foi levado com as ínfulas ao altar e quis suplicar ao pai Jove, o servo, por pena do adolescente, desvendou para Atamas o plano de Ino. Ao saber do crime, o rei entregou a Frixo sua mulher Ino e Melicerte, o filho dela, para serem mortos.

4. Quando eles foram conduzidos ao suplício, o pai Líber deitou sobre eles uma neblina e salvou sua ama Ino. Mais tarde, Atamas, por uma loucura lançada por Jove, matou o filho Learco.

5. At Ino cum Melicerte filio suo in mare se praecipitauit; quam Liber Leucotheam uoluit appellari, nos Matrem Matutam dicimus, Melicerten autem deum Palaemonem, quem nos Portunum dicimus. huic quinto quoque anno ludi gymnici fiunt, qui appellantur ἴσθμια.

III. Phrixus

1. Phrixus et Helle insania a Libero obiecta cum in silua errarent, Nebula mater eo dicitur uenisse et arietem inauratum adduxisse, Neptuni et Theophanes filium, eumque natos suos ascendere iussit et Colchos ad regem Aeolum Solis filium transire ibique arietem Marti immolare.

2. Ita dicitur esse factum; quo cum ascendissent et aries eos in pelagus detulisset, Helle de ariete decidit, ex quo Hellespontum pelagus est appellatum, Phrixum autem Colchos detulit; ibi matris praeceptis arietem immolauit pellemque eius inauratam in templo Martis posuit, quam seruante dracone Iason Aesonis et Alcimedis filius dicitur petisse.

3. Phrixum autem Aeeta libens recepit filiamque Chalciopen dedit ei uxorem; quae postea liberos ex eo procreauit. sed ueritus est Aeeta ne se regno eicerent, quod ei responsum fuit ex prodigiis ab aduena Aeoli filio mortem caueret; itaque Phrixum interfecit.

4. At filii eius, Argus Phrontis Melas Cylindrus, in ratem conscenderunt, ut ad auum Athamentem transirent: hos Iason cum pellem peteret, naufragos ex insula Dia sustulit et ad Chalciopen matrem reportauit, cuius beneficio ad sororem Medeam est commendatus.

XII. Pelias

1. Peliae Crethei et Tyrus filio responsum erat ut Neptuno sacrum faceret, et si quis monocrepis, id est uno pede calciatus superuenisset, tum mortem eius appropinquare.

5. Porém, Ino lançou-se ao mar com seu filho Melicerte. Por isso, Líber quis que ela se fosse chamada Leocoteia – e nós dizemos Mãe Matuta – e que também Melicerte se tornasse o deus Palemon – e nós dizemos Pórtuno. Em homenagem a este, a cada cinco anos ocorrem competições de ginástica, que são chamadas de Ístmicas.

3. Frixo

1. Quando Frixo e Hele, por uma loucura lançada por Líber, erravam pela mata, conta-se que sua mãe, a Nebulosa, foi ter com eles. Levando um carneiro dourado, filho de Netuno e de Teófanes, mandou os filhos nele subirem e irem aos Colcos, até ao rei Eetes, filho do Sol, e lá imolarem a Marte o carneiro.

2. E assim diz-se que foi feito. Então, quando haviam montado e o carneiro os levava pelo mar, Hele caiu do carneiro, razão pela qual o mar foi chamado de Helesponto. Mas Frixo foi levado aos Colcos. Ali, conforme o conselho da mãe, ele imolou o carneiro e consagrou seu velo dourado ao templo de Marte – o mesmo que Jasão, filho de Éson, como se conta, tomou da serpente guardiã.

3. Eetes, por seu turno, recebeu de boa vontade Frixo e lhe deu por esposa a filha Calcíope que, mais tarde, gerou filhos com ele. Entretanto, Eetes receou que o alijassem do poder, pois fora advertido pelos prodígios para se precaver da morte que viria de um estrangeiro descendente de Eolo. Por isso, matou Frixo.

4. Mas os filhos deste – Argo, Fronte, Mela e Cilindro – embarcaram em um navio para irem até o avô Atamas. Naufragados, Jasão os resgatou na ilha Dia, quando foi buscar o velo e os entregou à mãe Calcíope. Pelo benefício, foi recomendado à irmã Medeia.

12. Pélias

1. Quando realizava um sacrifício a Netuno, foi dado um vaticínio a Pélias, filho de Creteu e Tiro: "Se alguém *monocrépis*, ou seja, com um só pé calçado, aparecesse, então, aproximava-se sua morte".

2. Is cum annua sacra faceret Neptuno, Iason Aesonis filius, fratris Peliae, cupidus sacra faciendi, dum flumen Euhenum transiret calciamentum reliquit; quod ut celeriter ad sacra ueniret neglexit.

3. Id Pelias inspiciens, memor sortium praecepti iussit eum pellem arietis quam Phrixus Marti sacrauerat inauratam Colchis ab rege Aeeta hoste petere.

4. Qui conuocatis Graeciae ducibus Colchos est profectus.

XIII Iuno

1. Iuno cum ad flumen Euhenum in anum se conuertisset et staret ad hominum mentes tentandas, ut se flumen Euhenum transferrent, et id nemo uellet, Iason Aesonis et Alcimedes filius eam transtulit: ea autem irata Peliae quod sibi sacrum intermiserat facere, effecit ut Iason unam crepidam in limo relinqueret.

XIV. Argonauticae Conuocati

1. Iason Aesonis filius et Alcimedes Clymeni filiae et Thessalorum dux. Orpheus Oeagri et Calliopes Musae filius, Thrax, urbe fleuia, quae est in Olympo monte ad flumen Enipeum, mantis citharista. Asterion Pyremi filius, matre Antigona Pheretis filia, ex urbe Pellene. alii aiunt Hyperasii filium, urbe Piresia quae est in radicibus Phyllei montis qui est in Thessalia, quo loco duo flumina, Apidanus et Enipeus, separatim proiecta in unum conueniunt.

2. Polyphemus Elati filius, matre Hippea Antippi filia, Thessalus ex urbe Larissa, pedibus tardus. Iphiclus Phylaci filius, matre [Peri]clymene Minyae filia, ex Thessalia, auunculus Iasonis. Admetus Pheretis filius, matre Periclymene Minyae filia ex Thessalia, monte Chalcodonio, unde oppidum et flumen nomen traxit. huius Apollinem pecus pauisse ferunt.

3. Eurytus et Echion Mercurii et Antianirae Meneti filiae filii, ex urbe Alope, quae nunc uocatur Ephesus; quidam auctores Thessalos putant. Aethalides Mercurii et Eupolemiae

2. Enquanto ele cumpria o sacrifício anual a Netuno, Jasão, filho de Éson, desejoso de participar dos rituais, ao atravessar o rio Eveno, perdeu a sandália que, para chegar mais rápido ao culto, ele negligenciou.

3. Pélias, vendo isso, lembrando-se da advertência do Fado, ordenou-lhe que fosse até os Colcos para pedir ao hostil rei Eetes o velo do carneiro que Frixo sacrificara a Marte.

4. Jasão, com os heróis convocados na Grécia, partiu para a Cólquida.

13. Juno

1. Juno, quando junto ao rio Eveno se transformou em uma velha e ali ficou para testar a mente dos homens, ninguém lhe ajudou; mas Jasão, filho de Éson e de Alcímede, a transportou até a outra margem. Ela, então, irada contra Pélias que deixara de lhe prestar os rituais, fez com que Jasão perdesse na lama uma sandália.

14. Os argonautas convocados

1. Jasão, filho de Éson e de Alcímede, filha de Clímene, era o comandante dos tessálios. Orfeu, filho de Eagro e da musa Calíope, trácio da cidade de Flévia, que está no monte Olimpo junto ao rio Enipeu, era adivinho e citarista. Astérion, descendente de Piremo pela mãe Antígona, filha de Feretes, era da cidade de Pélene. Outros dizem que ele era filho de Hiperásio, da cidade de Pirésia que se encontra ao pé do monte Fileu, na Tessália, onde dois rios – o Apídano e o Enipeu – que correm separados ajuntam-se em um só.

2. Polifemo, filho de Élato com a mãe Hípea, filha de Antipo, era tessálio, da cidade de Larissa, e tinha pés tardonhos. Íficlo, filho de Fílaco com a mãe Clímene, filha de Mínia – o avô de Jasão – era da Tessália. Admeto, filho de Féretes com a mãe Periclímene, filha de Mínia, era da Tessália, do monte Calcodônio de onde a cidade e o rio tiram seu nome. Dizem que Apolo pastoreou seu rebanho.

3. Eurito e Équion, filhos de Mercúrio e de Antianira, filha de Menécio, eram da cidade de Álope, que agora é chamada de Éfeso. Alguns autores pensam que eles eram tessálios. Etálide era

Myrmidonis filiae filius; hic fuit Larissaeus. Coronus, urbe Gyrtone, quae est in Thessalia.

4. Hic Caeneus Elati filius, Magnesius, ostendit nullo modo Centauros ferro se posse uulnerare, sed truncis arborum in cuneum adactis; hunc nonnulli feminam fuisse dicunt, cui petenti Neptunum propter conubium optatum dedisse ut in iuuenilem speciem conuersus nullo ictu interfici posset. quod est nunquam factum, nec fieri potest ut quisquam mortalis non posset ferro necari aut ex muliere in uirum conuerti.

5. Mopsus Ampyci et Chloridis filius; hic augurio doctus ab Apolline ex Oechalia uel ut quidam putant Titarensis. Eurydamas Iri et Demonassae filius, alii aiunt Ctimeni filium, qui iuxta lacum Xynium Dolopeidem urbem inhabitabat. Theseus Aegei et Aethrae Pitthei filiae filius, a Troezene; alii aiunt ab Athenis.

6. Pirithous Ixionis filius, frater Centaurorum, Thessalus. Menoetius Actoris filius, Opuntius. Eribotes Teleontis filius, [...]

7. Eurytion Iri et Demonassae filius. [...] ixition ab oppido Cerintho. Oileus Leodoci et Agrianomes Perseonis filiae filius, ex urbe Narycea.

8. Clytius et Iphitus Euryti et Antiopes Pylonis filiae filii, reges Oechaliae. alii aiunt ex Euboea. hic concessa ab Apolline sagittarum scientia, cum auctore muneris contendisse dicitur. huius filius Clytius ab Aeeta interfectus est. Peleus et Telamon Aeaci et Endeidos Chironis filiae filii ab Aegina insula. qui ob caedem Phoci fratris relictis sedibus suis diuersas petierunt domos, Peleus Phthiam, Telamon Salaminam, quam Apollonius Rhodius Atthida uocat.

9. Butes Teleontis et Zeuxippes Eridani fluminis filiae filius ab Athenis. Phaleros Alcontis filius ab Athenis. Tiphys Phorbantis et Hyrmines filius, Boeotius; is fuit gubernator nauis Argo.

10. Argus Polybi et Argiae filius, alii aiunt Danai filius; hic fuit Argiuus, pelle taurina lanugine nigra adopertus. is

filho de Mercúrio e Eupolêmia, filha de Mirmidão. Ali estava o larísseo Corono, da cidade de Girtão, que fica na Tessália.

4. Aquele era Ceneu, filho de Élato, o magnésio que mostrou que os centauros não podiam feri-lo de forma alguma com ferro, mas com galhos de árvores presos nas lanças. Alguns dizem que ele fora mulher e que, como pedira em troca dos favores concedidos, Netuno o transformara em uma espécie de homem para que não pudesse ser morto por nenhum golpe, pois nunca houvera nem nunca pôde acontecer de um mortal não poder ser morto por ferro nem se transformar de mulher em homem.

5. Mopso, filho de Âmpico e de Clóride, era perito nos augúrios de Apolo. Veio da Ecália ou, como alguns dizem, era titarense. Euridamas era filho de Iro e de Demonassa. Outros dizem que ele era filho de Ctimeno que habitava a cidade de Dólopes, junto ao lago Xínio. Teseu, filho de Egeu e de Etra, filha de Piteu, era da cidade de Trezena. Alguns dizem que ele era de Atenas.

6. Pírito, filho de Íxion e irmão dos Centauros, era da Tessália. Menécio, filho de Actor, era da Opôntida. Eribotes, filho de Téleon, era [...] [lacuna].

7. Eurítio era filho de Iro e de Demonassa. [lacuna] Ixítion, da cidade de Corinto. Oileu, filho de Leódoco e Agrinomes, filha de Perseão, era da cidade de Naríceia.

8. Clício e Ífito, filhos de Eurito e de Antíopa, filha de Pílon, eram reis da Ecália. Outros dizem que eram da Eubeia. A Eurito foi concedida por Apolo a arte sagitífera e dizem que ele lutou contra quem lhe concedera o dom. Seu filho Clício foi morto por Eetes. Peleu e Telamón, filhos de Éaco e de Eudeide, filha de Quirão, eram da ilha de Égina. Em razão da morte de Foco, irmão deles, deixaram a pátria e buscaram lares diversos. Peleu foi para a Ftia e Telamón para Salamanina, a que Apolônio de Rodes chama de Átis.

9. Butes, filho de Téleon e Zêuxipe, filha do rio Erídano, era de Atenas. Falero, filho de Álcon, era de Atenas. Tífis, filho de Forbas e de Hírmene, era boécio e foi o piloto da nau Argo.

10. Argo era filho de Políbio e de Árgia. Outros dizem que era filho de Dânao. Ele era argivo e, recoberto por lanosa

fuit fabricator nauis Argo. Phliasus Liberi patris et Ariadnes Minois filiae filius, ex urbe Phliunte, quae est in Peloponneso, alii aiunt Thebanum. Hercules Iouis et Alcimenae Electryonis filiae filius, Thebanus.

11. Hylas Theodamantis et Menodices nymphae Orionis filiae filius, ephebus, ex Oechalia, alii aiunt ex Argis, comitem Herculis. Nauplius Neptuni et Amymones Danai filiae filius, Argiuus. Idmon Apollonis et Cyrenes nymphae filius, quidam Abantis dicunt, Argiuus. Hic augurio prudens quamuis praedicentibus auibus mortem sibi denuntiari intellexit, fatali tamen militiae non defuit.

12. Castor et Pollux Iouis et Ledae Thestii filiae filii Lacedaemonii, alii Spartanos dicunt, uterque imberbis; his eodem quoque tempore stellae in capitibus ut uiderentur accidisse scribitur. Lynceus et Idas Apharei et Arenae Oebali filiae filii, Messenii ex Peloponneso. ex his Lynceus sub terra quaeque latentia uidisse dicitur, neque ulla caligine inhibebatur.

13. Alii aiunt Lynceum noctu nullum uidisse. idem sub terra solitus cernere dictus est ideo quod aurifodinas norat; is cum descendebat et aurum subito ostendebat, ita rumor sublatus eum sub terra solitum uidere. Item Idas acer, ferox.

14. Periclymenus Nelei et Chloridis Amphionis et Niobes filiae filius; hic fuit Pylius. Amphidamas et Cepheus Alei et Cleobules filii de Arcadia. Ancaeus Lycurgi filius, alii nepotem dicunt, Tegeates.

15. Augeas Solis et Nausidames Amphidamantis filiae filius; hic fuit Ele[ct]us. Asterion et Amphion Hyperasii filii, alii aiunt Hippasi, ex Pellene. Euphemus Neptuni et Europes Tityi filiae filius, Taenarius; hic super aquas sicco pede cucurrisse dicitur.

16. Ancaeus alter, Neptuni filius, matre Althaea Thestii filia, ab Imbraso insula quae Parthenia appellata est, nunc autem Samos dicitur. Erginus Neptuni filius, a Mileto, quidam Periclymeni dicunt, Orchomenius.

pele taurina, foi o construtor da nau Argo. Flíaso, filho do pai Líber e de Ariadna, filha de Minos, era da cidade de Flio, que fica no Peloponeso. Outros dizem que ele era tebano. Hércules, filho de Júpiter e de Alcmena, filha de Electrião, era tebano.

11. O jovem Hilas, filho de Teodamante e da ninfa Menodice, filha de Orião, era da Ecália. Outros dizem que o companheiro de Hércules era de Argo. Náuplio, filho de Netuno e de Amímone, era argivo. Ídmon, filho de Apolo e da ninfa Cirene, era argivo. Alguns dizem que era filho de Abas. Ele, perito em augúrios, embora soubesse que sua morte fora anunciada pela predição das aves, não se furtou à expedição fatal.

12. Castor e Pólux, filhos de Jove e de Leda, filha de Téstio, eram lacedemônios. Alguns dizem que eram espartanos. Ambos eram imberbes. Está escrito que foram vistas estrelas descendo ao mesmo tempo sobre a cabeça deles. Linceu e Idas, filhos de Afareu e de Arena, filha de Ebalo, eram messenos do Peloponeso. Dizem que um deles, Linceu, via todas as coisas ocultas sob a terra, sem ser obstado por nenhuma neblina.

13. Outros dizem que Linceu nada via durante a noite. Também se diz que ele costumava ver sob a terra, por conhecer os veios de ouro. Ele, quando descia, rapidamente exibia o ouro, e por isso espalhou-se o rumor de que ele costuma ver sob a terra. Idas, do mesmo modo, era valente e feroz.

14. Periclímeno, filho de Neleu e de Clórides, filha de Anfião e Níobe, era de Pilos. Anfidamas e Cefeu, filhos de Aleu e de Cleobule, eram da Arcádia. Anceu era filho de Licurgo. Outros dizem que ele era neto de Tegeate.

15. Áugea, filho do Sol e de Nausidames, filha de Anfidamas, era eleusino. Astérion e Anfião eram filhos de Hiperásio. Outros dizem que de Hipasso, proveniente de Pelene. Eufemo, filho de Netuno e de Europa, filha de Titio, era tenário. Diz-se que ele corria sobre as águas com os pés secos.

16. Anceu era outro filho de Netuno, com a mãe Alta, filha de Téstio, da ilha de Imbraso, que foi chamada Patênia e que agora é conhecida como Samos. Érgino, filho de Netuno, era de Mileto. Alguns dizem que era filho de Periclímeno,

Meleager Oenei et Althaeae Thestii filiae filius, quidam Martis putant, Calydonius.

17. Laocoon Porthaonis filius, Oenei frater, Calydonius. Iphiclus alter, Thestii filius, matre Leucippe, Althaeae frater ex eadem matre, Lacedaemonius; hic fuit Arcas cursor iaculator. Iphitus Nauboli filius, Phocensis; alii Hippasi filium ex Peloponneso fuisse dicunt.

18. Zetes et Calais Aquilonis uenti et Orithyiae Erechthei filiae filii; hi capita pedesque pennatos habuisse feruntur crinesque caeruleos, qui peruio aere usi sunt. hi aues Harpyias tres, Thaumantis et Ozomenes filias, Aellopoda Celaeno Ocypeten, fugauerunt a Phineo Agenoris filio eodem tempore quo Iasoni comites ad Colchos proficiscebantur; quae inhabitabant insulas Strophades in Aegeo mari, quae Plotae appellantur. hae fuisse dicuntur capitibus gallinaceis, pennatae, alasque et bracchia humana, unguibus magnis, pedibusque gallinaceis, pectus aluom feminaque humana. hi autem Zet[h]es et Calais ab Hercule telis occisi sunt, quorum in tumulis superpositi lapides flatibus paternis mouentur. hi autem ex Thracia esse dicuntur.

19. Phocus et Priasus Caenei filii ex Magnesia. Eurymedon Liberi patris et Ariadnes Minois filiae filius, a Phliunte. Palaemonius Lerni filius Calydonius.

20. Actor Hippasi filius ex Peloponneso. therianon Solis et Leucothoes filius ex Andro. Hippalcimos Pelopis et Hippodamiae Oenomai filiae filius, ex Peloponneso a Pisis.

21. Asclepius Apollinis et Coronidis filius, a Tricca [...] [...] Thestii filia, Argiuus. Neleus Hippocoontis filius, Pylius.

22. Iolaus Iphicli filius, Argiuus. Deucalion Minois et Pasiphaes Solis filiae filius, ex Creta. Philoctetes Poeantis filius, a Meliboea.

23. Caeneus alter Coroni filius, Gortyna. Acastus Peliae et Anaxibiae Biantis filiae filius, ex Iolco, duplici pallio coopertus. hic uoluntarius Argonautis accessit, sponte sua comes Iasonis.

de Orcômeno. Melagro era filho de Oeneu e Altaia, filha de Téstio. Alguns acham que era filho de Marte, da Caledônia.

17. Laocoonte, filho de Portaon e irmão de Oeneu, era caledônio. Íficlo, outro filho de Téstis, por parte da mãe Leucipe, era irmão por parte de mãe de Altaia. Era lacedemônio. Estava ali Árcade, o corredor e atirador de dardos. Ífito, filho de Naubolo, era da Fócea. Outros dizem que ele era filho de Hipasso, do Peloponeso.

18. Zetes e Calais eram filhos do vento Aquilão e de Orítia, filha de Erecteu. Dizem que eles tinham asas na cabeça e nos pés, cabelos azuis e que costumavam romper os ares. Foram eles que afastaram de Fineu, filho de Agenor, quando os companheiros de Jasão dirigiam-se para a Cólquida, as três aves Harpias, filhas de Taumante e de Ozomene – Elópoda, Celeno e Ocípete. Estas habitavam as ilhas Estrófadas, no mar Egeu, que são chamadas de Plotas. Dizem que elas tinham cabeça de galinha, eram emplumadas, tinham asas e braços humanos, grandes unhas e pés de galinha; tinham peitos, ventre e vagina humanos. Eles, porém, foram mortos pelas flechas de Hércules. As lápides colocadas sobre seu túmulo são agitadas pelos sopros do pai. Dizem que também eles eram da Trácia.

19. Foco e Priaso, filhos de Ceneu, eram da Magnésia. Eurimedonte, filho do pai Líber e de Ariadna, filha de Minos, eram de Flios. Palemônio, filho de Lerno, era caledônio.

20. Actor, filho de Hipsasso, era do Peloponeso. Teríano, filho do Sol e de Leucotoe, era de Andros. Hipalcino, filho de Pélops e de Hipodâmia, filha de Enômano, era de Pisa, do Peloponeso.

21. Asclépio, filho de Apolo e de Corone, era de Trica. [lacuna], filha de Téstio, era argivo. Neleu, filho de Hipocoonte, era de Pilo.

22. Iolau, filho de Íficlo, era argivo. Deucalião, filho de Minos e de Passifae, filha do Sol, era de Creta. Filoctetes, filho de Peã, era da Melibeia.

23. Ceneu, o outro filho de Corono, era da Gortínia. Acasto, filho de Pélias e de Anaxíbia, filha de Bias, era de Iolco e se cobria com duplo manto. Ele se engajou como voluntário aos argonautas, tornando-se companheiro de Jasão de boa vontade.

24. Hi autem omnes Minyae sunt appellati, uel quod plurimos eorum filiae Minyae pepererunt, uel quod Iasonis mater Clymenes Minyae filiae filia erat. Sed neque Colchos omnes peruenerunt neque in patriam regressum habuerunt.

25. Hylas enim in Moesia a nymphis iuxta Cion flumenque Ascanium raptus est, quem dum Hercules et Polyphemus requirunt, uento rapta naue deserti sunt. Polyphemus ab Hercule quoque relictus, condita in Moesia ciuitate, periit apud Chalybas.

26. Tiphys autem morbo absumptus est in Mariandynis in Propontide apud Lycum regem; pro quo nauem rexit Colchos Ancaeus Neptuni filius. Idmon autem Apollinis filius ibi apud Lycum cum stramentatum exisset, ab apro percussus decidit; ultor Idmonis fuit Idas Apharei filius, qui aprum occidit.

27. Butes Teleontis filius quamuis cantibus et cithara Orphei auocabatur, uictus tamen est dulcedine Sirenum et rataturus ad eas in mare se praecipitauit; eum Venus delatum fluctibus Lilybaeo seruauit.

28. Hi sunt qui non peruenerunt Colchos; in reuersione autem perierunt Eurybates Teleontis filius et Canthus +ceriontis filius; interfecti sunt in Libya a pastore Cephalione Nasamonis fratre, filio Tritonidis Nymphae et Amphithemidis, cuius [fuste] pecus depopulabantur.

29. Mopsus autem Ampyci filius ab serpentis morsu in Africa obiit. Is autem in itinere accesserat comes Argonautis, Ampyco patre occiso.

30. Item accesserunt ex insula Dia Phrixi et Chalciopes Medeae sororis filii, Argus Melas Phrontides Cylindrus, ut alii aiunt uocitatos Phronius Demoleon Autolycus Phlogius, quos Hercules cum eduxisset habiturus comites dum Amazonum balteum petit, reliquit terrore perculsos a dascylo qui regis mariandinis filia.

31. Hi autem cum exirent ad Colchos, Herculem ducem facere uoluerunt; ille abnuit, sed potius Iasonem fieri oportere, cuius opera exirent omnes; dux ergo Iason regnauit.

24. Todos eles, então, foram chamados Mínias, seja porque as filhas de Mínias geraram muitos deles, seja porque Clímenes, mãe de Jasão, era filha de Mínias. Porém, nem todos chegaram à Cólquida ou regressaram à pátria.

25. Pois Hilas foi raptado pelas ninfas perto do Cíon e do rio Ascânio. Enquanto Hércules e Polifemo o procuravam, foram abandonados, quando o navio foi levado pelo vento. Também Polifemo foi abandonado por Hércules e, após fundar uma cidade na Mésia, morreu em Calibes.

26. Também Tífis foi tomado por uma doença, entre os Mariandinos, na Propôntide. Por isso, Anceu, filho de Netuno, pilotou o navio até a Cólquida. Também Ídmon, filho de Apolo, ali junto a Lico, morreu atingido por um javali quando saía para o palheiro. O vingador de Ídmon foi Idas, filho de Afareu, que matou o javali.

27. Butes, filho de Téleon, embora chamado pela cítara e pelos cantos de Orfeu, foi vencido pela doçura das sereias e lançou-se ao mar para nadar até elas. Vênus o salvou, tirando-o das ondas no Lilibeu.

28. Esses são os que não chegaram à Cólquida. Na volta, alguns ainda morreram. Euríbato, filho de Téleon, e Canto, filho de Cerião, foram mortos na Líbia pelo pastor Cefalião, irmão de Nasamão, filho da ninfa Tritoníada e de Anfitemides, cujo rebanho fora saqueado a fuste.

29. Mopso também morreu, pela picada de uma cobra, na África. Ele se juntara à expedição como companheiro dos argonautas após a morte de seu pai, Âmpico.

30. Também se engajaram, na ilha Dia, os filhos de Frixo e Calcíope, irmã de Medeia: Argo, Mela, Frôntide e Cilindro. Outros dizem que eles se chamavam Frônio, Demoleon, Autólico e Flógio. Hércules, quando os tomou por companheiros enquanto buscava o cinturão das Amazonas, os abandonou, abalados de terror por Dáscilo, que era filha do rei dos Mariandinos.

31. Eles, porém, quando partiram para a Cólquida, quiseram fazer de Hércules o comandante. Ele se recusou e (disse) que mais convinha que fosse Jasão, por cujo esforço todos partiam. Assim, Jasão, como comandante, os chefiou.

32. Faber Argus Danai filius, gubernator Tiphys, cuius post mortem rexit nauem Ancaeus Neptuni filius; proreta nauigauit Lynceus Apharei filius, qui multum uidebat; tutarchi autem fuerunt Zetes et Calais Aquilonis filii, qui pennas et in capite et in pedibus habuerunt; ad proram et remos sederunt Peleus et T[h]elamon; ad pitulum sederunt Hercules et Idas; ceteri ordinem seruauerunt; celeuma dixit Orpheus Oeagri filius. post, relicto eo ab Hercule, loco eius sedit Peleus Aeaci filius.

33. Haec est nauis Argo quam Minerua in sideralem circulum rettulit ob hoc quod ab se esset aedificata. ac primum in pelagus deducta est haec nauis, in astris apparens a gubernaculo ad uelum; cuius speciem ac formam Cicero in Phaenomenis exponit his uersibus:

> at Canis ad caudam serpens praelabitur Argo,
> conuersam prae se portans cum lumine puppim;
> non aliae naues ut in alto ponere proras
> ante solent, rostris Neptunia prata secantes;

> sicut cum coeptant tutos contingere portus,
> obuertant nauem magno cum pondere nautae,
> aduersamque trahunt optata ad litora puppim,
> sic conuersa uetus super aethera labitur Argo
> inde gubernaclum tendens a puppe uolante
> clari posteriora Canis uestigia tangit.

Haec nauis habet stellas in puppe quattuor, in gubernaculo dextro quinque, in sinistro quattuor, consimiles inter sese; omnino tredecim.

XV. Lemniades

1. In insula Lemno mulieres Veneri sacra aliquot annos non fecerant, cuius ira uiri earum Thressas uxores duxerunt et priores spreuerunt. at Lemniades eiusdem Veneris impulsu coniuratae genus uirorum omne quod ibi erat interfecerunt, praeter Hypsipylen, quae patrem suam Thoantem clam in

32. O construtor foi Argo, filho de Dânao; o piloto era Tífis e, após sua morte, Anceu, filho de Netuno, foi quem guiou a nau. Na proa, navegava Linceu, filho de Afareu, porque muito via. Os adriceiros eram Zetes e Calais, filhos do Aquilão que tinham asas na cabeça e nos pés. Nos remos da proa, assentaram-se Peleu e Telamón; à meia-nau, sentaram-se Hércules e Idas. Os demais seguiam a ordem. Orfeu, filho de Eagro, entoou o canto dos remeiros. Depois que Hércules deixou seu lugar, ocupou-o Peleu, filho de Éaco.

33. Esse foi o navio Argo que Minerva dispôs no círculo sideral por ter sido por ela construído. Quando, pela primeira vez aquela nau foi levada ao mar, apareceu entre os astros, do timoneiro à vela, cuja beleza e forma Cícero, nos *Fenômenos*, expôs com os seguintes versos:

> Mas, movendo-se junto à cauda do cão, Argo desliza,
> tendo a popa iluminada, voltada diante de si.
> Não é como as outras naus que costuma pôr a proa
> adiante no mar, cortando com as quilhas os prados de
> [Netuno;
> assim como empreendem tocar o porto seguro,
> os nautas voltam a nau com o grande peso
> e arrastam a popa voltada à almejada praia,
> igualmente a velha Argo resvala, voltada sobre o céu.
> Então, o leme pendente da popa voadora
> toca a ponta das pegadas do Cão brilhante.

Esse navio tem quatro estrelas na popa, cinco à direita do leme e quatro à esquerda, todas iguais entre si, computando ao todo treze.

15. As mulheres de Lemnos

1. Na ilha de Lemnos, por muitos anos, as mulheres não prestaram sacrifício a Vênus, por cuja ira seus maridos tomaram as trácias por esposas, desprezando as antigas. Então, as mulheres de Lemnos, conjuradas pelo impulso da mesma Vênus, mataram todo o gênero masculino que ali havia, com exceção

nauem imposuit, quem tempestas in insulam Tauricam detulit.

2. Interim Argonautae praenauigantes Lemno accesserunt; quos ut uidit Iphinoe custos portae, nuntiauit Hypsipylae reginae, cui Polyxo aetate constituta dedit consilium ut eos laribus hospitalibus obligaret hospitioque inuitaret.

3. Hypsipyle ex Iasone procreauit filios Euneum et Deipylum.

4. Ibi cum plures dies retenti essent, ab Hercule obiurgati discesserunt.

5. Lemniades autem postquam scierunt Hypsipylen patrem suum seruasse, conatae sunt eam interficere; illa fugae se mandauit. Hanc praedones exceptam Thebas deportarunt et regi Lyco in seruitutem uendiderunt.

6. Lemniades autem quaecunque ex Argonautis conceperunt, eorum nomina filiis suis imposuerunt.

XVI. Cyzicus

1. Cyzicus Eusori filius rex in insula Propontidis Argonautas hospitio liberali excepit; qui cum ab eo discessissent totumque diem nauigassent, nocte tempestate orta ad eandem insulam ignari delati sunt.

2. Quos Cyzicus hostes Pelasgicos arbitrans esse, cum eis noctu in litore arma contulit, et ab Iasone est interfectus; quod postero die cum prope litus appropinquasset et uidisset se regem interfecisse, sepulturae eum tradidit atque filiis regnum tradidit.

XVII. Amycus

1. Amycus Neptuni et Melies filius, Bebryciae rex. in huius regna qui uenerat caestis cogebat secum contendere et deuictos perdebat. hic cum Argonautas prouocasset ad caestus, Pollux cum eo contendit et eum interfecit.

XVIII. Lycus

1. Lycus rex insulae Propontidis Argonautas recepit hospitio in honorem, eo quod Amycum interfecerant, quod eum

de Hipsípila, que ocultou seu pai Toas em um barco, que uma tempestade levou à ilha de Tauros.

2. Nesse entretempo, os argonautas chegaram navegando a Lemnos. Quando Ifinoé, a guardiã dos portões, os viu, anunciou-os à rainha Hipsípila, a quem Polixo, investida da idade, aconselhou prendê-los pelos deuses da hospitalidade e a os convidar para serem recebidos como hóspedes.

3. Hipsípila de Jasão procriou os filhos Euneu e Deípilo.

4. Como se retivessem ali por muitos dias, foram repreendidos por Hércules e partiram.

5. Quando as mulheres de Lemnos souberam que Hipsípila salvara o pai, tentaram matá-la, mas ela se pôs em fuga. Então, piratas levaram-na presa a Tebas e a venderam ao rei Lico, como serva.

6. Todas as mulheres de Lemnos conceberam dos argonautas e deram a seus filhos o nome deles.

16. Cízico

1. Cízico, filho de Eusoro, rei da ilha da Propôntide, recebeu com generosa hospitalidade os argonautas, que, quando dele se partiram, tendo navegado todo o dia, foram levados de volta sem que o soubessem àquela mesma ilha por uma tempestade nascida durante a noite.

2. Cízico, julgando que eles fossem os pelasgos, seus inimigos, terçou armas com eles na praia durante a noite, e foi morto por Jasão. Este, então, no dia seguinte, quando se aproximou da praia e viu que o rei fora morto por ele, pô-lo na sepultura e entregou o reino aos filhos.

17. Âmico

1. Âmico, filho de Netuno e de Melies, era o rei da Bebrícia. Quem chegasse a seus domínios era obrigado a lutar com ele com os cestos, e ele matava os vencidos. Quando chamou os argonautas ao combate, Pólux lutou com ele e o matou.

18. Lico

1. Lico, rei da ilha da Propôntida, recebeu os argonautas como hóspedes, grato porque eles haviam matado Âmico, que

saepe +inficiaretur. Argonautae dum apud Lycum morantur et stramentatum exissent, Idmon Apollinis filius ab apro percussus interiit, in cuius dum diutius sepultura morantur, Tiphys Phorbantis filius moritur. tunc Argonautae Ancaeo Neptuni filio nauem Argo gubernandam dederunt.

XIX. Phineus

1. Phineus Agenoris filius Thrax ex Cleopatra habuit filios duos. hi a patre nouercae crimine excaecati sunt.

2. Huic etiam Phineo Apollo augurium dicitur dedisse; hic deorum consilia cum enuntiaret, ab Ioue est excaecatus, et apposuit ei Harpyias, qui Iouis canes esse dicuntur, quae escam ab ore eius auferrent.

3. Huc cum Argonautae deuenissent et eum iter ut demonstraret rogarent, dixit se demonstraturum si eum poena liberarent. tunc Zetes et Calais, Aquilonis uenti et Orithyiae filii, qui pennas in capite et in pedibus habuisse dicuntur, Harpyias fugauerunt in insulas Strophadas et Phineum poena liberarunt.

4. Quibus monstrauit quomodo Symplegadas transirent, ut columbam mitterent; quae petrae cum concurrissent, in recessu earum [...] illi retro refugerent. Argonautae beneficio Phinei Symplegadas transierunt.

XX. Stymphalides

1. Argonautae cum ad insulam Diam uenissent et aues ex pennis suis eos conficerent pro sagittis, cum multitudini auium resistere non possent, ex Phinei monitu clipeos et hastas sumpserunt, exque more Curetum sonitu eas fugarunt.

XXI. Phrixi Filii

1. Argonautae cum per Cyaneas cautes, quae dicuntur petrae Symplegades, intrassent mare quod dicitur Euxinum et errarent, uoluntate Iunonis delati sunt ad insulam Diam.

amiúde os atacava. Enquanto os argonautas se demoravam junto a Lico, Ídmon, tendo saído para ir ao palheiro, morreu atacado por um javali. Pelo muito tempo em que demoraram em seu sepultamento, Tífis, filho de Forbas, morreu. Então, os argonautas deram a Anceu, filho de Netuno, ser o piloto da nau Argo.

19. Fineu

1. Fineu, filho de Agenor, era trácio. Teve de Cleópatra dois filhos, que foram cegados pelo pai quando a madrasta os incriminou.

2. Conta-se que também a ele Apolo dera o dom do augúrio. Mas, como ele revelara as deliberações dos deuses, foi cegado por Jove e lhe foram impostas as Harpias, que são chamadas de cadelas de Jove, e que lhe arrebatavam da boca a comida.

3. Quando os argonautas ali chegaram e lhe pediram que lhes mostrasse o caminho, ele disse que lhos mostraria se o libertassem do castigo. Então, Zetes e Calais, os filhos do vento Aquilão e de Orítia, de quem se diz que tinham asas na cabeça e nos pés, espantaram as harpias para as ilhas Estrófadas, e libertaram Fineu do castigo.

4. Este lhes mostrou como atravessar as Simplégades quando enviassem uma pomba: quando as pedras se entrechocassem, no intervalo delas ... [lacuna] ... eles deveriam se apressar adiante. Os argonautas, com a ajuda de Fineu, ultrapassaram as Simplégades.

20. As aves do Estínfalo

1. Quando os argonautas chegaram à ilha de Dia, as aves os feriram com suas penas, como se fossem flechas. Como eles não puderam fazer frente à multidão de aves, tomaram as lanças e os escudos e, à maneira dos Curetes, expulsaram-nas com o barulho, como lhes instruíra Fineu.

21. Os filhos de Frixo

1. Quando os argonautas entraram no mar, que é chamado Euxino, por entre as rochas Ciâneas, que são chamadas Simplégades, e vagavam, foram levados pela vontade de Juno até a ilha Dia.

2. Ibi inuenerunt naufragos nudos atque inopes Phrixi et Chalciopes filios Argum Phrontidem Melam Cylindrum; qui cum casus suos exposuissent Iasoni, se cum ad auum festinarent Athamanta ire naufragio facto ibi esse eiectos, quos Iason receptos auxilio iuuit; qui Iasonem Colchos perduxerunt per flumen Thermodoontem.

3. Et cum iam non longe essent a Colchis, iusserunt nauem in occulto collocari, et uenerunt ad matrem Chalciopen Medeae sororem, indicantque Iasonis beneficia et cur uenissent. tunc Chalciope de Medea indicat, perducitque eam cum filiis suis ad Iasonem.

4. Quae cum eum uidisset, agnouit quem in somniis adamauerat Iunonis impulsu, omniaque ei pollicetur, et perducunt eum ad templum.

XXII. Aeeta

1. Aeetae Solis filio erat responsum tam diu eum regnum habiturum quamdiu ea pellis quam Phrixus consecrauerat in fano Martis esset.

2. Itaque Aeeta Iasoni hanc simultatem constituit, si uellet pellem auratam auferre, tauros aeripedes qui flammas naribus spirabant iungeret adamanteo iugo, et araret dentesque draconis ex galea sereret, ex quibus gens armatorum statim enascere[n]tur et se mutuo interficeret.

3. Iuno autem Iasonem ob id semper uoluit seruatum quod, cum ad flumen uenisset uolens hominum mentes temptare, anum se simulauit et rogauit ut se transferrent; cum ceteri qui transierant despexissent, ille transtulit eam.

4. Itaque cum sciret Iasonem sine Medeae consilio imperata perficere non posse, petit a Venere ut Medeae amorem iniceret. Iason a Medea Veneris impulsu amatus est; eius opera ab omni periculo liberatus est. nam cum tauris arasset et armati essent enati, Medeae monitu lapidem inter eos abiecit; illi inter se pugnantes alius alium interfecerunt. dracone

2. Ali, encontraram náufragos, nus e debilitados, os filhos de Frixo e Calcíope – Argo, Frôntide, Mela e Cílindro. Estes contaram a Jasão seus infortúnios: [disseram] como haviam sido lançados ali por um naufrágio, quando se apressavam em procurar o avô Atamas. Jasão os acolheu e lhes deu auxílio, e eles conduziram Jasão até os Colcos, pelo rio Termodonte.

3. Quando já se encontravam próximos à Cólquida, eles mandaram que o navio fosse posto em um esconderijo, e procuraram por Calcíope, irmã de Medeia. Contam-lhe sobre a bondade de Jasão e o motivo de lá terem chegado. Então, Calcíope mostra Medeia e a leva, com seus filhos, até Jasão.

4. Quando ela o viu, reconheceu aquele a quem amara no sonho e, por incitação de Juno, promete-lhe todas as coisas; e eles seguem para o templo.

22. Eetes

1. Um oráculo revelou a Eetes, filho do Sol, que ele permaneceria no poder enquanto aquele velo que Frixo consagrara a Marte permanecesse no templo.

2. Por isso, Eetes estabelece para Jasão o seguinte pacto: se ele quisesse levar o velo de ouro, que prendesse, com jugo de adamante, os touros de pés de bronze que sopravam fogo pelas ventas; que arasse (o campo) e semeasse os dentes da serpente que levava no capacete, dos quais nasceriam sem demora homens armados que se matariam entre si.

3. Juno, porém, sempre o quisera a salvo, pois, quando ela fora ao rio para testar a mente dos homens, fingiu-se de velha e pediu que a atravessassem, e os que atravessavam o rio a desprezaram, foi ele quem a transportara.

4. Por isso, quando percebeu que sem a ajuda de Medeia Jasão não poderia cumprir o que lhe fora ordenado, pediu a Vênus que inspirasse em Medeia o amor. E Jasão foi amado por Medeia, por incitação de Vênus. Por sua ajuda, ele foi libertado de todos os perigos. Então, como ele tinha arado (o campo) com os touros e os homens armados haviam nascido, ele lançou, por conselho de Medeia, uma pedra entre eles; e estes, entre si

autem uenenis sopito, pellem de fano sustulit, in patriamque cum Medea est profectus.

XXIII. Absyrtus

1. Aeeta ut resciit Medeam cum Iasone profugisse, naue comparata misit Absyrtum filium cum satellitibus armatis ad eam persequendam. Qui cum in Adriatico mari in Histria eam persecutus esset ad Alcinoum regem, et uellet armis contendere, Alcinous se inter eos interposuit, ne bellarent; quem iudicem sumpserunt, qui eos in posterum distulit.

2. Qui cum tristior esset et interrogatus est a coniuge Arete quae causa esset tristitiae, dixit se iudicem sumptum a duabus diuersis ciuitatibus, inter Colchos et Argiuos. Quem cum interrogaret Arete quidnam esset iudicaturus, respondit Alcinous, si uirgo fuerit Medea, parenti redditurum, sin autem mulier, coniugi.

3. Hoc cum audiuit Arete a coniuge, mittit nuntium ad Iasonem, et is Medeam noctu in antro deuirginauit. Postero autem die cum ad iudicium uenissent et Medea mulier esset inuenta, coniugi est tradita.

4. Nihilominus cum profecti essent, Absyrtus timens patris praecepta persecutus est eos in insulam Mineruae; ibi cum sacrificaret Mineruae Iason et Absyrtus interuenisset, ab Iasone est interfectus. Cuius corpus Medea sepulturae dedit, atque inde profecti sunt.

5. Colchi qui cum Absyrto uenerant, timentes Aeetam, illic remanserunt, oppidumque condiderunt quod ab Absyrti nomine Absoron appellarunt. Haec autem insula posita est in Histria contra Polam, iuncta insulae cantae.

XXIV. Iason: Peliades

1. Iason cum Peliae patrui sui iussu tot pericula adisset, cogitare coepit quomodo eum sine suspicione interficeret. hoc Medea se facturam pollicetur.

lutando, mataram-se uns aos outros. Então, quando a serpente foi adormecida pelas poções, ele tomou o velo do santuário e partiu com Medeia para sua pátria.

23. Absirto

1. Quando Eetes soube que Medeia fugira com Jasão, após preparar um navio, mandou que o filho Absirto a perseguisse com guardas armados. Este, como a perseguisse pelo mar Adriático até a Hístria, junto ao reino de Alcínoo e quisesse lutar com armas, Alcínoo se interpôs entre eles para que não guerreassem. Escolheram-no como juiz e ele diferiu para o outro dia (a decisão).

2. Como este estivesse triste e tivesse sido interrogado pela esposa Arete sobre o motivo da tristeza, ele respondeu que fora feito juiz por dois povos diferentes – os Colcos e os Argivos. Quando Arete lhe indagou qual seria sua decisão, Alcínoo respondeu: "Se Medeia for virgem, deverá ser entregue ao pai; se mulher, ao marido".

3. Quando Arete ouviu isso do marido, mandou um mensageiro ter com Jasão; e ele, durante a noite, desvirginou Medeia em uma caverna. No dia seguinte, quando chegaram ao tribunal, Medeia, feita mulher, foi entregue ao marido.

4. Entretanto, quando eles partiram, Absirto, temendo as ordens do pai, os perseguiu até a ilha de Minerva. Ali, enquanto Jasão prestava sacrifício a Minerva, Absirto chegou e foi morto por Jasão. Medeia deu seu corpo à sepultura e, então, eles partiram.

5. Os colcos que com Absirto haviam ido, temendo Eetes, ali permaneceram e criaram uma cidade a que, em razão do nome de Absirto, chamaram de Absoro. Então, essa ilha está situada na Hístria, defronte a Póla e junto à ilha de Canto.

24. Jasão e as filhas de Pélias

1. Como Jasão havia enfrentado tantos perigos a mando do tio, pôs-se a cogitar em como lhe dar um fim sem levantar suspeita. Medeia prometeu que o faria.

2. Itaque cum iam longe a Colchis essent, nauem iussit in occulto collocari et ipsa ad Peliae filias pro sacerdote Dianae uenit; eis pollicetur se patrem earum Pelian ex sene iuuenem facturam, idque Alcestis maior filia negauit fieri posse.

3. Medea quo facilius eam perduceret ad suam uoluntatem, caliginem eis obiecit et ex uenenis multa miracula fecit quae ueri similia esse uiderentur, arietemque uetulum in aënum coniecit, unde agnus pulcherrimus prosiluisse uisus est.

4. Eodemque modo [unde] Peliades, id est Alcestis Pelopia Medusa Pisidice Hippothoe, Medeae impulsu patrem suum occisum in aëno coxerunt. cum se deceptas esse uiderent, a patria profugerunt.

5. At Iason, signo a Medea accepto, regia est potitus, Acastoque Peliae filio fratri Peliadum, quod secum Colchos ierat, regnum paternum tradidit; ipse cum Medea Corinthum profectus est.

XXV. Medea

1. Aeetae Medea et Idyiae filia cum ex Iasone iam filios Mermerum et Pheretem procreasset summaque concordia uiuerent, obiciebatur ei hominem tam fortem ac formosum ac nobilem uxorem aduenam atque ueneficam habere.

2. Huic Creon Menoeci filius rex Corinthius filiam suam minorem Glaucen dedit uxorem. Medea cum uidit se erga Iasonem bene merentem tanta contumelia esse affectam, coronam ex uenenis fecit auream eamque muneri filios suos iussit nouercae dare.

3. Creusa munere accepto cum Iasone et Creonte confraglauit. Medea ubi regiam ardere uidit, natos suos ex Iasone Mermerum et Pheretem interfecit et profugit a Corintho.

XXVI. Medea exul

1. Medea Corintho exul Athenas ad Aegeum Pandionis filium deuenit in hospitium eique nupsit; ex eo natus est Medus.

2. Assim, quando já se encontravam perto de Iolco, ela mandou esconder a nau e foi ter com as filhas de Pélias, como se fosse sacerdotisa de Diana; e lhes prometeu que transformaria Pélias, o pai delas, de velho em novo. Isso, Alceste, a filha mais velha, duvidou que pudesse ser feito.

3. Medeia, para mais fácil convencê-la conforme sua vontade, lançou sobre elas uma densa névoa e, por intermédio de poções, realizou muitos prodígios que pareceram verossímeis, e lançou um carneiro velho no caldeirão, de onde foi visto sair um belíssimo cordeiro.

4. Então, do mesmo modo, as filhas de Pélias, ou seja, Alcestes, Pelópia, Medusa, Isídoce e Hipotóe, por instigação de Medeia, cozeram seu pai morto no caldeirão. Quando perceberam terem sido enganadas, elas fugiram da pátria.

5. Daí Jasão, quando Medeia sinalizou, assenhoreou-se do palácio e entregou o reino paterno a Acasto, filho de Pélias e irmão das pelíades, e que havia ido com ele à Cólquida. Jasão e Medeia partiram para Corinto.

25. Medeia

1. Quando Medeia, filha de Eetes e de Idia, já tinha tido filhos com Jasão – Mérmero e Feres – e como vivessem (todos) em suma harmonia, ela foi exprobrada em razão de um homem tão forte, tão formoso e nobre ter uma esposa feiticeira e estrangeira.

2. Para ele, Creonte, filho de Menécio e rei dos Corintos, deu por esposa sua filha menor, Gláucia. Quando Medeia, benfeitora de Jasão, viu-se atingida por tão grande afronta, fez uma coroa de ouro envenenada e mandou que seus filhos a dessem de presente à madrasta.

3. Quando Creúsa aceitou o presente, conflagrou-se com Jasão e Creonte. Medeia, ao ver o palácio queimar, matou Mérmero e Feres, seus filhos com Jasão, e fugiu de Corinto.

26. Medeia Desterrada

1. Medeia, desterrada de Corinto, foi como hóspede para Atenas, para junto de Egeu, filho de Pandião, e com ele se casou. Dele, nasceu Medo.

2. Postea sacerdos Dianae Medeam exagitare coepit, regique negabat sacra caste facere posse eo quod in ea ciuitate esset mulier uenefica et scelerata. Tunc iterum exulatur.

3. Medea autem iunctis draconibus ab Athenis Colchos redit; quae in itinere Absoridem uenit, ubi frater Abysrtus sepultus erat. Ibi Absoritani serpentium multitudini resistere non poterant; Medea autem ab eis rogata lectas eas in tumulum fratris coniecit, quae adhuc ibi permanentes, si qua [autem] extra tumulum exit, debitum naturae persoluit.

XXVII. Medus

1. Persi Solis filio, fratri Aeetae, responsum fuit ab Aeetae progenie mortem cauere: ad quem Medus dum matrem persequitur tempestate est delatus, quem satellites comprehensum ad regem Persen perduxerunt.

2. Medus Aegei et Medeae filius ut uidit se in inimici potestatem uenisse, Hippoten Creontis filium se esse mentitus est. rex diligentius quaerit et in custodia eum conici iussit; ubi sterilitas et penuria frugum dicitur fuisse.

3. Quo Medea in curru iunctis draconibus cum uenisset, regi se sacerdotem Dianae ementita est; dixit sterilitatem se expiare posse, et cum a rege audisset Hippoten Creontis filium in custodia haberi, arbitrans eum patris iniuriam exsequi uenisse, ibique [...] imprudens filium prodidit.

4. Nam regi persuadet eum Hippoten non esse sed Medum Aegei filium a matre missum ut regem interficeret, petitque ab eo ut interficiendus sibi traderetur, aestimans Hippoten esse.

5. Itaque Medus cum productus esset ut mendacium morte puniret, ut illa aliter esse uidit quam putauit, dixit se cum eo colloqui uelle atque ensem ei tradidit iussitque aui sui iniurias exsequi. Medus re audita Persen interfecit regnumque auitum possedit; ex suo nomine terram Mediam cognominauit.

2. Mais tarde, a sacerdotisa de Diana começou a censurar Medeia e se negava a cumprir castamente os ritos porque havia naquela cidade uma mulher feiticeira e criminosa. Então, ela foi exilada outra vez.

3. Medeia, assim, com as cobras jungidas, voltou de Atenas à Cólquida. No caminho, passou por Absoro, onde seu irmão Absirto fora sepultado. Ali, os habitantes de Absoro não podiam lidar com a multidão de serpentes. Por isso, rogaram a Medeia que as colocasse juntas no túmulo para que elas ali permanecessem. Se alguma, então, sai do túmulo, paga o débito natural.

27. Medo

1. Um oráculo revelou a Perses, filho do Sol e irmão de Eetes, que se precavesse da morte que viria de um descendente de Eetes. A ele Medo, enquanto procurava pela mãe, foi levado por uma tempestade e os guardas o prenderam e o conduziram até o rei Perses.

2. Medo, filho de Egeu e de Medeia, vendo que fora posto em poder de um inimigo, mentiu (dizendo) ser Hipotes, filho de Creonte. O rei o interrogou diligentemente e ordenou que o prendessem quando, como se conta, ocorreu esterilidade e carestia de frutos.

3. Então, quando Medeia chegou no carro com as jungidas serpentes, ela mentiu dizendo ao rei que era sacerdotisa de Diana e que poderia expiar a esterilidade. E, quando ouviu que o rei mantinha preso Hipotes, filho de Creonte, julgando que ele viera para vingar a afronta sofrida pelo pai, imprudentemente traiu seu filho.

4. Desse modo, persuadiu o rei de que aquele não era Hipotes, mas Medo, filho de Egeu, que a mãe mandara para assassinar o rei, e pediu que ele lhe fosse entregue para ser morto, pensando se tratar de Hipotes.

5. Então, quando Medo foi levado para ser punido com a morte pelo falso crime, ela percebeu que ele era diferente de quem ela pensava, e disse que queria conversar com ele. Deu-lhe uma espada e ordenou que vingasse as injustiças sofridas pelo avô. Medo, quando isso ouviu, matou Perses e se assenhorou do reino do avô. Em razão de seu nome, chamou a terra de Média.

Ouidius
Heroides XII

Medea Jasoni

At tibi Colchorum, memini, regina uacaui,
  ars mea cum peteres ut tibi ferret opem!
Tunc quae dispensant mortalia fila sorores,
  debuerant fusos euoluisse meos;
tum potui Medea mori bene! quidquid ab illo   5
  produxi uitae tempore, poena fuit.
Ei mihi! cur umquam iuuenalibus acta lacertis
  Phrixeam petiit Pelias arbor ouem?
Cur umquam Colchi Magnetida uidimus Argon
  turbaque Phasiacam Graia bibistis aquam?   10
Cur mihi plus aequo flaui placuere capilli
  et decor et linguae gratia ficta tuae?
Aut, semel in nostras quoniam noua puppis harenas
  uenerat audacis attuleratque uiros,
isset anhelatos non praemedicatus in ignes   15
  inmemor Aesonides oraque adusta boum!
Semina iecisset totidem seuisset et hostes,
  ut caderet cultu cultor ab ipse suo!
Quantum perfidiae tecum, scelerate, perisset!
  dempta forent capiti quam mala multa meo!   20
Est aliqua ingrato meritum exprobrare uoluptas;
  hac fruar, haec de te gaudia sola feram.
Iussus inexpertam Colchos aduertere puppim
  intrasti patriae regna beata meae.
Hoc illic Medea fui, noua nupta quod hic est;   25
  quam pater est illi, tam mihi diues erat.
Hic Ephyren bimarem, Scythia tenus ille niuosa
  omne tenet, Ponti qua plaga laeua iacet.
Accipit hospitio iuuenes Aeeta Pelasgos,
  et premitis pictos corpora Graia toros.   30

Ovídio
Heroides XII

De Medeia para Jasão

Lembrei que, embora rainha colca, dei-me a ti
    ao pedires minha arte em teu auxílio!
As irmãs que os mortais fios, então, comandam
    deviam ter meus fusos desatado
p'ra assim Medeia morrer bem. A vida toda
    que tive neste tempo foi castigo.
Por que um dia, ai de mim, puxando-a os jovens braços,
    buscou o velo fríxeo a árvore pélia?
Por que um dia avistei a magnésia Argo em Cólquida
    e bebeste do Fase, ó turba grega?,
e mais que o justo me encantaram a áurea coma,
    o ornato e a graça ficta de tua língua?
Antes, quando chegou a nova nau à nossa
    areia transportando homens audazes,
tivesse o ingrato esônio ido aos fogos soprados
    sem cuidar-se, e dos bois à boca adusta;
tivesse tantos grãos semeado quanto imigos,
    p'ra que o plantado ao plantador matasse.
Quanta traição contigo, ó ímprobo, morreria
    e quanto mal de mim se afastaria.
Prazer há no exprobrar um favor ao ingrato:
    fruí-lo-ei – terei de ti só esta alegria.
Mandado em Cólquida arribar a inábil popa,
    entraste em minha pátria venturosa.
Aí fui, Medeia, o que a nova noiva é aqui;
    tão rico é dela o pai quanto era o meu –
– um, a Éfira bimar, e o outro o que desde a Cítia
    nivosa estende tem, do Ponto à esquerda.
Como hóspede Eetes acolheu os jovens pelasgos
    e, ó corpos gregos, leitos apertastes.

Tunc ego te uidi, tunc coepi scire, quid esses;
    illa fuit mentis prima ruina meae.
Et uidi et perii! nec notis ignibus arsi,
    ardet ut ad magnos pinea taeda deos.
Et formosus eras et me mea fata trahebant: 35
    abstulerant oculi lumina nostra tui.
Perfide, sensisti! quis enim bene celat amorem?
    eminet indicio prodita flamma suo.
Dicitur interea tibi lex, ut dura ferorum
    insolito premeres uomere colla boum.   40
Martis erant tauri plus quam per cornua saeui,
    quorum terribilis spiritus ignis erat,
aere pedes solidi praetentaque naribus aera,
    nigra per adflatus haec quoque facta suos.
Semina praeterea populos genitura iuberis   45
    spargere deuota lata per arua manu,
qui peterent natis secum tua corpora telis:
    illa est agricolae messis iniqua suo.
Lumina custodis succumbere nescia somno
    ultimus est aliqua decipere arte labor.   50
Dixerat Aeetes: maesti consurgitis omnes,
    mensaque purpureos deserit alta toros.
Quam tibi tunc longe regnum dotale Creusae
    et socer et magni nata Creontis erat?
Tristis abis. Oculis abeuntem prosequor udis   55
    et dixit tenui murmure lingua: "uale!"
Vt positum tetigi thalamo male saucia lectum,
    acta est per lacrimas nox mihi quanta fuit.
Ante oculos taurique meos segetesque nefandae,
    ante meos oculos peruigil anguis erat.   60
Hinc amor, hinc timor est – ipsum timor auget amorem.
    mane erat et thalamo cara recepta soror
disiectamque comas auersaque in ora iacentem
    inuenit et lacrimis omnia plena meis.
Orat opem Minyis, alter petit, impetrat alter,   65
    Aesonio iuueni quod rogat illa, damus.

Então, te vi; então eu soube quem tu eras –
    foi essa a prima ruína de minha alma.
Vi e me perdi! Ardi em chama não sabida
    como arde a pínea tocha em frente aos deuses.
Eras formoso e a mim os fados arrastavam:
    teus olhos minha luz tinham tirado.
Sentiste-o, ó pérfido. Quem bem oculta o amor?
    Por seus sinais se mostra a chama exposta.
Mas te é dada u'a lei cruel: que dos ferozes touros
    atasses à cerviz o arado insólito.
De Marte eram os bois, piores que pelos chifres,
    deles eram terríveis o ígneo bafo
de bronze duro os pés, a ênea armação das fuças
    também enegrecidas pelos sopros.
De mais, te ordenam dar aos campos co'a fiel mão
    os grãos que haviam de gerar aqueles
que te acossassem co'as armas co'eles germinadas:
    p'r'o seu agricultor má seara é aquela.
Os olhos do guardião, ínscios de cair no sono,
    co'arte iludi-los foi o último esforço.
Eetes falara e, todos tristes, vos erguestes;
    e os leitos púrpura agastou a mesa.
De ti distavam tanto então o reino – o dote
    de Creúsa – o sogro e a filha de Creonte.
Partes triste. Te sigo, ao saíres, co'olhos úmidos
    e, co'um murmúrio, a língua disse: "Adeus!"
Quando no quarto o leito ofendida toquei,
    passo em prantos minha longa noite!
Diante dos olhos meus surgiam touros, searas
    nefandas e a serpente vigilante.
Depois, há amor e medo – e o medo aumenta o amor.
    Recebi de manhã no quarto a irmã
que me achou despenteada, estendida co'o rosto
    virado e tudo cheio com meu pranto.
P'r'os mínias pede ajuda – u'a roga e o outro alcança
    porque ao esônio eu dou o que ela pede.

Est nemus et piceis et frondibus ilicis atrum,
    uix illuc radiis solis adire licet;
sunt in eo – fuerant certe – delubra Dianae:
    aurea barbarica stat dea facta manu.   70
Noscis an exciderunt mecum loca? uenimus illuc;
    orsus es infido sic prior ore loqui:
"ius tibi et arbitrium nostrae fortuna salutis
    tradidit inque tua est uitaque morsque manu.
Perdere posse sat est, siquem iuuet ipsa potestas;   75
    sed tibi seruatus gloria maior ero.
per mala nostra precor, quorum potes esse leuamen,
    per genus et numen cuncta uidentis aui,
per triplices uultus arcanaque sacra Dianae
    et si forte aliquos gens habet ista deos: 80
o uirgo, miserere mei, miserere meorum,
    effice me meritis tempus in omne tuum!
Quodsi forte uirum non dedignare Pelasgum –
    sed mihi tam faciles unde meosque deos? –
spiritus ante meus tenues uanescet in auras,   85
    quam thalamo, nisi tu, nupta sit ulla meo.
Conscia sit Iuno sacris praefecta maritis
    et dea marmorea cuius in aede sumus!"
Haec animum – et quota pars haec sunt? – mouere puellae
    simplicis et dextrae dextera iuncta meae.   90
Vidi etiam lacrimas – an pars est fraudis in illis?
    sic cito sum uerbis capta puella tuis.
Iungis et aeripedes inadusto corpore tauros
    et solidam iusso uomere findis humum.
Arua uenenatis pro semine dentibus imples,   95
    nascitur et gladios scutaque miles habet.
Ipsa ego, quae dederam medicamina, pallida sedi,
    cum uidi subitos arma tenere uiros,
donec terrigenae – facinus mirabile! – fratres
    inter se strictas conseruere manus.   100
Insopor ecce uigil squamis crepitantibus horrens
    sibilat et torto pectore uerrit humum.

Há um bosque escuro pelos pinhos e azinheiras
    - só a custo ali consegue entrar o sol -
de Diana há nele um templo – ou existiu, decerto,
    co'a deusa de ouro feita por mão bárbara.
Conheces o lugar ou comigo sumiu?
    Fui ali e começaste a dizer falso:
"De minha salvação a Sorte deu-te o arbítrio
    e estão em tuas mãos a morte e a vida.
Muito é poder matar – se o agrada a alguém poder.
    Salvo por ti, serei tua maior glória.
Por meu mal rogo – do qual podes ser alívio –
    pelo poder do avô que a tudo vê,
pelo sacro mistério, as três faces de Diana
    e pelos deuses – se esta gente os tem:
apieda-te de mim, ó donzela, e dos meus
    e faz-me, co'o favor, p'ra sempre teu.
Se não desdenhas ter um marido pelasgo –
    mas onde os deuses meus tão bons ser-me-iam?
- antes minha alma sumirá no lesto vento
    que outra esposa – e não tu – meu leito ocupe.
Que o saibam Juno, que preside aos casamentos,
    e a deusa em cujo pétreo templo estamos.
Essas palavras – são que parte? – comoveram
    a pobre moça, e a mão se uniu à minha.
Lágrimas também vi – traição havia nelas? –
    e, moça, cativaram-me tuas falas.
Sem queimares o corpo, atas os bois bronzípedes
    e, co'ordenado arado, a terra fendes.
Envenenados dentes plantas quais sementes
    e soldados co'escudo e gládio nascem.
Mesmo eu que dera-te a poção empaleci
    ao ver, de súbito, co' as armas os guerreiros,
enquanto – ó fato prodigioso – irmãos terrígenos
    terçavam entre si as rijas mãos.
Eis que, sempre desperta, horrenda a serpe silva
    e, rangendo as escamas, varre o chão.

Dotis opes ubi erant? ubi erat tibi regia coniunx
    quique maris gemini distinet Isthmos aquas?
Illa ego, quae tibi sum nunc denique barbara facta,   105
    nunc tibi sum pauper, nunc tibi uisa nocens,
flammea subduxi medicato lumina somno
    et tibi quae raperes uellera tuta dedi.
Proditus est genitor, regnum patriamque reliqui,
    munus in exilio quod licet esse tuli,   110
uirginitas facta est peregrini praeda latronis,
    optima cum cara matre relicta soror.
At non te fugiens sine me, germane, reliqui.
    Deficit hoc uno littera nostra loco:
quod facere ausa mea est, non audet scribere dextra.   115
    Sic ego, sed tecum, dilaceranda fui!
Nec tamen extimui – quid enim post illa timerem? –
    credere me pelago femina iamque nocens.
Numen ubi est? ubi di? meritas subeamus in alto,
    tu fraudis poenas, credulitatis ego.   120
Compressos utinam Symplegades elisissent
    nostraque adhaererent ossibus ossa tuis!
Aut nos Scylla rapax canibus misisset edendos!
    debuit ingratis Scylla nocere uiris.
Quaeque uomit totidem fluctus totidemque resorbet,   125
    nos quoque Trinacriae subposuisset aquae!
Sospes ad Haemonias uictorque reuerteris urbes;
    ponitur ad patrios aurea lana deos.
Quid referam Peliae natas pietate nocentes
    caesaque uirginea membra paterna manu?   130
Vt culpent alii, tibi me laudare necesse est,
    pro quo sum totiens esse coacta nocens.
Ausus es – o iusto desunt sua uerba dolori! –
    ausus es "Aesonia" dicere "cede domo!"
Iussa domo cessi natis comitata duobus   135
    et, qui me sequitur semper, amore tui.
Vt subito nostras Hymen cantatus ad aures
    uenit et accenso lampades igne micant

Onde estavam teu dote, a tua régia esposa
    e o Istmo que dos mares a água aparta?
Eu, que me transformei para ti numa bárbara,
    que agora te pareço pobre e má,
no sono mergulhei co'u'a poção os flâmeos olhos
    e dei-te o velo, p'ra seguro o teres.
Traído que foi meu pai, deixei o reino e a pátria,
    de favor aceitei qual fosse o exílio.
Tornou-se a virgindade o botim do ladrão
    e a melhor das irmãs, co'a mãe deixei.
Mas, ao fugir, irmão, sem mim não te deixei –
    só neste ponto é omissa a minha carta:
o que ousou minha mão, a escrever não se atreve.
    Devia assim contigo eu ser rasgada!
Mas não temi – o que após isso eu temeria? –
    confiar-me ao mar – mulher já não culpada.
Os deuses, onde estão? Tenhamos no alto as penas:
    eu por credulidade, e tu por fraude.
Partido-nos, quem dera, houvessem as Simplégades
    e os teus ossos aos meus se unido houvessem;
ou a Cila nos desse aos cães para comer –
    Cila aos ingratos mal devia fazer -
e a que vomita tantas ondas e as engole
    também na água trinácria sepultasse-nos.
Voltas triunfante e a salvo às cidades da Hemônia
    e a lã de ouro é ofertada aos deuses pátrios.
Por que lembrar – más por piedade – das pelíades
    e do pai desmembrado por mãos virgens?
Que outros me culpem – me exaltar precisas tu
    em prol de quem ao mal fui obrigada.
Ousaste tu – à justa dor faltam palavras –,
    tu ousaste dizer: "Sai da casa de Éson!"
Como ordenada, saí com dois filhos da casa
    e co' o amor teu, que sempre me persegue.
Como vem presto aos meus ouvidos o hino de Hímen,
    as lâmpadas co'o fogo aceso brilham

tibiaque effundit socialia carmina uobis,
    at mihi funerea flebiliora tuba,   140
pertimui, nec adhuc tantum scelus esse putabam,
    sed tamen in toto pectore frigus erat.
Turba ruunt et "Hymen" clamant "Hymenaee!" frequenter;
    quo propior uox haec, hoc mihi peius erat.
Diuersi flebant serui lacrimasque tegebant –   145
    quis uellet tanti nuntius esse mali?
Me quoque quidquid erat potius nescire iuuabat,
    sed tamquam scirem, mens mea tristis erat,
cum minor e pueris iussus studione uidendi
    constitit ad geminae limina prima foris: 150
"hinc" mihi "mater adi! pompam pater" inquit "Iason
    ducit et adiunctos aureus urget equos!"
Protinus abscissa planxi mea pectora ueste
    tuta nec a digitis ora fuere meis.
Ire animus mediae suadebat in agmina turbae   155
    sertaque conpositis demere rapta comis.
Vix me continui, quin sic laniata capillos
    clamarem "meus est!" iniceremque manus.
Laese pater, gaude! Colchi gaudete relicti!
    inferias umbrae fratris habete mei!   160
Deseror amissis regno patriaque domoque
    coniuge, qui nobis omnia solus erat.
Serpentes igitur potui taurosque furentes,
    unum non potui perdomuisse uirum.
Quaeque feros pepuli doctis medicatibus ignes,   165
    non ualeo flammas effugere ipsa meas.
Ipsi me cantus herbaeque artesque relinquunt
    nil dea, nil Hecates sacra potentis agunt.
Non mihi grata dies, noctes uigilantur amarae
    et tener a misero pectore somnus abit.   170
Quae me non possum, potui sopire draconem.
    Vtilior cuiuis quam mihi cura mea est.
Quos ego seruaui, paelex amplectitur artus
    et nostri fructus illa laboris habet.
Forsitan et, stultae dum te iactare maritae   175

e a flauta deita a vós os cantos esponsais –
    mais chorosa, ai de mim!, que a trompa fúnebre.
Temi, pois não julgava o crime ser tão grande.
    Porém, em todo o peito havia gelo.
A turba corre muito e grita: "Himeneu, Hímen!"
    Quanto mais perto a voz, pior para mim.
Choravam servos espalhados e o ocultavam:
    quem quer de tanto mal ser mensageiro?
Fosse o que fosse, eu preferia não saber;
    mas, como eu soube, entristeceu minha alma
quando o filho menor, pelo impulso de ver,
    na soleira parou das gêmeas portas
e disse: "Mãe, vem cá. O pai Jasão conduz
    o cortejo e, dourado, os corcéis leva".
Pronto, arrancando a roupa, em meu peito bati –
    de meus dedos sequer livrei meu rosto.
O ânimo me mandava ir para a multidão,
    p'ra grinalda arrancar da coma em ordem.
Assim, descabelada, a custo me contive
    p'ra não gritar: "É meu!", e pôr-lhe as mãos.
Rejubilai, lesado pai e colcos deixados!
    Sombra do meu irmão, me sacrifica.
Perdidos reino, pátria e casa, me abandona
    o esposo que era tudo para mim.
Eu que, enfim, enfrentei serpes e touros bravos
    não pude dominar um homem só;
eu que afastei, com poções sábias, o atroz fogo,
    não consigo escapar às minhas chamas.
O encantamento, ervas e as artes me abandonam
    e nada fazem de Hécate os mistérios.
O dia não me agrada; amarga, a noite é vígil
    e brando sono esvai-se ao peito triste.
Pude fazer dormir u'a serpe – e a mim não posso.
    Aos outros são mais úteis meus cuidados.
Os membros que eu salvei uma amante os abraça
    e o fruto de meus atos ela os tem.
Ao tentares te jactar co'a esposa estulta

        quaeris et iniustis auribus apta loqui,
in faciem moresque meos noua crimina fingas:
        rideat et uitiis laeta sit illa meis.
Rideat et Tyrio iaceat sublimis in ostro –
        flebit et ardores uincet adusta meos.   180
Dum ferrum flammaeque aderunt sucusque ueneni,
        hostis Medeae nullus inultus erit.
Quod si forte preces praecordia ferrea tangunt,
        nunc animis audi uerba minora meis.
Tam tibi sum supplex, quam tu mihi saepe fuisti,   185
        nec moror ante tuos procubuisse pedes.
Si tibi sum uilis, communis respice natos:
        saeuiet in partus dira nouerca meos.
Et nimium similes tibi sunt, et imagine tangor
        et quotiens uideo, lumina nostra madent.   190
Per superos oro, per auitae lumina flammae,
        per meritum et natos, pignora nostra, duos,
redde torum, pro quo tot res insana reliqui!
        Adde fidem dictis auxiliumque refer!
non ego te imploro contra taurosque uirosque,   195
        utque tua serpens uicta quiescat ope;
te peto, quem merui, quem nobis ipse dedisti,
        cum quo sum pariter facta parente parens.
Dos ubi sit, quaeris? campo numerauimus illo,
        qui tibi laturo uellus arandus erat.   200
Aureus ille aries uillo spectabilis alto,
        dos mea: "quam" dicam si tibi "redde," neges.
Dos mea tu sospes, dos est mea Graia iuuentus:
        i nunc, Sisyphias, inprobe, confer opes.
Quod uiuis, quod habes nuptam socerumque potentes,   205
        hoc ipsum, ingratus quod potes esse, meum est.
Quos equidem actum – sed quid praedicere poenam
        attinet? ingentis parturit ira minas.
Quo feret ira sequar. Facti fortasse pigebit;
        et piget infido consuluisse uiro.   210
Viderit ista deus, qui nunc mea pectora uersat:
        nescio quid certe mens mea maius agit.

      e boas coisas dizer a maus ouvidos,
talvez imputes crime a mim e a meus costumes:
      que ela ria e se alegre com meus crimes;
que ela ria e se atire, altiva, à tíria púrpura –
      queimada chorará triunfando em chamas.
Enquanto houver fogo, aço e poções venenosas,
      Medeia não terá u'imigo inulto.
Mas, se acaso meu rogo a um férreo cor comove,
      escuta de minha alma a menor fala.
Eu te suplico, como a mim tanto fizeste
      e não tardo a lançar-me ante teus pés.
Se, para ti sou vil, repara em nossos filhos:
      a cruel madrasta irá o maltratar.
São muito iguais a ti; e a imagem, toda vez
      que a vejo, toca-me, e meus olhos molham-se.
Pelos céus rogo e pela luz da chama antiga,
      pelo favor e os filhos – penhor nosso – :
devolve o leito por que, insana, deixei tanto;
      aos ditos dá confiança e traze apoio.
Nada te imploro pelos touros e guerreiros,
      nem que, p'ra ti vencida, a serpe aquiete-se.
És tu quem peço, a quem ganhei – e a mim te deste
      quando, ao tornares pai, fui feita mãe.
Do dote indagas? Computei-o àquele campo
      que tinhas de lavrar pra ter o velo.
Rico pelo alto velo, é meu dote o carneiro;
      se eu te disser: "Devolve-o", o negarás.
Meu dote és tu a salvo, e a juventude grega:
      compara-o às sisíficas posses, pérfido.
Viveres, teres noiva e sogro poderosos
      e até seres ingrato são meus feitos.
A eles presto... – porém, p'ra que anunciar as penas?
      A ira fará nascer ameaça imensa.
Co'a ira eu irei. Talvez, do que fiz me arrependa;
      me arrependo por ter do infiel cuidado.
Que o deus que agora me revolve o peito o veja:
      não sei o que de mor minha alma apronta.

Ouidius
Metamorphoses

Iamque fretum Minyae Pagasaea puppe secabant,
perpetuaque trahens inopem sub nocte senectam
Phineus uisus erat, iuuenesque Aquilone creati
uirgineas uolucres miseri senis ore fugarant,
multaque perpessi claro sub Iasone tandem   5
contigerant rapidas limosi Phasidos undas.
Dumque adeunt regem Phrixeaque uellera poscunt
lexque datur Minyis magnorum horrenda laborum,
concipit interea ualidos Aeetias ignes
et luctata diu, postquam ratione furorem   10
uincere non poterat, 'frustra, Medea, repugnas:
nescio quis deus obstat,' ait, 'mirumque, nisi hoc est,
aut aliquid certe simile huic, quod amare uocatur.
Nam cur iussa patris nimium mihi dura uidentur?
Sunt quoque dura nimis! cur, quem modo denique uidi,   15
ne pereat, timeo? quae tanti causa timoris?
Excute uirgineo conceptas pectore flammas,
si potes, infelix! si possem, sanior essem!
Sed trahit inuitam noua uis, aliudque cupido,
mens aliud suadet: uideo meliora proboque,   20
deteriora sequor. Quid in hospite, regia uirgo,
ureris et thalamos alieni concipis orbis?
Haec quoque terra potest, quod ames, dare. uiuat an ille
occidat, in dis est. Viuat tamen! idque precari
uel sine amore licet: quid enim commisit Iason?   25
Quem, nisi crudelem, non tangat Iasonis aetas
et genus et uirtus? quem non, ut cetera desint,
ore mouere potest? certe mea pectora mouit.
At nisi opem tulero, taurorum adflabitur ore
concurretque suae segeti, tellure creatis   30

Ovídio
Metamorfoses, 7. 1-424

Já o mar os mínias, na pagásea nau, singravam;
levando em breu perpétuo a inválida velhice,
Fineu fora avistado. Os filhos do Aquilão
da velha boca as fêmeas-aves afastaram.
Depois de muito esforço, afinal, sob Jasão,
do lamacento Fase as águas alcançaram.
Quando foram ao rei pedindo o velo fríxeo,
aos mínias dá-se a horrenda lei dos grãos labores.
No ínterim, a filha de Eetes arde em fortes chamas
e, após muito lutar, sem poder dominar
o furor co'a razão: "Medeia, em vão resistes.
Não sei que deus", diz, "se te opõe. Espanta se isso
– ou algo igual – não for o que se chama amor.
Então, por que tão cruéis de meu pai vejo as ordens?
São mesmo duras. Por que temo que pereça
quem vi só há pouco? Qual a causa dos temores?
Do virgem peito arranca as chamas acendidas
se, ó triste, o podes. Se eu pudesse, eu me curava!
Mas, ínvita, me arrasta u'a força nova; exortam
a isso o desejo, àquilo a mente – o bom e o probo
eu sei, mas sigo o pior. Por que ardes, régia virgem,
por u'estrangeiro e por um leito em mundo alheio?
Também tua terra pode dar alguém a que ames.
Viva ele ou morra – isso é co'os deuses. Mas que viva!
Posso pedi-lo sem amor: que fez Jasão?
A quem, não cruel, de Jasão não tocam a idade,
a raça e a força? E se o demais faltasse, a quem
não moveria a face? – a meu peito, decerto.
Mas se eu não lhe ajudar, os bois o queimarão;
co'a seara lutará – os imigos terrígenos –

hostibus, aut auido dabitur fera praeda draconi.
Hoc ego si patiar, tum me de tigride natam,
tum ferrum et scopulos gestare in corde fatebor!
Cur non et specto pereuntem oculosque uidendo
conscelero? cur non tauros exhortor in illum   35
terrigenasque feros insopitumque draconem?
Di meliora uelint! quamquam non ista precanda,
sed facienda mihi – prodamne ego regna parentis,
atque ope nescio quis seruabitur aduena nostra,
ut per me sospes sine me det lintea uentis   40
uirque sit alterius, poenae Medea relinquar?
Si facere hoc aliamue potest praeponere nobis,
occidat ingratus! sed non is uultus in illo,
non ea nobilitas animo est, ea gratia formae,
ut timeam fraudem meritique obliuia nostri.   45
Et dabit ante fidem, cogamque in foedera testes
esse deos. Quid tuta times? accingere et omnem
pelle moram: tibi se semper debebit Iason,
te face sollemni iunget sibi perque Pelasgas
seruatrix urbes matrum celebrabere turba.   50
Ergo ego germanam fratremque patremque deosque
et natale solum uentis ablata relinquam?
Nempe pater saeuus, nempe est mea barbara tellus,
frater adhuc infans; stant mecum uota sororis,
maximus intra me deus est! non magna relinquam,   55
magna sequar: titulum seruatae pubis Achiuae
notitiamque soli melioris et oppida, quorum
hic quoque fama uiget, cultusque artesque uirorum,
quemque ego cum rebus, quas totus possidet orbis,
Aesoniden mutasse uelim, quo coniuge felix   60
et dis cara ferar et uertice sidera tangam.
Quid, quod nescio qui mediis concurrere in undis
dicuntur montes ratibusque inimica Charybdis
nunc sorbere fretum, nunc reddere, cinctaque saeuis
Scylla rapax canibus Siculo latrare profundo?   65
Nempe tenens, quod amo, gremioque in Iasonis haerens

ou, como presa, será dado à ávida serpe.
Se eu o aceitar, confessar-me-ei, então, nascida
de um tigre, e ter no coração só ferro e pedras.
Por que morrer não o vejo – e o vendo, os olhos mancho?
Por que contra ele não exorto os bois, os feros
filhos da terra e a serpe insone? Queiram deuses
coisas melhores, que não devem ser pedidas
mas por mim feitas – eu trairei do pai o reino;
co'a minha ajuda, salvarei quem não conheço,
p'ra que, salvo por mim, sem mim dê vela ao vento
e sendo de outra esposo, às penas me abandone?
Se ele pode o fazer e outra a mim preferir,
que, ingrato, morra. Mas, nem a nobreza de ânimo,
nem dele a face ou a beleza de seu porte
são tais que eu tema a fraude e o olvido de meus méritos.
Antes, far-me-á promessa e obrigarei que os deuses
testemunhem o pacto. O que, segura, temes?
Prepara e apressa: dever-te-á sempre Jasão.
Unir-se-á a ti em rito e, pelas urbes gregas,
proclamada serás pelas mães salvadora.
Eu abandonarei, então, pai, irmã, irmão,
deuses e o solo pátrio, em ventos carregada?
Meu pai é mesmo atroz, a minha terra é bárbara,
é criança o irmão; da irmã estão comigo as preces
e o deus maior é em mim! Muito não deixarei
e terei muito: de salvar gregos o título;
conhecer melhor solo e urbes em que também
vigora a fama, a arte e a cultura de outros povos;
e o esônide por quem eu trocaria tudo
que há no orbe; dele esposa, afortunada e cara aos deuses,
serei chamada e os céus tocarei co'a cabeça.
De não sei quais penhas que em ondas se entrechocam
e de Caríbdis, a inimiga das naus, conta-se
que ao mar sorve e vomita, e da Cila voraz
cingida por cruéis cães que ladram na água sícula?
De fato, tendo o que amo, apegada a Jasão

per freta longa ferar; nihil illum amplexa uerebor
aut, siquid metuam, metuam de coniuge solo.
– Coniugiumne putas speciosaque nomina culpae
inponis, Medea, tuae? – quin adspice, quantum   70
adgrediare nefas, et, dum licet, effuge crimen!'
Dixit, et ante oculos rectum pietasque pudorque
constiterant, et uicta dabat iam terga Cupido.
    Ibat ad antiquas Hecates Perseidos aras,
quas nemus umbrosum secretaque silua tegebat,   75
et iam fortis erat, pulsusque recesserat ardor,
cum uidet Aesoniden exstinctaque flamma reluxit.
Erubuere genae, totoque recanduit ore,
utque solet uentis alimenta adsumere, quaeque
parua sub inducta latuit scintilla fauilla   80
crescere et in ueteres agitata resurgere uires,
sic iam lenis amor, iam quem languere putares,
ut uidit iuuenem, specie praesentis inarsit.
Et casu solito formosior Aesone natus
illa luce fuit: posses ignoscere amanti.   85
Spectat et in uultu ueluti tum denique uiso
lumina fixa tenet nec se mortalia demens
ora uidere putat nec se declinat ab illo;
ut uero coepitque loqui dextramque prehendit
hospes et auxilium submissa uoce rogauit   90
promisitque torum, lacrimis ait illa profusis·
'quid faciam, uideo: nec me ignorantia ueri
decipiet, sed amor. Seruabere munere nostro,
seruatus promissa dato!' per sacra triformis
ille deae lucoque foret quod numen in illo   95
perque patrem soceri cernentem cuncta futuri
euentusque suos et tanta pericula iurat:
creditus accepit cantatas protinus herbas
edidicitque usum laetusque in tecta recessit.
    Postera depulerat stellas Aurora micantes: 100
conueniunt populi sacrum Mauortis in aruum
consistuntque iugis; medio rex ipse resedit

irei ao mar. Se o abraço, eu nada temerei;
ou, se acaso temer, temerei pelo esposo.
– Pensas que é um casamento e à tua culpa, Medeia,
dás belos nomes? Mas, percebe quanta infâmia
buscas e, enquanto podes, foge dos delitos".
Disse; e o pudor, o reto e a piedade, ante os olhos
postaram-se e, vencido, o Amor foi dando as costas.
    A perseida seguia às velhas aras de Hécate
a que encobriam mata umbrosa e selva oculta.
Já estava forte; e o ardor, expulso, se acalmara;
porém, ao ver o esônio, a extinta chama reluziu.
Coram-se as faces, todo o rosto se incendeia.
Qual sói se alimentar do vento e engrandecer-se
a pequena fagulha oculta sob as cinzas
e, avivada, se erguer co'antiga força, assim
já calmo o amor, a que julgavas amansado,
ao ver o moço, co'a presença, reacendeu-se.
E o acaso quis que o esônio mais belo estivesse
naquele dia: à amante exculpar poderias.
Contempla-o; fixo o olhar mantém no rosto, como
se então somente o visse: insana, crê não ver
o rosto de um mortal; e dele não se afasta.
Mas, quando o estranho a falar põe-se, a mão lhe aperta.
Rogou submisso ajuda e prometeu-lhe as bodas.
Diz ela, as lágrimas vertendo: "O que farei
eu vejo. Não me iludirá do vero a insciência,
porém o amor. Com minha ajuda, serás salvo
e, a salvo, cumpre o trato". Ele, pelos mistérios
da trívia deusa que naquele bosque assiste,
pelo onisciente pai de seu futuro sogro,
pelos sucessos e perigos tantos jura.
Crido, aceitou de pronto as ervas encantadas;
o uso aprendeu e alegre ao abrigo voltou.
    U'a nova aurora já afastara astros brilhantes:
de Marte ao sacro campo acorre a multidão
e ocupa os cimos. Senta o rei em meio à malta,

agmine purpureus sceptroque insignis eburno.
Ecce adamanteis Vulcanum naribus efflant
aeripedes tauri, tactaeque uaporibus herbae 105
ardent, utque solent pleni resonare camini,
aut ubi terrena silices fornace soluti
concipiunt ignem liquidarum adspergine aquarum,
pectora sic intus clausas uoluentia flammas
gutturaque usta sonant; tamen illis Aesone natus 110
obuius it. Vertere truces uenientis ad ora
terribiles uultus praefixaque cornua ferro
puluereumque solum pede pulsauere bisulco
fumificisque locum mugitibus inpleuerunt.
Deriguere metu Minyae; subit ille nec ignes 115
sentit anhelatos (tantum medicamina possunt!)
pendulaque audaci mulcet palearia dextra
suppositosque iugo pondus graue cogit aratri
ducere et insuetum ferro proscindere campum:
mirantur Colchi, Minyae clamoribus augent 120
adiciuntque animos. Galea tum sumit aena
uipereos dentes et aratos spargit in agros.
Semina mollit humus ualido praetincta ueneno,
et crescunt fiuntque sati noua corpora dentes,
utque hominis speciem materna sumit in aluo 125
perque suos intus numeros conponitur infans
nec nisi maturus communes exit in auras,
sic, ubi uisceribus grauidae telluris imago
effecta est hominis, feto consurgit in aruo,
quodque magis mirum est, simul edita concutit arma. 130
Quos ubi uiderunt praeacutae cuspidis hastas
in caput Haemonii iuuenis torquere parantis,
demisere metu uultumque animumque Pelasgi;
ipsa quoque extimuit, quae tutum fecerat illum.
Vtque peti uidit iuuenem tot ab hostibus unum, 135
palluit et subito sine sanguine frigida sedit,
neue parum ualeant a se data gramina, carmen
auxiliare canit secretasque aduocat artes.

purpúreo e insigne com seu cetro de marfim.
Vêm bois co'os pés de bronze assoprando Vulcano
co'as fuças de adamante. Ao fogo, o mato queima-se,
como as fornalhas soam cheias, ou qual quando
no subterrâneo forno a cal que se derrete
inflama ao ser regada co'água; assim reboam
os peitos – chamas revolvendo – e, em fogo, as gorjas.
Porém, o filho de Éson segue p'ra encontrá-lo.
Ameaçadores, ao que vinha, eles voltaram
o olhar feroz e, de aço, os chifres recobertos:
calcaram co'os fendidos pés o chão poeirento
e com mugidos fumegantes tudo encheram.
Por medo, os mínias se enregelam; ele avança
e o ígneo sopro não sente – as poções muito podem!
Co'a mão audaz afaga as pendentes papadas;
põe-nos ao jugo; os força a puxar a charrua
e a arar o campo ínscio de ferro. Os colcos pasmam-se.
Os mínias, com clamor, incitam-no e o animam.
Tira então do elmo brônzeo os dentes da serpente
e os lança ao campo arado. A terra atenra os grãos
em potente veneno embebidos. E os dentes
semeados crescem e se tornam novos corpos.
Qual no útero da mãe a criança assume a forma
humana, e dentro vai compondo-se aos pedaços
e ao ar comum não sai a não ser quando pronta,
também então, quando se forma a humana imagem
das vísceras da terra, ergue-se no arval fértil
– e o mais chocante – brande armas co'ela nascidas.
Vendo-os se preparar para atirarem lanças
de ponta aguda contra a cabeça do hemônio,
os pelasgos, por medo, ânimo e face abatem
e temem mesmo a que o fizera protegido.
Vendo os imigos todos contra um moço apenas,
se empaleceu e logo assentou fria e exangue.
E qual se as ervas dadas não tivessem força,
entoa um canto e invoca as secretas magias.

Ille grauem medios silicem iaculatus in hostes
a se depulsum Martem conuertit in ipsos: 140
terrigenae pereunt per mutua uulnera fratres
ciuilique cadunt acie. Gratantur Achiui
uictoremque tenent auidisque amplexibus haerent.
Tu quoque uictorem conplecti, barbara, uelles:
obstitit incepto pudor, at conplexa fuisses, 145
sed te, ne faceres, tenuit reuerentia famae.
Quod licet, adfectu tacito laetaris agisque
carminibus grates et dis auctoribus horum.
      Peruigilem superest herbis sopire draconem,
qui crista linguisque tribus praesignis et uncis 150
dentibus horrendus custos erat arboris aureae.
Hunc postquam sparsit Lethaei gramine suci
uerbaque ter dixit placidos facientia somnos,
quae mare turbatum, quae concita flumina sistunt,
somnus in ignotos oculos sibi uenit, et auro 155
heros Aesonius potitur spolioque superbus
muneris auctorem secum, spolia altera, portans
uictor Iolciacos tetigit cum coniuge portus.
      Haemoniae matres pro gnatis dona receptis
grandaeuique ferunt patres congestaque flamma 160
tura liquefaciunt, inductaque cornibus aurum
uictima uota cadit, sed abest gratantibus Aeson
iam propior leto fessusque senilibus annis,
cum sic Aesonides: 'o cui debere salutem
confiteor, coniunx, quamquam mihi cuncta dedisti 165
excessitque fidem meritorum summa tuorum,
si tamen hoc possunt (quid enim non carmina possunt?)
deme meis annis et demptos adde parenti!'
Nec tenuit lacrimas: mota est pietate rogantis,
dissimilemque animum subiit Aeeta relictus; 170
nec tamen adfectus talis confessa 'quod' inquit
'excidit ore tuo, coniunx, scelus? ergo ego cuiquam
posse tuae uideor spatium transcribere uitae?
nec sinat hoc Hecate, nec tu petis aequa; sed isto,

Ele, lançando u'a pedra em meio aos inimigos,
de si Marte afastou e o desviou contra aqueles.
Terrígenos irmãos por mútuas chagas morrem
e, em guerra civil, caem. Os aqueus rejubilam-se;
cercam o vencedor e co'avidez o abraçam.
Querias tu também, ó bárbara, abraçá-lo,
porém, pudor opõe-se ao plano: o abraçarias,
mas o respeito à fama impediu de o fazeres.
Como podes, te alegra em silente emoção,
agradece à magia – e aos deuses, por fazê-la.
    Falta co'ervas fazer dormir a insone serpe
que – pela tripla língua, a crista e os curvos dentes
famosa – era a guardiã horrenda da áurea fronde.
Depois de o borrifar co'a erva de leteu suco,
disse três frases que trouxeram sonos mansos,
que acalmam mar bravio e turbulentos rios.
Aos olhos ínscios chega o sono, e o herói esônio
toma o ouro e, ovante pelo espólio, a ter consigo
aquela que lhe dera o poder – u'outro espólio –
co'a esposa, vencedor, ao porto iolco arribou.
    Hemônias mães e idosos pais, pelo regresso
dos filhos, trazem dons. Empilhado nas chamas
desfaz-se o incenso; e com dourados chifres tomam
u'a vítima ofertada. Éson falta, porém,
aos que festejam – velho e bem perto da morte.
E o esônio diz: "Ó esposa, a quem dever a vida
confesso, embora tudo aquilo que me deste
e de teus méritos a soma exceda ao crível,
se a tua magia o pode (e o que, afinal, não pode?),
meus anos tira e os dá a meu pai", e chorou.
Ela se comoveu co'amor filial dos rogos
e o Eetes, deixado, apareceu na alma diversa.
Sem confessar emoções tais, responde: "Ó esposo,
que horror te sai da boca? Então, crês que eu pudesse
para alguém transferir u'a porção de tua vida?
Que Hécate não mo deixe – o que pedes é ilícito.

quod petis, experiar maius dare munus, Iason. 175
Arte mea soceri longum temptabimus aeuum,
non annis reuocare tuis, modo diua triformis
adiuuet et praesens ingentibus adnuat ausis.'
    Tres aberant noctes, ut cornua tota coirent
efficerentque orbem; postquam plenissima fulsit 180
ac solida terras spectauit imagine luna,
egreditur tectis uestes induta recinctas,
nuda pedem, nudos umeris infusa capillos,
fertque uagos mediae per muta silentia noctis
incomitata gradus: homines uolucresque ferasque 185
soluerat alta quies, nullo cum murmure saepes,
sopitae similis, nullo murmure serpens 186a
inmotaeque silent frondes, silet umidus aer,
sidera sola micant: ad quae sua bracchia tendens
ter se conuertit, ter sumptis flumine crinem
inrorauit aquis ternisque ululatibus ora 190
soluit et in dura submisso poplite terra
'Nox' ait 'arcanis fidissima, quaeque diurnis
aurea cum luna succeditis ignibus astra,
tuque, triceps Hecate, quae coeptis conscia nostris
adiutrixque uenis cantusque artisque magorum, 195
quaeque magos, Tellus, pollentibus instruis herbis,
auraeque et uenti montesque amnesque lacusque,
dique omnes nemorum, dique omnes noctis adeste,
quorum ope, cum uolui, ripis mirantibus amnes
in fontes rediere suos, concussaque sisto, 200
stantia concutio cantu freta, nubila pello
nubilaque induco, uentos abigoque uocoque,
uipereas rumpo uerbis et carmine fauces,
uiuaque saxa sua conuulsaque robora terra
et siluas moueo iubeoque tremescere montis 205
et mugire solum manesque exire sepulcris!
Te quoque, Luna, traho, quamuis Temesaea labores
aera tuos minuant; currus quoque carmine nostro
pallet aui, pallet nostris Aurora uenenis!

Mas buscarei, Jasão, dar-te mais do que pedes
e co'arte tentarei dar ao sogro mais vida
sem teus anos tomar – caso a deusa triforme
propícia ajude e assinta em tamanha ousadia".
      Faltavam noites três para os chifres se unirem
fechando o disco. Mal brilhou a lua cheia
e olhou, co'a forma inteira, a terra, sai Medeia
do paço, tendo as vestes soltas, pés descalços
e a coma nua sobre os ombros. No silêncio
da meia-noite, a só, errantes passos leva.
Um descanso profundo homens, aves e bichos
adormecera; ruído algum resta nas cercas.
Como sonâmbula, sem ruído, ela desliza.
Calam-se o ar úmido e as ramagens silenciam-se;
só os astros brilham. Estendendo-lhes seus braços,
girou três vezes e aspergiu, co'a água tirada
do rio, a coma; abriu a boca com três gritos
e, se ajoelhando sobre a dura terra, diz:
"Ó noite, arrimo dos mistérios; ó auros astros
que sucedeis, co'a lua, ao diurno fogo; ó Hécate
das três cabeças, tu que sabes de meus planos
e que ajudas o encanto e as artes feiticeiras;
Terra, que aos magos forneceis ervas potentes;
ó ares e ventos, monstros, rios e lagoas,
deuses da noite e da floresta; todos vinde.
Co'o vosso auxílio, quando eu quero, a orla pasmando,
à fonte os rios volto, ao mar batido acalmo
e ao manso abalo co'a magia; afasto e ajunto
nuvens; convoco e espalho os ventos co'os conjuros
e encantamentos; parto as fauces viperinas;
arrancados da terra, a rocha viva, o roble
e as selvas movo; faço estremecerem montes,
rugir o chão e saírem manes dos sepulcros!
Te arrasto, ó lua, embora os bronzes temeseus
minorem teu esforço; até o carro do avô
co'encanto empalideço; e a Aurora, com venenos.

uos mihi taurorum flammas hebetastis et unco 210
inpatiens oneris collum pressistis aratro,
uos serpentigenis in se fera bella dedistis
custodemque rudem somni sopistis et aurum
uindice decepto Graias misistis in urbes:
nunc opus est sucis, per quos renouata senectus 215
in florem redeat primosque recolligat annos,
et dabitis. Neque enim micuerunt sidera frustra,
nec frustra uolucrum tractus ceruice draconum
currus adest.' Aderat demissus ab aethere currus.
Quo simul adscendit frenataque colla draconum 220
permulsit manibusque leues agitauit habenas,
sublimis rapitur subiectaque Thessala Tempe
despicit et certis regionibus adplicat angues:
et quas Ossa tulit, quas altum Pelion herbas,
Othrysque Pindusque et Pindo maior Olympus, 225
perspicit et placitas partim radice reuellit,
partim succidit curuamine falcis aenae.
Multa quoque Apidani placuerunt gramina ripis,
multa quoque Amphrysi, neque eras inmunis, Enipeu;
nec non Peneos nec non Spercheides undae 230
contribuere aliquid iuncosaque litora Boebes;
carpsit et Euboica uiuax Anthedone gramen,
nondum mutato uulgatum corpore Glauci.
  Et iam nona dies curru pennisque draconum
nonaque nox omnes lustrantem uiderat agros, 235
cum rediit; neque erant tacti nisi odore dracones,
et tamen annosae pellem posuere senectae.
Constitit adueniens citra limenque foresque
et tantum caelo tegitur refugitque uiriles
contactus, statuitque aras de caespite binas, 240
dexteriore Hecates, ast laeua parte Iuuentae.
Has ubi uerbenis siluaque incinxit agresti,
haud procul egesta scrobibus tellure duabus
sacra facit cultrosque in guttura uelleris atri
conicit et patulas perfundit sanguine fossas; 245

Reduzistes por mim o fogaréu dos touros;
comprimistes co'o arado a nuca avessa ao peso;
aos filhos da serpente entre si destes guerra
e o guarda insone adormecestes; enganado
o vigilante, enviastes o ouro às urbes gregas.
Preciso de u'a poção com que eu remoce um velho,
retorne-o à flor da idade e aos primos anos volte-o
– e a dareis, pois em vão os astros não brilharam
nem veio o carro em vão, por aladas serpentes
puxado". Estava ali, do céu descido, o carro
em que, ao subir, ela afagou as embridadas
serpentes. Com as mãos, brandiu as leves rédeas
e ao alto foi levada. Olha o tessálio Tempe
e ao lugar certo leva as serpes. Busca as ervas
que o Ossa produz, e as que produzem o alto Pélion,
o Ótris, o Pindo e o Olimpo – ainda maior que o Pindo.
Pela raiz ela arranca ervas que lhe interessam
e co'a ênea foice recurvada outras mais ceifa.
Agradam-lhe também muitas plantas do Apídano
e outras do Anfriso. Tu, Enipeu, não te livraste.
As águas do Peneu, as do Esperqueu e o Bebe
de orla juncosa contribuíram de algum modo;
e no Antédon colheu u'erva vivificante
ainda não célebre por ter mudado Glauco.

    Já o nono dia e a nona noite tinham visto
de aladas serpes percorrer no carro os campos
quando voltou. As cobras, só co'odor das ervas
foram tocadas e largaram velha a pele.
Ela deteve-se ao chegar do paço às portas.
Só o céu a cobre. Evita o contato co'os homens.
Duas aras ergue em terra – a da direita a Hécate
e à Juventude à esquerda. Após as recobrir
de agrestes ramas e folhagens, não distante,
cava na terra dois buracos e celebra
um sacrifício. Enfia a faca na garganta
de u'a ovelha negra e deita o cruor nas amplas covas.

tum super inuergens liquidi carchesia mellis
alteraque inuergens tepidi carchesia lactis,
uerba simul fudit terrenaque numina ciuit
umbrarumque rogat rapta cum coniuge regem,
ne properent artus anima fraudare senili. 250
    Quos ubi placauit precibusque et murmure longo,
Aesonis effetum proferri corpus ad auras
iussit et in plenos resolutum carmine somnos
exanimi similem stratis porrexit in herbis.
Hinc procul Aesoniden, procul hinc iubet ire ministros 255
et monet arcanis oculos remouere profanos.
Diffugiunt iussi; passis Medea capillis
bacchantum ritu flagrantis circuit aras
multifidasque faces in fossa sanguinis atra
tinguit et infectas geminis accendit in aris 260
terque senem flamma, ter aqua, ter sulphure lustrat.
    Interea ualidum posito medicamen aeno
feruet et exsultat spumisque tumentibus albet.
Illic Haemonia radices ualle resectas
seminaque floresque et sucos incoquit atros; 265
adicit extremo lapides Oriente petitos
et quas Oceani refluum mare lauit harenas;
addit et exceptas luna pernocte pruinas
et strigis infamis ipsis cum carnibus alas
inque uirum soliti uultus mutare ferinos 270
ambigui prosecta lupi; nec defuit illis
squamea Cinyphii tenuis membrana chelydri
uiuacisque iecur cerui; quibus insuper addit
oua caputque nouem cornicis saecula passae.
His et mille aliis postquam sine nomine rebus 275
propositum instruxit mortali barbara maius,
arenti ramo iampridem mitis oliuae
omnia confudit summisque inmiscuit ima.
Ecce uetus calido uersatus stipes aeno
fit uiridis primo nec longo tempore frondes 280
induit et subito grauidis oneratur oliuis:

Então, numa vertendo os vasos de mel líquido
e derramando na outra o leite quente em vasos,
diz encantos e invoca os poderes da terra;
ao rei das sombras roga e à sua esposa raptada
que não se apressem em privar da vida o velho.
    Depois de os aplacar com preces e murmúrios,
manda levar p'ra fora o velho corpo de Éson,
em pleno sono amolecido pelo encanto,
e o estende, como um morto, em um leito de folhas.
Manda saírem dali p'ra longe o esônio e os servos
e os adverte p'r'o olhar desviarem dos mistérios.
Obedecem e saem. Desgrenhada, Medeia,
qual bacante, rodeia os altares acesos.
No atro poço de sangue, as multífidas tochas
embebe e as põe a arder nas aras geminadas.
Três vezes lustra o velho, co'água, fogo e enxofre.
    No preparado pote, entretanto, a poção
ferve, sobe e branqueja ao borbulhar a espuma.
Ali, ela cozinha as raízes apanhadas
no vale hemônio, as flores, grãos e os negros sucos.
Pedras trazidas do longínquo leste aduz,
e as areias que o Oceano em seu refluxo banha.
Soma a geada colhida em enluarada noite,
as asas de um morcego infame, com suas carnes,
as entranhas de um lobo useiro em transformar
a humana face em fera; e não faltaram pele
fina e escamosa da serpente cinifeia
e o fígado de um cervo. Ajunta o crânio e o bico
de u'a gralha que viveu por nove gerações.
Depois que a bárbara aprestou, com coisas tais
e mil outras sem nome, o plano p'r'o mortal,
co'o manso ramo de oliveira, há muito seco,
confunde tudo e mescla o de baixo e o de cima.
Eis que o pau velho que mexeu o pote quente
primeiro reverdece e, em seguida, se enfolha
e de azeitonas gordas logo se carrega:

at quacumque cauo spumas eiecit aeno
ignis et in terram guttae cecidere calentes,
uernat humus, floresque et mollia pabula surgunt.
Quae simul ac uidit, stricto Medea recludit   285
ense senis iugulum ueteremque exire cruorem
passa replet sucis; quos postquam conbibit Aeson
aut ore acceptos aut uulnere, barba comaeque
canitie posita nigrum rapuere colorem,
pulsa fugit macies, abeunt pallorque situsque,   290
adiectoque cauae supplentur corpore rugae,
membraque luxuriant: Aeson miratur et olim
ante quater denos hunc se reminiscitur annos.
  Viderat ex alto tanti miracula monstri
Liber et admonitus, iuuenes nutricibus annos   295
posse suis reddi, capit hoc a Colchide munus.
  Neue doli cessent, odium cum coniuge falsum
Phasias adsimulat Peliaeque ad limina supplex
confugit; atque illam, quoniam grauis ipse senecta est,
excipiunt natae; quas tempore callida paruo   300
Colchis amicitiae mendacis imagine cepit,
dumque refert inter meritorum maxima demptos
Aesonis esse situs atque hac in parte moratur,
spes est uirginibus Pelia subiecta creatis,
arte suum parili reuirescere posse parentem,   305
idque petunt pretiumque iubent sine fine pacisci.
Illa breui spatio silet et dubitare uidetur
suspenditque animos ficta grauitate rogantum.
Mox ubi pollicita est, 'quo sit fiducia maior
muneris huius' ait, 'qui uestri maximus aeuo est   310
dux gregis inter oues, agnus medicamine fiet.'
Protinus innumeris effetus laniger annis
attrahitur flexo circum caua tempora cornu;
cuius ut Haemonio marcentia guttura cultro
fodit et exiguo maculauit sanguine ferrum,   315
membra simul pecudis ualidosque uenefica sucos
mergit in aere cauo: minuunt ea corporis artus

por onde quer que haja lançado o fogo espumas
do fundo pote, e hajam caído em terra as gotas,
o chão verdeja, surgem folhas e ervas tenras.
Quando Medeia as vê, abre, tomando a espada,
do ancião a gorja. Deixa sair o sangue antigo
e o supre co'a poção. Depois que a bebeu Éson,
sorvida pela boca e pela chaga, a barba
e a coma, as cãs perdendo, ao negro retornaram.
Some a magreza, vão-se o palor e a velhice;
com nova carne as fundas rugas são preenchidas
e os membros ganham força. Éson se maravilha
e lembra que era assim quarenta anos atrás.
    Vira Líber de cima o admirável prodígio
e, percebendo poder dar de novo às amas
jovens anos, recebe esse favor da Cólquida.
    P'r'o dolo não cessar, a fásia, pelo esposo
finge ódio e, a suplicar junto à casa de Pélias
se abriga. As filhas a recebem, pois a idade
o enfraquecera. Em pouco tempo, a astuta colca,
a amizade mendaz fingindo, as conquistou.
Entre seus feitos conta haver de Éson tirado
a velhice, e demora em narrar essa parte.
A esperança surgiu para as filhas de Pélias
de que arte igual ao pai pudesse remoçar.
Pedem-lho e dizem que dê o preço, sem limite.
Ela se cala um pouco e parece hesitar;
com ficto peso deixa os ânimos suspensos.
Mas, prometendo, diz: "P'ra que maior confiança
tenhais neste favor, o mais velho carneiro
do rebanho far-se-á cordeiro na poção".
Presto, o lanoso consumido pelos anos,
com curvos chifres na cabeça, foi levado.
Quando furou, co'a faca hemônia, a gorja flácida
e, co'um pouco de sangue, a lâmina manchou,
a maga mergulhou no cavo pote o bicho
co'as fortes seivas: estas minguam todo o corpo,

cornuaque exurunt nec non cum cornibus annos,
et tener auditur medio balatus aeno:
nec mora, balatum mirantibus exsilit agnus   320
lasciuitque fuga lactantiaque ubera quaerit.
   Obstipuere satae Pelia, promissaque postquam
exhibuere fidem, tum uero inpensius instant.
ter iuga Phoebus equis in Hibero flumine mersis
dempserat et quarta radiantia nocte micabant   325
sidera, cum rapido fallax Aeetias igni
imponit purum laticem et sine uiribus herbas.
Iamque neci similis resoluto corpore regem
et cum rege suo custodes somnus habebat,
quem dederant cantus magicaeque potentia linguae;   330
intrarant iussae cum Colchide limina natae
ambierantque torum: 'quid nunc dubitatis inertes?
stringite' ait 'gladios ueteremque haurite crurorem,
ut repleam uacuas iuuenali sanguine uenas!
In manibus uestris uita est aetasque parentis: 335
si pietas ulla est nec spes agitatis inanis,
officium praestate patri telisque senectam
exigite, et saniem coniecto emittite ferro!'
His, ut quaeque pia est, hortatibus inpia prima est
et, ne sit scelerata, facit scelus: haud tamen ictu   340
ulla suos spectare potest, oculosque reflectunt,
caecaque dant saeuis auersae uulnera dextris.
Ille cruore fluens, cubito tamen adleuat artus,
semilacerque toro temptat consurgere, et inter
tot medius gladios pallentia bracchia tendens   345
'quid facitis, gnatae? quid uos in fata parentis
armat?' ait: cecidere illis animique manusque;
plura locuturo cum uerbis guttura Colchis
abstulit et calidis laniatum mersit in undis.
   Quod nisi pennatis serpentibus isset in auras,   350
non exempta foret poenae: fugit alta superque
Pelion umbrosum, Philyreia tecta, superque
Othryn et euentu ueteris loca nota Cerambi:

somem os chifres e, co'os chifres, vão-se os anos.
No pote, se ouve um balir tenro e, sem demora,
enquanto co'o balido assustam-se, um cordeiro
escapa, salta e busca u'a teta que dê leite.
 Quando a promessa fez-se crível, as felíades
pasmam-se; e então, com mais ardor elas insistem.
Três vezes Febo, mergulhando-os na água ibera,
desjungira os corcéis e as estrelas brilhavam
na quarta noite, quando a eétia em fogo forte
põe um líquido puro e ervas sem força alguma.
Já um sono igual à morte, o corpo relaxando-lhe,
se apossara do rei – e, co'o rei, dos seus guardas –,
sono que o canto e a língua mágica trouxeram.
Por mando, as filhas, com Medeia, o umbral passaram.
Rodeando o leito: "Por que inertes titubeais?
Tomai os gládios", diz, "e o velho cruor vertei
p'ra que de sangue novo eu encha inanes veias.
Estão em vossas mãos do pai a vida e a idade.
Se há em vós piedade e vã esperança não guardais,
fazei favor ao pai, e expulsai a velhice
com as armas. Cravando o ferro, o pus vertei!"
Co'a exortação, quanto mais pia, ímpia mais fez-se;
p'ra não ser má, fez mal. Mas nenhuma consegue
os próprios golpes ver: voltam p'ra trás os olhos
e, de costas, co'as mãos fazem cegas feridas.
Ele, vertendo o cruor, no cotovelo apoia-se;
meio ferido, tenta erguer-se sobre o leito
e, dentre os gládios estendendo os braços pálidos,
diz: "Filhas, que fazeis? Quem, contra o pai, vos arma?"
Delas, os ânimos e as mãos desfaleceram.
Ia mais dizer quando Medeia lhe cortou
a fala e a gorja e o mergulhou, cortado, n'água.
 Se não se erguesse aos céus co'as serpentes aladas,
não fugiria à pena: escapa no alto e sobre
o umbroso Pélio, que é a morada filireia,
sobre o Ótris e o lugar famoso por Cerambo:

hic ope nympharum sublatus in aera pennis,
cum grauis infuso tellus foret obruta ponto, 355
Deucalioneas effugit inobrutus undas.
Aeoliam Pitanen a laeua parte relinquit
factaque de saxo longi simulacra draconis
Idaeumque nemus, quo nati furta, iuuencum,
occuluit Liber falsi sub imagine cerui, 360
quaque pater Corythi parua tumulatus harena est,
et quos Maera nouo latratu terruit agros,
Eurypylique urbem, qua Coae cornua matres
gesserunt tum, cum discederet Herculis agmen,
Phoebeamque Rhodon et Ialysios Telchinas, 365
quorum oculos ipso uitiantes omnia uisu
Iuppiter exosus fraternis subdidit undis;
transit et antiquae Cartheia moenia Ceae,
qua pater Alcidamas placidam de corpore natae
miraturus erat nasci potuisse columbam. 370
Inde lacus Hyries uidet et Cycneia Tempe,
quae subitus celebrauit olor: nam Phylius illic
imperio pueri uolucrisque ferumque leonem
tradiderat domitos; taurum quoque uincere iussus
uicerat et spreto totiens iratus amore 375
praemia poscenti taurum suprema negabat;
ille indignatus 'cupies dare' dixit et alto
desiluit saxo; cuncti cecidisse putabant:
factus olor niueis pendebat in aere pennis;
at genetrix Hyrie, seruati nescia, flendo 380
deliciut stagnumque suo de nomine fecit.
Adiacet his Pleuron, in qua trepidantibus alis
Ophias effugit natorum uulnera Combe;
inde Calaureae Letoidos adspicit arua
in uolucrem uersi cum coniuge conscia regis. 385
Dextera Cyllene est, in qua cum matre Menephron
concubiturus erat saeuarum more ferarum;
Cephison procul hinc deflentem fata nepotis
respicit in tumidam phocen ab Apolline uersi

este co'as asas voou com ajuda das ninfas,
quando o mar derramou-se, a terra foi coberta
e ele, não se afogando, escapou do dilúvio.
Deixa p'ra trás, à esquerda, a Pítane da Eólia
e de uma longa cobra a estátua feita em pedra;
deixa o Ida, onde uma rês – furtada pelo filho –
ocultou Líber sob a imagem de um cervídeo
e onde se sepultou na areia o pai de Córito;
deixa os campos que Mera aterrou ao ladrar,
e a urbe de Eurípilo, em que as mães de Cós tiveram
chifres, enquanto se afastava a tropa de Hércules.
Deixa a Rodes de Febo e os telquinas da Ialísia
cujos olhos, co'o o próprio olhar, corrompem tudo
a que, indignado, Jove imergiu na água irmã.
Passa, na antiga Cea, as muralhas carteias
onde Alcidamas se admirou ao ver u'a pomba
ter podido nascer do cadáver da filha.
Depois, o lago de Híria e o Tempe vê de Cicno
que se celebrizou ao transformar-se em cisne
– do moço a mando, Fílio amansados lhe dera
aves e um leão feroz. Tendo de a um boi vencer,
também vencera; e pelo amor tão desprezado,
nega o boi ao que pede u'a derradeira prenda:
"Quererás mo ter dado" – ultrajado este disse
e da rocha saltou. Pensou-se ter caído
mas, feito em cisne, no ar pairava em níveas asas;
e Híria, a mãe, sem saber que se salvara, em lágrimas
desfez-se e se tornou um lago com seu nome.
Perto está Plêuron, onde, co'asas trepidantes,
a ófia Combe fugiu dos golpes de seus filhos.
Avista os campos celaureios da latoide
que viram transformar-se em ave o rei e a esposa.
À destra está Cilene onde, co'a mãe, Menéfron
iria coabitar como animais selvagens.
Atrás, longe dali, vê Céfiso chorando
o azar do neto feito em foca por Apolo

Eumelique domum lugentis in aere natum. 390
    Tandem uipereis Ephyren Pirenida pennis
contigit: hic aeuo ueteres mortalia primo
corpora uulgarunt pluuialibus edita fungis.
Sed postquam Colchis arsit noua nupta uenenis
flagrantemque domum regis mare uidit utrumque, 395
sanguine natorum perfunditur inpius ensis,
ultaque se male mater Iasonis effugit arma.
Hinc Titaniacis ablata draconibus intrat
Palladias arces, quae te, iustissima Phene,
teque, senex Peripha, pariter uidere uolantes 400
Innixamque nouis neptem Polypemonis alis.
Excipit hanc Aegeus facto damnandus in uno,
nec satis hospitium est, thalami quoque foedere iungit.
    Iamque aderat Theseus, proles ignara parenti,
qui uirtute sua bimarem pacauerat Isthmon: 405
huius in exitium miscet Medea, quod olim
attulerat secum Scythicis aconiton ab oris.
Illud Echidnaeae memorant e dentibus ortum
esse canis: specus est tenebroso caecus hiatu,
est uia decliuis, per quam Tirynthius heros 410
restantem contraque diem radiosque micantes
obliquantem oculos nexis adamante catenis
Cerberon abstraxit, rabida qui concitus ira
inpleuit pariter ternis latratibus auras
et sparsit uirides spumis albentibus agros; 415
has concresse putant nactasque alimenta feracis
fecundique soli uires cepisse nocendi;
quae quia nascuntur dura uiuacia caute,
agrestes aconita uocant. ea coniugis astu
ipse parens Aegeus nato porrexit ut hosti. 420
Sumpserat ignara Theseus data pocula dextra,
cum pater in capulo gladii cognouit eburno
signa sui generis facinusque excussit ab ore.
Effugit illa necem nebulis per carmina motis.

e o lar de Eumelo que pranteia o filho no ar.
 Co'asas de serpes, em Pirene, chega a Éfira
onde, no tempo antigo – os velhos que o contaram –
corpos humanos de pluviais fungos nasceram.
Porém, depois que a nova noiva co'os venenos
colcos ardeu e em fogo o paço os mares viram,
co'o cruor dos filhos a ímpia espada foi molhada
e a mãe, vingada, escapa às armas de Jasão.
Pelas serpes do Sol dali levada, ela entra
na urbe de Palas – que vos viu, Fene justíssima
e ó velho Perifante, a voar emparelhados
e, em asas arraimada, a neta polipênia.
Egeu a acolhe – só por isso foi culpado.
O asilo não bastou, e em matrimônio uniu-se.
 Desconhecido ao pai, já chegava Teseu
que, com valor pacificara o Istmo bimare.
Medeia, p'ra o matar, põe-se a mesclar o acônito
que trouxera consigo outrora da orla cítia –
dizem que esse nasceu dos dentes do cachorro
da Equidna. Há u'a caverna atra, de entrada horrenda,
e uma descida pela qual o herói tiríntio,
a resistir à luz e dos brilhantes raios
desviando o olhar, preso por elos de adamante,
arrastou Cérbero que, em iras abalado,
com três latidos simultâneos o ar encheu
e em verdes campos espalhou a baba branca.
Dizem que esta coalhou e, encontrando alimento
no chão feraz, desenvolveu forças nocivas.
Já que a erva nasce e vive em pedras, os campônios
chamam-na acônio. Esta, por dolo da mulher,
ao filho deu Egeu, como fosse u' inimigo.
Teseu, co'a ínscia mão, pegou na taça entregue.
Quando o pai viu no cabo ebúrneo de seu gládio
as insígnias da raça, arrebatou-lhe o crime
e ela escapou da morte, em nuvens conjuradas.

Ouidius
Tristia

Hic quoque sunt igitur Graiae (quis crederet?) urbes
    inter inhumanae nomina barbariae?
Huc quoque Mileto missi uenere coloni,
    inque Getis Graias constituere domos?
Sed uetus huic nomen, positaque antiquius urbe,
    constat ab Absyrti caede fuisse loco.
Nam rate, quae cura pugnacis facta Mineruae
    per non temptatas prima cucurrit aquas,
impia desertum fugiens Medea parentem
    dicitur his remos applicuisse uadis.
Quem procul ut uidit tumulo speculator ab alto,
    "hospes," ait "nosco, Colchide, uela, uenit."
Dum trepidant Minyae, dum soluitur aggere funis,
    dum sequitur celeres ancora tracta manus,
conscia percussit meritorum pectora Colchis
    ausa atque ausura multa nefanda manu;
et, quamquam superest ingens audacia menti,
    pallor in attonitae uirginis ore fuit.
Ergo ubi prospexit uenientia uela "tenemur,
    et pater est aliqua fraude morandus" ait.
Dum quid agat quaerit, dum uersat in omnia uultus,
    ad fratrem casu lumina flexa tulit.
Cuius ut oblata est praesentia, "uicimus" inquit:
    "hic mihi morte sua causa salutis erit."
Protinus ignari nec quicquam tale timentis
    innocuum rigido perforat ense latus,
atque ita diuellit diuulsaque membra per agros
    dissipat in multis inuenienda locis.

Ovídio
Tristes 3.9

Quem crerá que também aqui haja gregas urbes
    entre os nomes de bárbaros atrozes
e que colonos de Mileto também vieram
    e ergueram entre os guetas casas gregas?
Porém, seu nome antigo, anterior à cidade,
    conta ser o lugar do fim de Absirto.
Pois, co'a nau que a pugnaz Minerva fez com zelo
    - prima a singrar as águas não tentadas -
a ímpia Medeia, em fuga, abandonando o pai,
    diz-se na praia os membros ter tocado.
Ao ver, de um monte ao longe, a sentinela grita:
    "O imigo! Sei que as velas vêm da Cólquida"!
Enquanto os mínias tremem, soltam-se as amarras
    e segue a lesta mão a âncora erguida.
Das culpas cônscio o peito a colca percutiu
    a mão que ousou e ousará tanto horror;
e, embora à mente reste imensa audácia, à atônita
    face da virgem de palor tingiu-se.
Ao perceber que as velas vinham, disse: "Cercam-nos!
    Que retarde meu pai alguma fraude"!
Buscando o que fazer, voltando a tudo a face,
    leva o fletido olhar a cair no irmão
cuja presença se mostrava, e diz: "Vencemos!
    Co'a morte ele há de ser-me a salvação".
Com dura espada, logo fura o flanco insonte
    do que, ínscio, não temia coisas tais.
Assi' o espedaça e espalha os membros pelos campos
    para em muitos lugares o encontrarem.

Neu pater ignoret, scopulo proponit in alto
    pallentesque manus sanguineumque caput,
ut genitor luctuque nouo tardetur et, artus
    dum legit extinctos, triste moretur iter.
Inde Tomis dictus locus hic, quia fertur in illo
    membra soror fratris consecuisse sui.

P'ra que o conheça o pai, exibe nu' alta rocha
    a sangrenta cabeça e as mãos palentes,
p'ra que u'a nova dor o atrase enquanto os membros
    mortos recolhe e tarda em triste via.
E chamou-se o lugar de Tomos porque ali
    diz-se que a irmã cortou do irmão os membros.

Ouidius
Medea

1. Seruare potui: perdere an possim, rogas?
2. Feror huc illuc, uae, plena deo.

Ovídio
Medeia

1. Pude guardar. Pedes acaso que eu possa perder?
2. Ah, sou levada para aqui e ali, repleta do deus.

Medea Senecae

Medea Di coniugales tuque genialis tori,
Lucina, custos quaeque domituram freta
Tiphyn nouam frenare docuisti ratem,
et tu, profundi saeue dominator maris,
clarumque Titan diuidens orbi diem, 5
tacitisque praebens conscium sacris iubar
Hecate triformis, quosque iurauit mihi
deos Iason, quosque Medeae magis
fas est precari: noctis aeternae chaos,
auersa superis regna manesque impios 10
dominumque regni tristis et dominam fide
meliore raptam, uoce non fausta precor.
Nunc, nunc adeste sceleris ultrices deae,
crinem solutis squalidae serpentibus,
atram cruentis manibus amplexae facem, 15
adeste, thalamis horridae quondam meis
quales stetistis: coniugi letum nouae
letumque socero et regiae stirpi date.
  Num peius aliquid? quod precer sponso malum?
Viuat; per urbes erret ignotas egens 20
exul pauens inuisus incerti laris,
iam notus hospes limen alienum expetat; 23a,22b
me coniugem opto, quoque non aliud queam
peius precari, liberos similes patri 24
similesque matri parta iam, parta ultio est:
peperi. Querelas uerbaque in cassum sero?
non ibo in hostes? manibus excutiam faces
caeloque lucem spectat hoc nostri sator
Sol generis, et spectatur, et curru insidens
per solita puri spatia decurrit poli? 30
non redit in ortus et remetitur diem?

Medeia, Sêneca

Prólogo

Medeia: Ó deuses conjugais; ó Lucina, guardiã
do leito nupcial; e ó tu que instruíste Tífis
a guiar a nova nau p'r'os mares conquistar;
ó tu, senhor atroz do pélago profundo;
ó Sol que distribuis ao mundo a luz do dia;
triforme Hécate, que dás o brilho cúmplice
ao rito oculto; ó deuses, pelos quais Jasão
jurou-me e todos que invocar Medeia pode!
O Caos da noite eterna, o reino oposto aos céus,
os manes ímpios, o senhor do reino triste,
e tu, senhora, por um amante mais fiel
raptada, invoco-vos com voz desventurada!
Agora, agora, vinde ó deusas vingadoras,
com desgrenhada cabeleira de serpentes;
vós que levais nas mãos cruentas tochas negras,
vinde horrorosas, como outrora vos quedastes
junto ao meu leito: levai morte à nova esposa,
ao sogro e a toda estirpe régia. Algo há de pior?
    Que mal eu rogo para o esposo? Que ele viva
e, miserável, erre em terras estrangeiras
sem lar, com medo, desterrado e abominado;
que o conhecido visitante ainda me queira
e encontre a porta hostil; e mais – nada de pior
posso pedir – que iguais aos pais sejam seus filhos.
Já a vingança nasceu – fui eu quem a pari!
Mas lanço em vão palavras e ais? Não marcharei
contra os imigos? Brandirei tochas co'as mãos
e a luz do céu! O Sol, que é pai de minha raça
e a tudo vê, sentado ao carro não é visto
a percorrer usuais espaços do céu puro?
Ele ao início não recua e volta o dia?

da, da per auras curribus patriis uehi,
committe habenas, genitor, et flagrantibus
ignifera loris tribue moderari iuga:
gemino Corinthos litori opponens moras 35
cremata flammis maria committat duo.
Hoc restat unum, pronubam thalamo feram
ut ipsa pinum postque sacrificas preces
caedam dicatis uictimas altaribus.

     Per uiscera ipsa quaere supplicio uiam, 40
si uiuis, anime, si quid antiqui tibi
remanet uigoris; pelle femineos metus
et inhospitalem Caucasum mente indue.
Quodcumque uidit Phasis aut Pontus nefas,
uidebit Isthmos. Effera ignota horrida, 45
tremenda caelo pariter ac terris mala
mens intus agitat: uulnera et caedem et uagum
funus per artus leuia memoraui nimis:
haec uirgo feci; grauior exurgat dolor:
maiora iam me scelera post partus decent. 50
Accingere ira teque in exitium para
furore toto. Paria narrentur tua
repudia thalamis: quo uirum linques modo?
Hoc quo secuta es. Rumpe iam segnes moras:
quae scelere parta est, scelere linquenda est domus. 55

Chorus Ad regum thalamos numine prospero
qui caelum superi quique regunt fretum
adsint cum populis rite fauentibus.
Primum sceptriferis colla Tonantibus
taurus celsa ferat tergore candido; 60
Lucinam niuei femina corporis

Dá que em teu carro no ar eu seja transportada;
me entrega as rédeas, pai, e a mim consente guiar,
co'ardente látego, a parelha flamejante.
Então Corinto, que separa as gêmeas praias,
ardendo, ajuntará, com fogo ambos os mares.
Resta só isto: eu levarei ao leito as tochas
nupciais e, após as orações de sacrifício,
no consagrado altar imolarei as vítimas.

    Nas vísceras procura o rumo da vingança,
ó alma, se vives e te resta a força antiga.
Afasta o medo feminino e induz na mente
a hostilidade caucasiana. Todos crimes
que o Fase e o mar viram, também Istmo há de ver.
Ignotas coisas, cruéis, horríveis, espantosos
males p'ra terra e céu juntos a mente agita:
feridas, morte e esparsos membros sem exéquias
são coisas leves, de uma virgem, de que lembro.
Que um horror terrível mais se eleve: após o parto,
maiores devem ser meus crimes. A ira apronta
e, com todo furor, prepara p'ra matança.
Que então se conte teu repúdio qual tuas bodas.
Como abandonas teu varão? Como o seguiste!
Rompe as demoras indolentes: este lar
por crime havido, em crime deve ser desfeito.

[sai Medeia]

Primeiro Intermédio

[entra o Coro]

Coro: Que ao casamento real, os deuses favoráveis,
que governam o céu e o mar, venham co'o povo
que assiste ao rito. Que primeiro, em direção
aos sacerdotes do Tonante, um touro avance
a alta cerviz de pelo branco; e que à Lucina
agrade a fêmea de alvo corpo, nunca posta

intemptata iugo placet, et asperi
Martis sanguineas quae cohibet manus,
quae dat belligeris foedera gentibus
et cornu retinet diuite copiam,   65
donetur tenera mitior hostia.
Et tu, qui facibus legitimis ades,
noctem discutiens auspice dextera
huc incede gradu marcidus ebrio,
praecingens roseo tempora uinculo.   70
Et tu, quae, gemini praeuia temporis,
tarde, stella, redis semper amantibus:
te matres, auide te cupiunt nurus
quamprimum radios spargere lucidos.

    Vincit uirgineus decor   75
longe Cecropias nurus,
et quas Taygeti iugis
exercet iuuenum modo
muris quod caret oppidum,
et quas Aonius latex   80
Alpheosque sacer lauat.
Si forma uelit aspici,
cedent Aesonio duci
proles fulminis improbi
aptat qui iuga tigribus,   85
nec non, qui tripodas mouet,
frater uirginis asperae,
cedet Castore cum suo
Pollux caestibus aptior.
Sic, sic, caelicolae, precor,   90
uincat femina coniuges,
uir longe superet uiros.

    Haec cum femineo constitit in choro,
unius facies praenitet omnibus.
Sic cum sole perit sidereus decor,   95
et densi latitant Pleiadum greges,

ao jugo; e àquela que coíbe as cruentas mãos
do áspero Marte, que celebra entre as nações
em guerra os tratos, e que tem toda a riqueza
da cornucópia da abastança será dada,
por ser mais branda, uma outra vítima mais tenra.
E tu que assistes aos legítimos enlaces
e a noite afastas co'a propícia mão direita,
ébrio caminha até aqui, co'os passos trôpegos,
de rosas tendo uma coroa sobre as têmporas;
e tu, ó estrela que precedes aos dois tempos
e que retornas sempre lenta p'r'os amantes –
avidamente as mães e as noivas por ti anseiam
para mais cedo os raios lúcidos lançares.

    Vence a beleza da virgem
em muito às noras de Cécrops,
e àquelas que no Taígeto
a Terra-sem-muros faz
se exercitarem qual moços;
e àquelas que a água da Aônia
e o sacro rio Alfeu banham.
Se um belo quiserdes ver,
Cedem ao líder Esônio
o filho do ímprobo raio
que amarra tigres ao carro;
e o deus que à trípode inspira
– o irmão da virgem aspérrima –;
e cedem Cástor e Pólux
– co'os cestos sempre o melhor.
Assim, celícolas, peço-vos
que a virgem vença as esposas
e o homem supere os varões.

    Quando no coro feminino ela se encontra,
uma única face entre as demais rebrilha.
Como fenece ao sol a beleza dos astros
ou se esconde o rebanho apertado das Plêiades

cum Phoebe solidum lumine non suo
orbem circuitis cornibus alligat.
Ostro sic niueus puniceo color
perfusus rubuit, sic nitidum iubar 100
pastor luce noua roscidus aspicit.
Ereptus thalamis Phasidis horridi,
effrenae solitus pectora coniugis
inuita trepidus prendere dextera,
felix Aeoliam corripe uirginem 105
nunc primum soceris sponse uolentibus.
   Concesso, iuuenes, ludite iurgio,
hinc illinc, iuuenes, mittite carmina:
rara est in dominos iusta licentia.

   Candida thyrsigeri proles generosa Lyaei, 110
multifidam iam tempus erat succendere pinum:
excute sollemnem digitis marcentibus ignem.
Festa dicax fundat conuicia fescenninus,
soluat turba iocos tacitis eat illa tenebris,
si qua peregrino nubit furtiua marito. 115

Medea Occidimus: aures pepulit hymenaeus meas.
Vix ipsa tantum, uix adhuc credo malum.
Hoc facere Iason potuit, erepto patre
patria atque regno sedibus solam exteris
deserere durus? merita contempsit mea 120
qui scelere flammas uiderat uinci et mare?
adeone credit omne consumptum nefas?
incerta uecors mente non sana feror
partes in omnes; unde me ulcisci queam?
utinam esset illi frater! est coniunx: in hanc 125

quando, com luz não sua, a Fêbea amarra o sólido
disco ao seu arco circular; ou como a cor
da branca neve, ao ser banhada pela púrpura
fenícia, tinge-se de rubro, ou qual pastor
que inda orvalhado vê na aurora o sol brilhante.
Tirado ao leito tenebroso de Medeia,
acostumado a, co'a forçada mão, tocar
com medo o corpo da mulher desenfreada,
feliz agora toma a moça eólia e casa-se
pela primeira vez com a bênção dos sogros.

 Brincai, ó jovens, os folguedos consentidos.
Lançai aqui e ali, ó jovens, as canções:
rara é a licença permitida entre os senhores.

 Filho de Baco, porta tirsos, fulgurante
e generoso, a tocha é tempo de brandir.
Co'os ébrios dedos, o solene fogo acende.
Que o fescenino mordaz lance seus gracejos
e a turba zombe. Que às silentes trevas vá
furtiva aquela que casou com o estrangeiro.

[*sai o Coro*]

Primeiro Episódio

[*entram Medeia e a Ama*]

Medeia: Estou perdida: escuto os cantos esponsais.
Dificilmente eu posso crer em tanto mal.
Como Jasão pôde fazê-lo? Após tirar-me
o pai, o reino e a pátria, impiedoso abandona-me
em terra estranha, e só? Desdenhou de meus méritos –
ele que ao fogo e ao mar venceu só com meus crimes?
Será que crê que todo horror já se gastou?
Incerta e louca, pela insânia sou levada
a toda parte: onde vingar-me eu poderei?
Quem dera irmão ele tivesse... – tem u'a noiva!

ferrum exigatur. hoc meis satis est malis?
Si quod Pelasgae, si quod urbes barbarae
nouere facinus quod tuae ignorent manus,
nunc est parandum. Scelera te hortentur tua
et cuncta redeant: inclitum regni decus   130
raptum et nefandae uirginis paruus comes
diuisus ense, funus ingestum patri
sparsumque ponto corpus et Peliae senis
decocta aeno membra: funestum impie
quam saepe fudi sanguinem et nullum scelus   135
irata feci: saeuit infelix amor.

    Quid tamen Iason potuit, alieni arbitri
iurisque factus? debuit ferro obuium
offerre pectus melius, a melius, dolor
furiose, loquere. si potest, uiuat meus,   140
ut fuit, Iason; si minus, uiuat tamen
memorque nostri muneri parcat meo.
Culpa est Creontis tota, qui sceptro impotens
coniugia soluit quique genetricem abstrahit
gnatis et arto pignore astrictam fidem   145
dirimit: petatur, solus hic poenas luat,
quas debet. Alto cinere cumulabo domum;
uidebit atrum uerticem flammis agi
Malea longas nauibus flectens moras.

Nutrix Sile, obsecro, questusque secreto abditos   150
manda dolori. Grauia quisquis uulnera
patiente et aequo mutus animo pertulit,
referre potuit: ira quae tegitur nocet;
professa perdunt odia uindictae locum.

Me. Leuis est dolor, qui capere consilium potest   155
et clepere sese: magna non latitant mala.
Libet ire contra.

            Nut. Siste furialem impetum,
alumna: uix te tacita defendit quies.

Que o ferro a alcance! Bastará isso a meus males?
Se as nações bárbaras e as gregas conheceram
u' ato que as tuas mãos não sabem, este agora
deve ser feito. Que os teus crimes te convoquem
e tudo volte: o adorno célebre do reino
roubado; o jovem companheiro da cruel virgem
cortado a espada; o morto ao pai lançado; o corpo
no mar disperso; e do senil Pélias, os membros
no caldeirão cozidos. Quantas vezes, ímpia,
funesto sangue eu derramei – mas nenhum mal
por ira eu fiz – um triste amor me enfurecia.

    E o que a Jasão cabia fazer, preso por leis
e arbítrio alheios? Deveria oferecer
o peito à espada! Ó dor furiosa, me consola:
se for possível, que Jasão, meu qual já foi
viva, senão, que todavia viva e lembre-se
de mim; que guarde os meus favores. Toda a culpa
é de Creonte, que tirânico desfaz
meu casamento, que separa u'a mãe dos filhos
e rompe um pacto firmemente combinado.
Rogo que tenha só os devidos castigos;
cumularei de altas cinzas seu palácio.
Verás subir um negro vórtice de chamas,
ó Málea, tu que impões demoras aos navios!

Ama: Cala-te, imploro. Esconde os ais no coração
em dor secreta. Só quem mudo suportou
graves feridas, com paciência e ânimo calmo,
pôde vingar-se: a fúria oculta é malfazeja
e o ódio confesso perde o tempo da vingança.

Medeia: É leve a dor que pode ter moderação
ou se ocultar: os grandes males não se escondem.
Quero atacar!

Ama: Reprime os ímpetos de fúria,
ó filha: apenas a quietude te defende.

Me. Fortuna fortes metuit, ignauos premit.
Nut. Tunc est probanda, si locum uirtus habet. 160
Me. Numquam potest non esse uirtuti locus.
Nut. Spes nulla rebus monstrat adflictis uiam.
Me. Qui nil potest sperare, desperet nihil.
Nut. Abiere Colchi, coniugis nulla est fides
nihilque superest opibus e tantis tibi. 165
Me. Medea superest: hic mare et terras uides
ferrumque et ignes et deos et fulmina.
Nut. Rex est timendus.
   Me. Rex meus fuerat pater.
Nut. Non metuis arma?
   Me. Sint licet terra edita.
Nut. Moriere.
   Me. Cupio.
    Nut. Profuge.
     Me. Paenituit fugae. 170
Nut. Medea.
   Me. Fiam.
    Nut. Mater es.
     Me. Cui sim uide.
Nut. Profugere dubitas?
   Me. Fugiam, at ulciscar prius.
Nut. Vindex sequetur.
   Me. Forsan inueniam moras.
Nut. Compesce uerba, parce iam, demens, minis
animosque minue: tempori aptari decet. 175

Medeia: A sorte teme o forte e oprime o que tem medo!

Ama: Então, louvável só é a coragem se oportuna.

Medeia: Nunca a coragem pode ser inoportuna.

Ama: Mas nenhuma esperança anima os sofredores.

Medeia: Quem nada mais pode esperar, não desespera.

Ama: Distante é a Cólquida e infiel é o teu esposo.
Nada mais resta para ti de tuas riquezas.

Medeia: Resta Medeia. Nela vês o mar e as terras,
o ferro e o fogo, as divindades e os trovões.

Ama: Assustador é o rei.

Medeia: Meu pai também foi rei.

Ama: Não temes armas?

Medeia: Não, se em terra forem feitas.

Ama: Tu morrerás.

Medeia: Eu quero.

Ama: Foge!

Medeia: As fugas doem-me.

Ama: Medeia...

Medeia: Assim serei!

Ama: És mãe!

Medeia: Vê quem mo fez.

Ama: Fugir pretendes?

Medeia: Fugirei, mas antes, vingo-me.

Ama: E um vingador te seguirá.

Medeia: Talvez o atrase...

Ama: Refreia a fala, insana, e para de ameaçar;
contém o ardor: convém aos tempos se adaptar.

Me. Fortuna opes auferre, non animum potest.

Sed cuius ictu regius cardo strepit?
Ipse est Pelasgo tumidus imperio Creo.

    Creo Medea, Colchi noxium Aeetae genus,
nondum meis exportat e regnis pedem?   180
Molitur aliquid: nota fraus, nota est manus.
Cui parcet illa quemue securum sinet?
Abolere propere pessimam ferro luem
equidem parabam: precibus euicit gener.
Concessa uita est, liberet fines metu   185
abeatque tuta.

           fert gradum contra ferox
minaxque nostros propius affatus petit.

Arcete, famuli, tactu et accessu procul,
iubete sileat. regium imperium pati
aliquando discat.

           Vade ueloci uia   190
monstrumque saeuum horribile iamdudum auehe.

Me. Quod crimen aut quae culpa multatur fuga?

Cr. Quae causa pellat, innocens mulier rogat.

Me. Si iudicas, cognosce, si regnas, iube.

Cr. Aequum atque iniquum regis imperium feras.   195

Me. Iniqua numquam regna perpetuo manent.

Cr. I, querere Colchis.

Me. Redeo: qui auexit, ferat.

Cr. Vox constituto sera decreto uenit.

Medeia: Pode a Fortuna tirar bens, o ânimo, nunca.
                    [*voltando-se para o palácio real*]
Mas quem com força fez os gonzos reais rangerem?
É Creonte, altivo por reinar sobre os Pelasgos.

              [*Creonte, ainda distante de Medeia, dizendo consigo*]
Creonte: Medeia, raça ruim da Cólquida de Eetes,
não afastou ainda seus pés de meus domínios?
Algo planeja: a fraude e a mão são conhecidas.
A quem irá poupar? Quem ficará seguro?
Já me aprontava p'ra matar co'a espada a peste
quando meu genro, com pedidos, demoveu-me.
Deixei-lhe a vida: que da terra leve o medo
e vá segura!
                            [*Medeia se aproxima*]
          Ela, ao contrário, ameaçadora,
vem com passo feroz e p'ra falar me busca.
                        [*Dirigindo-se aos guardas*]
Afastai, guardas, para longe o toque e o acesso.
Ordenai-lhe calar: que alguma vez aprenda
a suportar a lei do rei.
                    [*Para Medeia, que se aproxima*]
          Sai já depressa;
te afasta agora, monstro horrível e medonho.

Medeia: Por crime ou culpa quais sou punida co' exílio?

Creonte: Pergunta a causa quem se diz ser inocente!

Medeia: Se julgas, deves explicar; mandar, se reinas.

Creonte: Injusta ou justa, que suportes a lei régia.

Medeia: Não se mantém um reino injusto eternamente.

Creonte: Vá e queixa aos Colcos.

Medeia: Vou, mas quem me trouxe, leve-me.

Creonte: Tua voz vem tarde; meu decreto já está dito.

Me. Qui statuit aliquid parte inaudita altera,
aequum licet statuerit, haud aequus fuit. 200

Cr. Auditus a te Pelia supplicium tulit?
Sed fare, causae detur egregiae locus.

Me. Difficile quam sit animum ab ira flectere
iam concitatum quamque regale hoc putet
sceptris superbas quisquis admouit manus, 205
qua coepit ire, regia didici mea.
Quamuis enim sim clade miseranda obruta,
expulsa supplex sola deserta, undique
afflicta, quondam nobili fulsi patre
auoque clarum Sole deduxi genus. 210
Quodcumque placidis flexibus Phasis rigat
Pontusque quidquid Scythicus a tergo uidet,
palustribus qua maria dulcescunt aquis,
armata peltis quidquid exterret cohors
inclusa ripis uidua Thermodontiis, 215
hoc omne noster genitor imperio regit.
Generosa, felix, decore regali potens
fulsi: petebant tunc meos thalamos proci,
qui nunc petuntur. Rapida fortuna ac leuis
praecepsque regno eripuit, exilio dedit. 220
Confide regnis, cum leuis magnas opes
huc ferat et illuc casus hoc reges habent
magnificum et ingens, nulla quod rapiat dies:
prodesse miseris, supplices fido lare
protegere. Solum hoc Colchico regno extuli, 225
decus illud ingens Graeciae et florem inclitum,
praesidia Achiuae gentis et prolem deum
seruasse memet. munus est Orpheus meum,
qui saxa cantu mulcet et siluas trahit,
geminumque munus Castor et Pollux meum est 230
satique Borea quique trans Pontum quoque
summota Lynceus lumine immisso uidet,
omnesque Minyae: nam ducum taceo ducem,

Medeia: Quem decidiu sem ouvir antes a outra parte,
inda que justo ele decida, não é justo.

Creonte: Ouviste Pélias quando deste-lhe o suplício?
Mas fala: as grandes causas devem ter espaço!

Medeia: Como é difícil demover a ira de u' espírito
atormentado! E como aquele que co'as mãos
soberbas porta o cetro crê ser seu direito
perseverar, eu aprendi no meu palácio.
De fato, embora desgraçada no infortúnio,
súplice, expulsa, abandonada, só e aflita
em qualquer parte, antes brilhei co' um nobre pai –
do claro Sol, que é meu avô, vem minha estirpe.
Tudo o que o Fase, com seu manso curso banha;
o que o mar Cítico contempla atrás de si –
o mar que as águas pantanosas adocicam –;
e as terras onde armadas virgens, com suas peltas,
aterrorizam junto ao rio Termodonte:
este é o império de meu pai. Ali, feliz,
nobre e orgulhosa da realeza, eu fulgurava:
procuravam meu leito, então, os pretendentes
que procurados ora são. Mas a Fortuna,
veloz e incerta, me levou e deu-me o exílio.
Que se confie no rei quando o azar incerto
 aqui e ali dissipa as posses – pois dos reis
é privilégio, que em nenhum tempo se perde,
cuidar dos míseros e dar um lar aos súplices.
Trouxe da Cólquida só isso: ter salvado
a grande glória grega, a flor de sua nobreza,
a guarnição aqueia, os filhos dos divinos.
Devem-me Orfeu, que com seu canto amansa as rochas
e arrasta as selvas; também devem-me os irmãos
Cástor e Pólux, mais os filhos do deus Bóreas
e ainda Linceu – que, co'o olhar apenas, vê
coisas ocultas sob o mar –; e todos Mínias!
Porém, me calo quanto ao chefe dos heróis,

pro quo nihil debetur: hunc nulli imputo;
uobis reuexi ceteros, unum mihi.   235
   Incesse nunc et cuncta flagitia ingere:
fatebor; obici crimen hoc solum potest,
Argo reuersa. Virgini placeat pudor
paterque placeat: tota cum ducibus ruet
Pelasga tellus, hic tuus primum gener   240
tauri ferocis ore flagranti occidet.
Fortuna causam quae uolet nostram premat,
non paenitet seruasse tot regum decus
quodcumque culpa praemium ex omni tuli,
hoc est penes te. Si placet, damna ream;   245
sed redde crimen. Sum nocens, fateor, Creo:
talem sciebas esse, cum genua attigi
fidemque supplex praesidis dextra peti;
terra hac miseriis angulum et sedem rogo
latebrasque uiles: urbe si pelli placet,   250
detur remotus aliquis in regnis locus.

Cr. Non esse me qui sceptra uiolentus geram
nec qui superbo miserias calcem pede,
testatus equidem uideor haud clare parum
generum exulem legendo et adflictum et graui   255
terrore pauidum, quippe quem poenae expetit
letoque Acastus regna Thessalica optinens.
Senio trementem debili atque aeuo grauem
patrem peremptum queritur et caesi senis
discissa membra, cum dolo captae tuo   260
piae sorores impium auderent nefas.
Potest Iason, si tuam causam amoues,
suam tueri: nullus innocuum cruor
contaminauit, afuit ferro manus
proculque uestro purus a coetu stetit.   265
   Tu, tu malorum machinatrix facinorum,
cui feminae nequitia, ad audendum omnia
robur uirile est, nulla famae memoria,

que nada deve-me – pois dele eu nada conto.
Trouxe os outros por vós; mas ele, so p'ra mim.
   Os meus flagelos todos se unem e me acoçam.
Confessarei. De um crime só serei culpada:
de Argo voltar. Se eu preferisse o pai e a honra,
a terra grega, co'os heróis, sucumbiria.
Então, primeiro, tombaria esse teu genro,
morto no fogo do feroz sopro dos touros.
Seja qual sorte a que ameace o meu destino,
não me arrepende ter salvado a honra de tantos!
O único prêmio que de todos crimes tive
está contigo: se te agrada, me condene.
Devolve-mo, porém, Creonte. Assumo a culpa!
Mas tu o sabias quando, súplice, abracei-me
aos teus joelhos e implorei por lei e apoio.
Para esta pobre eu peço um abrigo, um vil refúgio –
se da cidade desejares me expulsar,
dá-me, em teu reino, algum lugar, ainda que longe.

Creonte: Que não sou rei que com violência porte o cetro,
nem que co'o pé soberbo calque os miseráveis,
creio que o foi provado desde que escolhi
um desterrado, aflito e pávido de medo
por genro – pois Acasto, o rei tessálio o ameaça
com pena e morte. Ele se queixa de que o pai
trêmulo e débil pela idade, carregado
de anos, foi morto com crueldade; e o seu cadáver,
esquartejado, quando as filhas devotadas,
por ti enganadas, cometeram u'ímpio crime.
Pode Jasão se defender se desistires
de teu pedido: sangue algum contaminou
dele a inocência – não portou sua mão a espada.
Então, distante de teus atos, ficou puro.
   Maquinadora de hediondos crimes, tu
cuja maldade feminina se une à força
viril e à ausência da lembrança de tua fama,

egredere, purga regna, letales simul
tecum aufer herbas, libera ciues metu, 270
alia sedens tellure sollicita deos.

Me. Profugere cogis? redde fugienti ratem
uel redde comitem fugere cur solam iubes?
Non sola ueni. Bella si metuis pati,
utrumque regno pelle. Cur sontes duos 275
distinguis? Illi Pelia, non nobis iacet;
fugam, rapinas adice, desertum patrem
lacerumque fratrem, quidquid etiamnunc nouas
docet maritus coniuges, non est meum:
totiens nocens sum facta, sed numquam mihi. 280

Cr. Iam exisse decuit. Quid seris fando moras?

Me. Supplex recedens illud extremum precor,
ne culpa natos matris insontes trahat.

Cr. Vade: hos paterno ut genitor excipiam sinu.

Me. Per ego auspicatos regii thalami toros, 285
per spes futuras perque regnorum status,
Fortuna uaria dubia quos agitat uice,
precor, breuem largire fugienti moram,
dum extrema natis mater infigo oscula,
fortasse moriens.

           Cr. Fraudibus tempus petis. 290

Me. Quae fraus timeri tempore exiguo potest?

Cr. Nullum ad nocendum tempus angustum est malis.

Me. Parumne miserae temporis lacrimis negas?

Cr. Etsi repugnat precibus infixus timor,
unus parando dabitur exilio dies. 295

Me. Nimis est, recidas aliquid ex isto licet;
et ipsa propero.

parte, e o meu reino purifica; leva as ervas
mortais contigo e aos cidadãos livra do medo.
Vai p'ra outras terras, onde os deuses importunes.

Medeia: Mandas que eu parta? Então, devolve-me ao fugir
a nau e o amigo! Por que só mandas que eu fuja?
Não cheguei só! Porém, se temes guerra, expulsa
do reino os dois. Por que distingues os culpados?
Pélias foi morto não p'ra mim, mas em prol dele.
Soma que o roubo, a fuga, o pai abandonado,
o esquartejado irmão e tudo que o marido
agora ensina à nova esposa, não são meus:
fui tantas vezes ruim, mas nunca em meu proveito.

Creonte: Devias ter ido. Por que tardas co'estas falas?

Medeia: Partindo, eu peço, suplicante, um dom final:
Da mãe a culpa sobre insontes filhos não arraste.

Cre. Vai: como um pai os tomarei junto ao meu peito.

Medeia: Pelos auspícios bons do régio casamento,
pela esperança no futuro e o bem dos reinos
que a sorte incerta, co'o destino dúbio, agita,
rogo: dilata um pouco o tempo de eu partir
enquanto dou últimos beijos nos meus filhos,
morrendo já talvez.

Creonte: Pedes tempo p'ras fraudes.

Medeia: Que fraudes temes num tão curto tempo assim?

Creonte: Para fazer o mal, o tempo nunca é curto!

Medeia: Negas a esta infeliz o tempo de chorar?

Creonte: Ainda que o íntimo temor rechace as preces,
dar-te-ei um dia p'ra que aprontes a partida.

Medeia: É muito. Tira u'a parte disso, se quiseres;
me apresso eu mesma.

Cr. Capite supplicium lues,
clarum priusquam Phoebus attollat diem
nisi cedis Isthmo.
           Sacra me thalami uocant,
uocat precari festus Hymenaeo dies.   300

Chorus Audax nimium qui freta primus
rate tam fragili perfida rupit
terrasque suas posterga uidens
animam leuibus credidit auris,
dubioque secans aequora cursu   305
potuit tenui fidere ligno
inter uitae mortisque uices
nimium gracili limite ducto.
Nondum quisquam sidera norat,
stellisque, quibus pingitur aether,   310
non erat usus, nondum pluuias
Hyadas poterat uitare ratis,
non Oleniae lumina caprae,
nec quae sequitur flectitque senex
Attica tardus plaustra Bootes,   315
nondum Boreas, nondum Zephyrus
      nomen habebant.
Ausus Tiphys pandere uasto
      carbasa ponto
legesque nouas scribere uentis: 320
nunc lina sinu tendere toto,
nunc prolato pede transuersos
captare notos, nunc antemnas
medio tutas ponere malo,
nunc in summo religare loco,   325

Creonte: Co'a cabeça pagarás
se, antes que Febo traga a luz de um novo dia,
tu não partires.
As sagradas bodas chamam-me
e o alegre dia do Himeneu pede-me as preces.

[saem todos]

Segundo Intermédio

[entra o Coro]

Coro: Muito audaz foi quem primeiro
abriu o cruel mar em nau frágil,
e suas terras atrás vendo,
deu-se aos ventos inconstantes;
e o singrando em curso incerto
pôde fiar-se em débil tronco
– entre a vida e a morte, em risco,
num limite muito estreito.
Ainda não se conhecia
o uso de astros que ao céu ornam;
nem às Plêiades chuvosas
evitar podia a nau,
nem da Olênia cabra as luzes
nem o carro que o ancião Bootes
conduz lento através da Ática;
ainda nem Zéfiro ou Bóreas
        tinham nome.
Ousou Tífis abrir velas
        no mar vasto
e dar novas leis aos ventos:
quer abrindo as velas todas –
de través, co'adriças soltas,
tendo o Noto; quer prendendo
meio ao mastro, a verga à salvo;
quer içando-a até o topo,

cum iam totos auidus nimium
nauita flatus optat et alto
rubicunda tremunt sipara uelo.

 Candida nostri saecula patres
uidere procul fraude remota.   330
Sua quisque piger litora tangens
patrioque senex factus in aruo,
paruo diues nisi quas tulerat
natale solum non norat opes.
Bene dissaepti foedera mundi   335
traxit in unum Thessala pinus
iussitque pati uerbera pontum
partemque metus fieri nostri
 mare sepositum.

Dedit illa graues improba poenas   340
per tam longos ducta timores,
cum duo montes, claustra profundi,
hinc atque illinc subito impulsu
uelut aetherio gemerent sonitu,
spargeret arces nubesque ipsas   345
 mare deprensum.

Palluit audax Tiphys et omnes
labente manu misit habenas,
Orpheus tacuit torpente lyra
ipsaque uocem perdidit Argo.

 Quid cum Siculi uirgo Pelori,   350
rabidos utero succincta canes,
omnis pariter soluit hiatus?
quis non totos horruit artus
totiens uno latrante malo?
Quid cum Ausonium dirae pestes   355
uoce canora mare mulcerent,
cum Pieria resonans cithara

quando já o ávido nauta
aproveita a brisa; e tremem
rubras flâmulas na gávea.

    Nossos pais viram os tempos
puros, longe estando os crimes.
Cada qual, manso na praia,
no chão pátrio envelhecia.
Foram ricos tendo pouco,
só na terra havia riqueza.
Mas a nau tessália uniu
o que um pacto separou;
fez sofrer o mar distante
co'as remadas e tornar-se
      nosso medo.

A ímpia nau foi castigada,
e arrastada entre os perigos
quando ao mar fechando, as rochas
ribombaram com estrondo
qual trovão, por toda parte;
e o mar nuvens espalhou
      pelo céu.

O audaz Tífis ficou pálido
e das mãos largou o leme;
silenciou-se Orfeu co'a lira
e até a Argo perdeu voz.

    Quando a virgem do Peloro,
com raivosos cães no ventre,
todas as bocas abriu juntas,
quem os membros não tremeu
escutando o uivar do monstro?
Quando as Pestes acalmaram
com canora voz o Ausônio,
a tocar a piéria cítara

       Thracius Orpheus
solitam cantu retinere rates
paene coegit Sirena sequi? 360

Quod fuit huius pretium cursus?
       Aurea pellis
maiusque mari Medea malum,
merces prima digna carina.
       Nunc iam cessit pontus et omnes
       patitur leges: 365
non Palladia compacta manu
regum referens inclita remos
       quaeritur Argo
quaelibet altum cumba pererrat.
Terminus omnis motus et urbes
muros terra posuere noua, 370
nil qua fuerat sede reliquit
       peruius orbis:
Indus gelidum potat Araxen,
Albin Persae Rhenumque bibunt
uenient annis saecula seris, 375
quibus Oceanus uincula rerum
laxet et ingens pateat tellus
Tethysque nouos detegat orbes
nec sit terris ultima Thule.

Nutrix Alumna, celerem quo rapis tectis pedem? 380
resiste et iras comprime ac retine impetum.

       Incerta qualis entheos gressus tulit
cum iam recepto maenas insanit deo

quase Orfeu
fez, co'o canto, que as sereias –
que as naus prendem – o seguissem.

Qual o preço dessa viagem?
O áureo pelo
e Medeia – pior que o mar,
digno prêmio à nau primeira.
Já vencido, o mar, agora
cede às leis.
Não precisa uma Argo feita
pelas mãos de Palas, tendo
reis aos remos.
Qualquer barco singra o mar.
Alteraram-se as fronteiras,
as cidades se muraram,
no lugar não ficou nada
no orbe aberto.
O Indu bebe o frio Araxe,
persas bebem o Elba e o Reno.
Virão séculos adiante
quando o mar soltará os nós
e abrir-se-á u'a imensa terra.
Tétis novo orbe há de expor
sem que seja Tule a última.

[*sai o Coro*]

Segundo episódio

[*entram a Ama e Medeia*]

Ama: Por que de casa sais, filha, apressada? Para!
Reprime o teu furor e os ímpetos contém!

[*Medeia não a ouve, e a Ama prossegue consigo*]
Como insana bacante em divino delírio,
quando o deus que a possui já lhe tira a razão,

Pindi niualis uertice aut Nysae iugis,
talis recursat huc et huc motu effero, 385
furoris ore signa lymphati gerens.
Flammata facies, spiritum ex alto citat,
proclamat, oculos uberi fletu rigat,
renidet: omnis specimen affectus capit.
Haeret: minatur aestuat queritur gemit. 390
Quo pondus animi uerget? Vbi ponet minas?
Vbi se iste fluctus franget? Exundat furor.
Non facile secum uersat aut medium scelus;
se uincet: irae nouimus ueteris notas.
Magnum aliquid instat, efferum immane impium: 395
uultum Furoris cerno. Di fallant metum!

Medea Si quaeris odio, misera, quem statuas modum,
imitare amorem. Regias egone ut faces
inulta patiar? Segnis hic ibit dies,
tanto petitus ambitu, tanto datus? 400
Dum terra caelum media libratum feret
nitidusque certas mundus euoluet uices
numerusque harenis derit et solem dies,
noctem sequentur astra, dum siccas polus
uersabit Arctos, flumina in pontum cadent, 405
numquam meus cessabit in poenas furor
crescetque semper quae ferarum immanitas,
quae Scylla, quae Charybdis Ausonium mare
Siculumque sorbens quaeue anhelantem premens
Titana tantis Aetna feruebit minis? 410
Non rapidus amnis, non procellosum mare
pontusue coro saeuus aut uis ignium
adiuta flatu possit inhibere impetum
irasque nostras: sternam et euertam omnia.
          Timuit Creontem ac bella Thessalici ducis? 415
amor timere neminem uerus potest.
Sed cesserit coactus et dederit manus:

erra no frio Pindo e nos montes da Nisa,
assim vai ela e volta aqui, feroz movendo-se,
carregando no rosto os sinais da loucura.
Arfa a respiração co'as faces inflamadas,
grita e, com muito choro, os olhos banha, e ri:
sente todas paixões. Mas hesita e ameaça,
arde, queixa-se e geme. Em quem, pois, recairá
o peso de ira tanta? Aonde irão as ameaças?
Onde o esto quebrará? Transborda seu furor!
Não é crime comum ou médio o que ela pensa;
a si suplantará: conheço as velhas iras.
Prepara algo de grande, ímpio medonho e atroz:
vejo os sinais da Fúria – os deuses que os abrandem!

[*Medeia, consigo mesma*]
Medeia: Se buscas o tamanho, ó pobre, de meu ódio,
mede, então, meu amor. Suportarei as régias
tochas sem me vingar? Inerte eu passarei
este dia pedido e dado a contragosto?
Enquanto a terra ao céu suspenso carregar;
o universo girar em órbitas constantes;
de areias houver conta; o dia ao sol seguir,
e as estrelas, à noite; enquanto a Ursa girar
no polo Norte, e ao mar os rios se lançarem,
o meu furor jamais cessará os castigos –
mas sempre crescerá. Qual selvagem maldade,
qual Caríbdis – que sorve o mar Ausônio e o Sículo –;
qual Etna – que aos titãs arfantes tanto oprime –;
ou qual Cila arderá co' ameaças tamanhas?
Nem um rápido rio ou um proceloso mar,
nem o oceano feroz ou a força do fogo
pelo sopro atiçado inibir poderiam
meu ímpeto e furor: mato e revolvo tudo!

     Ele Creonte temeu e as armas do Tessálio?
O verdadeiro amor não pode temer nada.
Mas se à força cedeu e, obrigado, rendeu-se,

adire certe et coniugem extremo alloqui
sermone potuit hoc quoque extimuit ferox;
laxare certe tempus immitis fugae   420
genero licebat liberis unus dies
datus est duobus. non queror tempus breue:
multum patebit. faciet hic faciet dies
quod nullus umquam taceat inuadam deos
et cuncta quatiam.

Nut. Recipe turbatum malis,   425
era, pectus, animum mitiga.

        Me. Sola est quies,
mecum ruina cuncta si uideo obruta:
mecum omnia abeant. Trahere, cum pereas, libet.

Nut. Quam multa sint timenda, si perstas, uide:
nemo potentes aggredi tutus potest.   430

    Iason O dura fata semper et sortem asperam,
cum saeuit et cum parcit ex aequo malam!
Remedia quotiens inuenit nobis deus
periculis peiora: si uellem fidem
praestare meritis coniugis, leto fuit   435
caput offerendum; si mori nollem, fide
misero carendum. non timor uicit fidem,
sed trepida pietas: quippe sequeretur necem
proles parentum. Sancta si caelum incolis
Iustitia, numen inuoco ac testor tuum: 440
nati patrem uicere. quin ipsam quoque,
etsi ferox est corde nec patiens iugi,
consulere natis malle quam thalamis reor.
Constituit animus precibus iratam aggredi

Atque ecce, uiso memet exiluit, furit,   445
fert odia prae se: totus in uultu est dolor.

decerto poderia ir dizer à mulher
u' último adeus. Mas o fero amedrontou-se!
Poderia alargar o tempo da partida
já que é o genro... Por um só dia dei dois filhos!
Não reclamo que curto o tempo seja: é muito,
bastará. Neste dia há de acontecer algo
que não se calará. Atacarei os deuses,
tudo estremecerei!

[*Ama, voltando-se para Medeia*]
Ama: Recobra o peito aflito,
senhora, abranda a alma.

Medeia: Terei calma somente
se vir toda ruína enterrada comigo:
comigo tudo acabe – é bom matar morrendo.

Ama: Se persistires, vê quanto deves temer:
ninguém pode atacar impune os poderosos.

[*entra Jasão, ainda longe das mulheres*]
Jasão: Ó sina sempre dura, ó sorte sempre agreste,
seva igualmente quando pune e quando poupa.
Amiúde para mim um deus acha socorro
pior que o perigo – pois, se eu quisesse cumprir
os votos conjugais, seria entregue à morte
minha cabeça. Mas eu não quero morrer!
Quebrarei a promessa: o temor não me vence,
só a trépida piedade: isso porque na morte
filhos seguem os pais. Ó sagrada Justiça,
se o céu habitas, chamo e invoco teu poder:
filhos venceram pai! Creio que também ela,
ainda que de feroz coração, nunca dócil,
sempre preferiria ao casamento os filhos.
Resolvi procurar com rogos a iracunda.

[*aproximando-se de Medeia*]
Mas eis que eu mesmo a vejo – em fúria, vem p'ra fora.
Ódios consigo traz: seu rosto é todo em dor.

Me. Fugimus, Iason, fugimus hoc non est nouum,
mutare sedes; causa fugiendi noua est:
pro te solebam fugere discedo, exeo,
penatibus profugere quam cogis tuis.   450
ad quos remittis? Phasin et Colchos petam
patriumque regnum quaeque fraternus cruor
perfudit arua? Quas peti terras iubes?
quae maria monstras? Pontici fauces freti
per quas reuexi nobilem regum manum   455
adulterum secuta per Symplegadas?
Patruamne Iolcon, Thessala an Tempe petam?
quascumque aperui tibi uias, clausi mihi
quo me remittis? Exuli exilium imperas
nec das. Eatur. Regius iussit gener: 460
nihil recuso. Dira supplicia ingere:
merui. cruentis paelicem poenis premat
regalis ira, uinculis oneret manus
clausamque saxo noctis aeternae obruat:
minora meritis patiar ingratum caput,   465
reuoluat animus igneos tauri halitus
interque saeuos gentis indomitae metus
armifero in aruo flammeum Aeetae pecus,
hostisque subiti tela, cum iussu meo
terrigena miles mutua caede occidit;   470
adice expetita spolia Phrixei arietis
somnoque iussum lumina ignoto dare
insomne monstrum, traditum fratrem neci
et scelere in uno non semel factum scelus,
ausasque natas fraude deceptas mea   475
secare membra non reuicturi senis:
aliena quaerens regna, deserui mea.
Per spes tuorum liberum et certum larem,
per uicta monstra, per manus, pro te quibus
numquam peperci, perque praeteritos metus,   480
per caelum et undas, coniugi testes mei,
miserere, redde supplici felix uicem.

Medeia: Parto, parto, Jasão! Não me é novo mudar –
embora seja nova a causa desta fuga:
fugia antes por ti. Vou-me embora, me afasto.
Obrigas-me a deixar teus penates. A quem
me envias? Buscarei a Cólquida e o Fase,
o reino de meu pai e o sangue de um irmão
nos campos derramado? Aonde queres que eu vá?
Apontas p'ra que mar? À entrada do Helesponto
por onde eu conduzi, acompanhando o adúltero,
o exército de reis no meio das Simplégades?
Tua pátria buscarei: Iolco e o Tempe tessálio?
Os rumos que eu te abri fecharam-se p'ra mim.
Me mandas para onde? Obrigas-me ao exílio
sem mo dares. Que eu vá! Do rei o genro ordena.
Nada recuso: dá-me o suplício: eu mereço.
Que com castigos, a fúria do rei cubra
a amante; que grilhões pesem nas minhas mãos;
que co'a pedra da noite eterna eu seja presa,
ainda assim sofrerei menos do que mereço!
Revive n'alma, ingrato, o ígneo sopro do touro,
em meio ao medo atroz de um povo indócil, lembra
dos flamejantes bois na seara dos guerreiros,
e das armas hostis que, por comando meu,
mataram mutuamente os mil filhos da terra.
Ajunta a isso o tosão do carneiro de Frixo,
o monstro sempre insone obrigado a dormir,
de meu irmão a morte e tantos outros crimes
feitos num crime só, e as filhas iludidas
que, por embuste meu, ousaram retalhar
os membros do ancião, que não ressuscitou.
Buscando um outro reino, abandonei o meu.
  Por um seguro lar, pelo bem de teus filhos,
pela fera vencida e a mão que não poupei,
por ti, pelo terror antigo, o mar e as ondas
que testemunhas são daquelas nossas bodas,
apieda-te e devolve a alegria que imploro.

Ex opibus illis, quas procul raptas Scythae
usque a perustis Indiae populis agunt,
quas quia referta uix domus gazas capit,   485
ornamus auro nemora, nil exul tuli
nisi fratris artus: hos quoque impendi tibi;
tibi patria cessit, tibi pater frater pudor
hac dote nupsi. redde fugienti sua.

Ia. Perimere cum te uellet infestus Creo,   490
lacrimis meis euictus exilium dedit.

Me. Poenam putabam: munus, ut uideo, est fuga.

Ia. Dum licet abire, profuge teque hinc eripe:
grauis ira regum est semper.

          Me. Hoc suades mihi,
praestas Creusae: paelicem inuisam amoues.   495

Ia. Medea amores obicit?

          Me. Et caedem et dolos.

Ia. Obicere crimen quod potes tandem mihi?

Me. Quodcumque feci.

          Ia. Restat hoc unum insuper,
tuis ut etiam sceleribus fiam nocens.

Me. Tua illa, tua sunt illa: cui prodest scelus,   500
is fecit omnes coniugem infamem arguant,
solus tuere, solus insontem uoca:
tibi innocens sit quisquis est pro te nocens.

Ia. Ingrata uita est cuius acceptae pudet.

Me. Retinenda non est cuius acceptae pudet.   505

Ia. Quin potius ira concitum pectus doma,
placare natis.

Da riqueza que o longe aos Cítios foi tomada
e trazida de lá pelos povos da Índia,
com que ornamos a mata, uma vez que não cabe
no tesouro do rei, nada trago no exílio:
só os membros de um irmão – e isso também te acusa.
Por ti deixei a pátria, o pai, o irmão e a honra –
meus dotes nupciais. Devolva-mos, que parto.

Jasão: Quando Creonte atroz pretendeu te matar,
por meu pranto vencido, o desterro te deu.

Medeia: Achava o exílio u'a pena: é um prêmio, agora o [vejo.

Jasão: Enquanto podes ir, foge e parte daqui:
é grave a ira dos reis.

Medeia: Assim me aconselhando,
favoreces Creúsa e a odiosa amante afastas.

Jasão: Medeia cobra o amor?

Medeia: E as mortes e os enganos.

Jasão: De quais crimes, enfim, podes tu me acusar?

Medeia: De quantos cometi.

Jasão: Era o que me faltava,
Depois de tudo eu ser culpado por teus crimes!

Medeia: São eles todos teus. Quem aproveita um crime,
comete-o. Que de infame esposa todos chamem-me!
Que me protejas tu e digas-me inocente,
pois quem foi mal por ti, p'ra ti não tenha culpa.

Jasão: A vida é ingrata quando aceitá-la é vergonha.

Med. Que a não se guarde quando aceitá-la é vergonha.

Jasão: Doma, pois, que é o melhor, o irado coração.
Pelos filhos, te aplaca!

Me. Abdico eiuro abnuo++
meis Creusa liberis fratres dabit?

Ia. Regina natis exulum, afflictis potens.

Me. Ne ueniat umquam tam malus miseris dies,   510
qui prole foeda misceat prolem inclitam,
Phoebi nepotes Sisyphi nepotibus.

Ia. Quid, misera, meque teque in exitium trahis?
abscede, quaeso.

        Me. Supplicem audiuit Creo.

Ia. Quid facere possim, loquere.

        Me. Pro me uel scelus.

Ia. Hinc rex et illinc

        Me. Est et his maior metus
Medea. nos confligere. certemus sine,
sit pretium Iason.

        Ia. Cedo defessus malis.
Et ipsa casus saepe iam expertos time.

Me. Fortuna semper omnis infra me stetit.   520

Ia. Acastus instat.

        Me. Propior est hostis Creo:
utrumque profuge. Non ut in socerum manus
armes nec ut te caede cognata inquines
Medea cogit: innocens mecum fuge.

Ia. Et quis resistet, gemina si bella ingruant,   525
Creo atque Acastus arma si iungant sua?

Me. His adice Colchos, adice et Aeeten ducem,
Scythas Pelasgis iunge: demersos dabo.

Ia. Alta extimesco sceptra.

Medeia: Abdico, os nego e afasto-o.
Aos meus filhos Creúsa outros irmãos dará?

Jasão: Rainha ela será dos filhos de u'a exilada.

Med. Que aos pobres nunca chegue um dia tão terrível,
que uma prole tão nobre a uma vil se misture –
a geração do Sol co'a geração de Sísifo.

Jasão: Miserável! Por que em tua desgraça me levas?
Que partas, rogo!

Medeia: Ouviu-me as súplicas Creonte.

Jasão: Diz, que devo fazer?

Medeia: Por mim, um crime até.

Jasão: Há reis por toda parte.

Medeia: Medeia é mais temível!
Põe-nos a confrontar, deixa-nos combater,
Seja o prêmio Jasão.

Jasão: Cedo, exausto por males.
Tu mesma teme o azar, a que amiúde provaste.

Med: Toda a Fortuna sempre esteve ao meu comando.

Jasão: Acasto me persegue!

Medeia: E mais perto está Creonte.
Foge dos dois. A armar tuas mãos contra o teu sogro
ou mesmo a te manchar co'a morte de um parente
eu não te obrigo: foge inocente comigo.

Jasão: E quem resistirá se houver u'a dupla guerra?
Se Acasto e mais Creonte unirem suas armas?

Med: Soma os Colcos também; soma Eetes, e os Citas
aos Pelasgos ajunta. Engolirei a todos.

Jasão: Temo o cetro e o poder.

Me. Ne cupias uide.

Ia. Suspecta ne sint, longa colloquia amputa. 530

Me. Nunc summe toto Iuppiter caelo tona,
intende dextram, uindices flammas para
omnemque ruptis nubibus mundum quate.
Nec deligenti tela librentur manu
uel me uel istum: quisquis e nobis cadet 535
nocens peribit, non potest in nos tuum
errare fulmen.

Ia. Sana meditari incipe
et placida fare. si quod ex soceri domo
potest fugam leuare solamen, pete.

Me. Contemnere animus regias, ut scis, opes 540
potest soletque; liberos tantum fugae
habere comites liceat, in quorum sinu
lacrimas profundam. Te noui gnati manent.

Ia. Parere precibus cupere me fateor tuis;
pietas uetat: namque istud ut possim pati, 545
non ipse memet cogat et rex et socer.
Haec causa uitae est, hoc perusti pectoris
curis leuamen. Spiritu citius queam
carere, membris, luce.

Me. Sic natos amat?
bene est, tenetur, uulneri patuit locus. 550

Suprema certe liceat abeuntem loqui
mandata, liceat ultimum amplexum dare:
gratum est. et illud uoce iam extrema peto,
ne, si qua noster dubius effudit dolor,
maneant in animo uerba: melioris tibi 555

Medeia: Percebe tu os querer!

Jasão: P'ra não causar suspeita, abrevia a conversa!

[*Medeia, dirigindo-se aos Céus*]
Medeia: Ó Júpiter, troveja agora em todo o céu,
estende a mão, prepara as chamas vingadoras,
sacode o mundo todo enquanto as nuvens rompes.
Não temas atirar o raio que seguras
nem nele nem em mim. Qualquer de nós que caia
será culpado sim. Em nós não poderá
tua arma errar.

Jasão: Começa a pensar com juízo
e com calma a falar. Da casa de meu sogro,
se há algo que alivie o teu exílio, pede-me.

Medeia: Às riquezas reais, a minha alma – qual sabes –
pode e usa desprezar; mas que eu leve no exílio
os meus filhos comigo, e então nos braços deles
prantos derramarei. Novos filhos te restam!

Jasão: Confesso desejar atender a teus rogos,
mas veta-me o dever: pois nem meu sogro, o rei,
poderia obrigar-me a suportar tais coisas.
Eles são a razão de minha vida, o alívio
de um peito em dor aflito. Antes renunciaria
à vida, ao corpo e à luz.

[*Medeia, à parte*]
Medeia: Ele ama assim os filhos?
Muito bem! Descobri seu ponto vulnerável.

[*A Jasão*]
Que ao menos, ao partir, eu possa dar a eles
as recomendações finais e o último abraço:
por favor. Peço, enfim, em derradeira súplica,
que não te fiquem n'alma as palavras que a minha
confusa dor gritou: que guardes o melhor

memoria nostri sedeat; haec irae data
oblitterentur.
    Ia. Omnia ex animo expuli
precorque et ipse, feruidam ut mentem regas
placideque tractes: miserias lenit quies.

Me. Discessit. Itane est? uadis oblitus mei   560
et tot meorum facinorum? excidimus tibi?
Numquam excidemus. Hoc age, omnis aduoca
uires et artes. Fructus est scelerum tibi
nullum scelus putare. Vix fraudi est locus:
timemur. Hac aggredere, qua nemo potest   565
quicquam timere. Perge, nunc aude, incipe
quidquid potest Medea, quidquid non potest.
  Tu, fida nutrix, socia maeroris mei
uariique casus, misera consilia adiuua.
est palla nobis, munus aetheriae domus   570
decusque regni, pignus Aeetae datum
a Sole generis, est et auro textili
monile fulgens quodque gemmarum nitor
distinguit aurum, quo solent cingi comae.
Haec nostra nati dona nubenti ferant,   575
sed ante diris inlita ac tincta artibus.
Vocetur Hecate. Sacra letifica appara:
statuantur arae, flamma iam tectis sonet.

Chorus Nulla uis flammae tumidiue uenti
tanta, nec teli metuenda torti,   580
quanta cum coniunx uiduata taedis
  ardet et odit;

non ubi hibernos nebulosus imbres
Auster aduexit properatque torrens

de mim na tua lembrança, esqueçam-se essas iras!

Jasão: Já tudo isso expulsei do espírito, e te imploro
que domines tua mente impetuosa, e a conduzas
placidamente: a calma alivia as misérias.

[sai Jasão]

Medeia: Partiu. É assim, então? Esquecido de mim
e de meus crimes, vais? Não mais p'ra ti existo?
Eu nunca sumirei! Eia, Medeia, invoca
tuas artes e poder. É o fruto de teus crimes
não te culpares mais. Só há lugar p'ra enganos.
Temem-me: atacarei ali onde ninguém
poderia temer. Tem coragem, começa
o que Medeia pode, e mesmo o que não pode!
  Tu, minha ama fiel, sócia na minha dor
e no constante azar, ajuda os tristes planos.
Tenho um manto, que é um dom dos deuses: é o orgulho
da casa e do meu reino. O Sol o deu a Eetes
como um penhor da raça; e tenho uma coroa
brilhante, feita de ouro, em que o fulgor das pedras
mais ressalta o metal com que ornava os cabelos.
Meus filhos levarão à noiva tais presentes
embebidos, porém, em terríveis venenos.
Que a Hécate se invoque! Apronte o sacrifício!
Que seja erguido o altar e queime-se o palácio!

[sai Medeia]

Terceiro Intermédio

[entra o Coro]

Coro: Nem fogo ou vento impetuoso
nem curva flecha temível,
quanto u'a mulher desprezada,
    tanto arde e odeia.

Mais manso é o Austro chuvoso
que leva as nuvens de inverno

Hister et iunctos uetat esse pontes 585
   ac uagus errat;

non ubi impellit Rhodanus profundum,
aut ubi in riuos niuibus solutis
sole iam forti medioque uere
   tabuit Haemus. 590

Caecus est ignis stimulatus ira
nec regi curat patiturue frenos
aut timet mortem: cupit ire in ipsos
   obuius enses.

Parcite, o diui, ueniam precamur, 595
uiuat ut tutus mare qui subegit.
Sed furit uinci dominus profundi
   regna secunda.

Ausus aeternos agitare currus
immemor metae iuuenis paternae 600
quos polo sparsit furiosus ignes
   ipse recepit.

Constitit nulli uia nota magno:
uade qua tutum populo priori,
rumpe nec sacro uiolente sancta 605
   foedera mundi.

   Quisquis audacis tetigit carinae
nobiles remos nemorisque sacri
Pelion densa spoliauit umbra,
quisquis intrauit scopulos uagantes 610
et tot emensus pelagi labores
barbara funem religauit ora
raptor externi rediturus auri,
exitu diro temerata ponti
   iura piauit. 615

Exigit poenas mare prouocatum:
Tiphys, in primis domitor profundi,

e o Histro, que arrasta, ao correr,
    todas as pontes.

Mais manso é o Ródano quando
impele os mar; mais é o Hemo
que no verão, ao sol forte,
    derrete o gelo.

Cega é a paixão, que vem da ira:
nem lei ou freios suporta,
não teme a morte e deseja
    lançar-se às armas.

Perdoai-nos, deuses, imploro:
Quem vence o mar, que em paz viva!
Mas derrotado o rei irou-se,
    e todo o reino.

Quem, esquecido do aviso
paterno, guiou o divo carro
que espalhou fogo no céu,
    também queimou-se.

Sabido rumo é seguro:
vai por onde outros já foram
e com violência não rompas
    as leis do céu.

    Quem tocou os remos da nau
e espoliou o Pélio das sombras
da densa mata, e adentrou
pelos rochedos errantes
e, após labores no mar,
em praia estranha aportou,
voltando co'ouro roubado,
com morte horrível pagou
    os sacrilégios.

Vingou-se o mar provocado:
Tífis, primeiro piloto,

liquit indocto regimen magistro;
litore externo, procul a paternis
occidens regnis tumuloque uili   620
tectus ignotas iacet inter umbras.
Aulis amissi memor inde regis
portibus lentis retinet carinas
    stare querentes.

Ille uocali genitus Camena,   625
cuius ad chordas modulante plectro
restitit torrens, siluere uenti,
cui suo cantu uolucris relicto
adfuit tota comitante silua,
Thracios sparsus iacuit per agros,   630
at caput tristi fluitauit Hebro:
contigit notam Styga Tartarumque,
    non rediturus.

Strauit Alcides Aquilone natos,
patre Neptuno genitum necauit   635
sumere innumeras solitum figuras:
ipse post terrae pelagique pacem,
post feri Ditis patefacta regna
uiuus ardenti recubans in Oeta
praebuit saeuis sua membra flammis   640
tabe consumptus gemini cruoris,
    munere nuptae.

Strauit Ancaeum uiolentus ictu
saetiger; fratrem, Meleagre, matris
impius mactas morerisque dextra   645
matris iratae: meruere cuncti
morte quod crimen tener expiauit
Herculi magno puer inrepertus,
raptus, heu, tutas puer inter undas?
Ite nunc, fortes, perarate pontum   650
    fonte timendo.

deixou seu leme a um novato;
morrendo longe do reino
do pai, em túmulo vil
jaz, entre sombras estranhas –
Áulis, lembrando do príncipe,
no porto calmo reteve
    naus que aguardavam.

Orfeu, o nascido da musa,
que toca a lira no peito
detendo os rios e os ventos;
a quem as aves caladas,
com toda a selva, acompanham;
foi esquartejado na Trácia
e o Hebro levou-lhe a cabeça.
Tocando o Estige de novo,
    não mais voltou.

O Alcides deu morte aos filhos
do Vento e à prole netúnia
que em muitas formas mudava-se.
Após levar paz às terras
e ao mar, e abrir os infernos,
no Eta deitando-se vivo
deu às cruéis chamas seu corpo
perdido pelo sangue híbrido –
    um dom da esposa.

Anceu morreu pelos golpes
de um javali; ó Meleagro,
mataste o tio, e a tua irada
mãe te matou – merecestes.
Nas calmas ondas levado,
pagou por qual crime o jovem
não mais achado por Hércules?
Singrai agora o mar, jovens,
    temendo u'a fonte!

Idmonem, quamuis bene fata nosset,
condidit serpens Libycis harenis;
omnibus uerax, sibi falsus uni
concidit Mopsus caruitque Thebis. 655
Ille si uere cecinit futura,
exul errabit Thetidis maritus;
fulmine et ponto moriens Oilei 661
    patrioque pendet 660a
    crimine poenas. 660b

Igne fallaci nociturus Argis 658
Nauplius praeceps cadet in profundum;
coniugis fatum redimens Pheraei 662
uxor impendes animam marito.
Ipse qui praedam spoliumque iussit
aureum prima reuehi carina 665
ustus accenso Pelias aeno
arsit angustas uagus inter undas.

Iam satis, diui, mare uindicastis:
    parcite iusso.

Nut. Pauet animus, horret: magna pernicies adest. 670
Immane quantum augescit et semet dolor
accendit ipse uimque praeteritam integrat.
Vidi furentem saepe et aggressam deos,
caelum trahentem: maius his, maius parat
Medea monstrum. namque ut attonito gradu 675
euasit et penetrale funestum attigit,
totas opes effundit et quidquid diu
etiam ipsa timuit promit atque omnem explicat
turbam malorum, arcana secreta abdita,

A Ídmon, que a sorte sabia,
na Líbia u'a cobra o matou.
Falso p'ra si, e não p'r'os outros,
Mopso morreu não em Tebas.
Se previu certo o futuro,
Peleu no exílio errará.
No mar, co'um raio, cairá
    Ájax, pagando
    crimes do pai.

Ao lançar fogo aos Argivos,
Náuplio tombou no alto mar.
Salvando Admeto da sina,
morreu por ele a mulher.
E Pélias, que o áureo tosão
mandou trazer no navio,
no caldeirão, posto ao fogo,
em poucas águas queimou-se.

Vingastes, deuses do mar!
    Poupai Jasão!

[*sai o Coro*]

Terceiro Episódio

[*entram a Ama e Medeia*]

Ama: Minha alma teme: chega uma grande desgraça.
Quanto mais cresce a dor desumana, e se inflama,
tanto mais se restaura a pretérita força.
Vi Medeia, em loucura, agredir tanto os deuses,
trazendo a ira do céu. Porém, prepara agora
algo ainda é mais atroz. Saiu daqui co'o passo
terrível e alcançou seu funesto refúgio.
Todas coisas espalha e tira – o que ela própria
tantas vezes temeu: u'a multidão de males
e tudo que é secreto, oculto e misterioso.

et triste laeua comparans sacrum manu 680
pestes uocat quascumque feruentis creat
harena Libyae quasque perpetua niue
Taurus coercet frigore Arctoo rigens,
et omne monstrum. Tracta magicis cantibus
squamifera latebris turba desertis adest. 685
Hic saeua serpens corpus immensum trahit
trifidamque linguam exertat et quaerit quibus
mortifera ueniat: carmine audito stupet
tumidumque nodis corpus aggestis plicat
cogitque in orbes. 'Parua sunt' inquit 'mala 690
et uile telum est, ima quod tellus creat:
caelo petam uenena. Iam iam tempus est
aliquid mouere fraude uulgari altius.
Huc ille uasti more torrentis patens
descendat anguis, cuius immensos duae, 695
maior minorque, sentiunt nodos ferae
(maior Pelasgis apta, Sidoniis minor),
pressasque tandem soluat Ophiuchus manus
uirusque fundat; adsit ad cantus meos
lacessere ausus gemina Python numina, 700
et Hydra et omnis redeat Herculea manu
succisa serpens caede se reparans sua.
Tu quoque relictis peruigil Colchis ades,
sopite primum cantibus, serpens, meis.'
    Postquam euocauit omne serpentum genus, 705
congerit in unum frugis infaustae mala:
quaecumque generat inuius saxis Eryx,
quae fert opertis hieme perpetua iugis
sparsus cruore Caucasus Promethei,
et quis sagittas diuites Arabes linunt 711
pharetraque pugnax Medus aut Parthi leues, 710
aut quos sub axe frigido sucos legunt 712
lucis Suebae nobiles Hyrcaniis;
quodcumque tellus uere nidifico creat
aut rigida cum iam bruma decussit decus 715

Dispondo a triste mão esquerda sobre o altar,
invoca cruéis poções destiladas na areia
escaldante da Líbia; e as que na neve eterna,
sob o gelo do Norte, o frio Tauro espreme,
e todos monstros mais. Trazidos por suas mágicas
du' esconderijo oculto, aproximam-se répteis.
Uma serpente traz seu corpo imenso, vibra
a língua tripartida e busca a quem matar.
Porém, ouvindo o encanto, ela se assusta e enrola
o corpo alvorotado em voltas empilhadas,
e aperta as espirais. Medeia disse: "Fracos
são os males e as vis armas que a terra cria.
Peço um veneno ao céu! Já é tempo de fazer
algo muito pior que a maldade vulgar.
Que desça até aqui, a cobra; igual a um rio
de vasta correnteza, assustando as duas Ursas,
a Maior e a Menor, com seus imensos nós
(a Maior, do Pelasgo; a menor, do Fenício);
que o Serpentário solte, enfim, da mão as presas
e os venenos espalhe ao meu canto, que venham
Píton, que perseguiu os gêmeos deuses; e a Hidra,
co'as serpentes que a mão de Hércules decepou
e voltaram da morte. Aproxima-te, ainda,
a Cólquida deixando, ó vigilante Serpe,
que primeiro, co'os meus cantos, adormeci".
 Depois que ela evocou todas raças de cobras,
os males ajuntou das infelizes plantas:
as ervas que o Érix gera em rochas sem caminhos,
que o Cáucaso produz, nas perpétuas nevascas,
do cruor de Prometeu espalhado nas pedras;
ervas nas quais o rico Árabe, o lesto Parto
e o Medo, destro co'o carcás, molham suas flechas;
e aquelas cujo suco os nobres suevos colhem
sob o gelado céu da floresta da Hircânia;
tudo o que a terra traz na fértil primavera
ou quando a densa bruma às plantas já despoja

nemorum et niuali cuncta constrinxit gelu,
quodcumque gramen flore mortifero uiret,
dirusue tortis sucus in radicibus
causas nocendi gignit, attrectat manu.
Haemonius illas contulit pestes Athos, 720
has Pindus ingens, illa Pangaei iugis
teneram cruenta falce deposuit comam;
has aluit altum gurgitem Tigris premens,
Danuuius illas, has per arentis plagas
tepidis Hydaspes gemmifer currens aquis, 725
nomenque terris qui dedit Baetis suis
Hesperia pulsans maria languenti uado.
Haec passa ferrum est, dum parat Phoebus diem,
illius alta nocte succisus frutex;
at huius ungue secta cantato seges. 730
    Mortifera carpit gramina ac serpentium
saniem exprimit miscetque et obscenas aues
maestique cor bubonis et raucae strigis
exsecta uiuae uiscera. haec scelerum artifex
discreta ponit: his rapax uis ignium, 735
his gelida pigri frigoris glacies inest.
Addit uenenis uerba non illis minus
metuenda. Sonuit ecce uesano gradu
canitque. Mundus uocibus primis tremit.

Med Comprecor uulgus silentum uosque ferales deos
et Chaos caecum atque opacam Ditis umbrosi domum,
Tartari ripis ligatos squalidae Mortis specus.
Supplicis, animae, remissis currite ad thalamos nouos:
rota resistat membra torquens, tangat Ixion humum,
Tantalus securus undas hauriat Pirenidas, 745
grauior uni poena sedeat coniugis socero mei
lubricus per saxa retro Sisyphum soluat lapis.
Vos quoque, urnis quas foratis inritus ludit labor,
Danaides, coite: uestras hic dies quaerit manus.
nunc meis uocata sacris, noctium sidus, ueni 750

de sua beleza e prende em frio gelo tudo;
e a erva em cujo caule u'a flor letal verdeja
e que de sua raiz brota u'a seiva terrível,
causa de tanto mal: a suas mãos todas chegam.
O Atos hemônio deu aqueles seus venenos,
também o Pindo imenso; o cume do Pangeo
cedeu à foice atroz sua tenra cabeleira;
o Tigre, que o alto mar agita, mandou pestes
e também o Danúbio, o Hidaspe, que a correr
pelo deserto leva em morno curso as gemas,
e o Bétis, que seu nome às terras emprestou
misturando-se ao mar da Hespéria, em manso leito.
Enquanto Febo apresta o dia, o ferro as corta
e os seus frutos, na noite escura, são ceifados:
pelas unhas da maga a colheita foi feita!
    Apanha ervas mortais e a peçonha das cobras
ela espreme e mistura às aves agourentas,
co'o coração de um mocho e as vísceras tiradas
de uma coruja viva. A artífice dos males
tudo isso separou: ali estão as forças
do gelo que enrijece e das violentas chamas.
E aos venenos juntou as palavras temíveis.
Mas eis que, com o andar insano, ela retumba
e grita – e o mundo treme às primeiras palavras.

Medeia: Rogo-vos, multidão muda e deuses da morte,
Caos cego e habitação do sombrio Plutão;
antros da noite suja, ao Tártaro ligados,
deixai as penas, vinde, almas, às novas núpcias;
pare a roda que torce Íxion, e ele o chão pise;
Tântalo beba em paz das águas do Pirene;
largue a pedra p'ra traz no monte o mendaz Sísifo:
só maior pena caiba ao sogro de Jasão.
Vós, Danaides, que o vão trabalho co'as furadas
cestas engana, vinde: o dia as mãos vos pede.
Astro da noite, vem chamado por feitiços;

pessimos induta uultus, fronte non una minax.
   Tibi more gentis uinculo soluens comam
secreta nudo nemora lustraui pede
et euocaui nubibus siccis aquas
egique ad imum maria, et Oceanus graues   755
interius undas aestibus uictis dedit,
pariterque mundus lege confusa aetheris
et solem et astra uidit et uetitum mare
tetigistis, ursae. temporum flexi uices:
aestiua tellus horruit cantu meo,   760
coacta messem uidit hibernam Ceres;
uiolenta Phasis uertit in fontem uada
et Hister, in tot ora diuisus, truces
compressit undas omnibus ripis piger;
sonuere fluctus, tumuit insanum mare   765
tacente uento; nemoris antiqui domus
amisit umbras uocis imperio meae.
Die relicto Phoebus in medio stetit,
Hyadesque nostris cantibus motae labant:
adesse sacris tempus est, Phoebe, tuis.   770

Tibi haec cruenta serta texuntur manu,
     nouena quae serpens ligat,
tibi haec Typhoeus membra quae discors tulit,
     qui regna concussit Iouis.
Vectoris istic perfidi sanguis inest,   775
     quem Nessus expirans dedit.
Oetaeus isto cinere defecit rogus,
     qui uirus Herculeum bibit.
Piae sororis, impiae matris, facem
     ultricis Althaeae uides.   780
Reliquit istas inuio plumas specu
     Harpyia, dum Zeten fugit.
His adice pinnas sauciae Stymphalidos
     Lernaea passae spicula.
Sonuistis, arae, tripodas agnosco meos   785
     fauente commotos dea.

mostra o péssimo rosto, ameaçador triforme.
Ao modo de tua raça, os cabelos soltei
e percorri descalça as florestas secretas;
temporais invoquei de nuvens ressequidas;
mexi no fundo o mar. Quando as marés venci,
o longínquo Oceano em ondas se lançou;
confusa a lei do céu, o mundo ao mesmo tempo
viu estrelas e o Sol, e as Ursas mergulharem
no interditado mar. As estações mudei:
a terra no verão, ao meu canto, estremece;
Ceres vê, constrangida, as colheitas no inverno,
o caudaloso Fase, às suas fontes retorna
e, na fendida foz, o Híster moroso
suas ondas comprime em todas ribanceiras.
Soaram os vagalhões, inchou-se o mar insano –
embora mudo o vento. Uma floresta antiga,
por um comando meu, libertou-se das sombras.
Em meio ao dia, Febo interrompeu seu curso,
pelos encantos meus, hesitaram as Híades:
chegou o tempo, ó Sol, de a teu rito assistires.

P'ra ti esta mão teceu uma cruenta grinalda
    que nove serpes liga.
Do rebelde Tifeu, que sacudiu o reino
    de Jove, eu trouxe os membros
e este sangue, que em Nesso – o pérfido – corria,
    mas que, ao morrer, me deu.
Molhadas no veneno hercúleo, eu trouxe as cinzas
    que a pira do Eta fez.
Da vingadora Alteia, os archotes contempla –
    pia irmã e ímpia mãe.
Esta pluma, u'a harpia, ao escapar de Zetes,
    num ermo antro deixou.
Mas soma as penas de uma ave do lago Estínfalo
    por lérneo fel ferida.
Ó altares, retumbai. Vejo que às minhas trípodes,
    propícia, a deusa abala.

Video Triuiae currus agiles,
non quos pleno lucida uultu
    pernox agitat,
sed quos facie lurida maesta,   790
cum Thessalicis uexata minis
caelum freno propiore legit.
Sic face tristem pallida lucem
    funde per auras,
horrore nouo terre populos
inque auxilium, Dictynna, tuum   795
pretiosa sonent aera Corinthi.
Tibi sanguineo caespite sacrum
    sollemne damus,
tibi de medio rapta sepulcro
fax nocturnos sustulit ignes,   800
tibi mota caput flexa uoces
    ceruice dedi,
tibi funereo de more iacens
passos cingit uitta capillos,
tibi iactatur tristis Stygia
    ramus ab unda,   805
tibi nudato pectore maenas
sacro feriam bracchia cultro.
Manet noster sanguis ad aras:
assuesce, manus, stringere ferrum
carosque pati posse cruores   810
sacrum laticem percussa dedi.
Quodsi nimium saepe uocari
quereris uotis, ignosce, precor:
causa uocandi, Persei, tuos
    saepius arcus   815
una atque eadem est semper, Iason.

    Tu nunc uestes tinge Creusae,
quas cum primum sumpserit, imas
urat serpens flamma medullas.

Vejo da Trívia o presto carro,
não o que a clara noite guia
    co'o rosto pleno,
mas o que com lívida face,
pelos tessálios obrigada,
ela conduz perto do céu.
Lança, pois, triste luz aos ventos
    co'a tocha pálida.
Com novo horror assusta os povos
e em teu auxílio, então, Dictina,
soem-se os bronzes de Corinto.
P'ra ti, no altar de sangue e terra
    os ritos cumpro.
P'ra ti, trazida de um sepulcro,
u'a tocha ergueu fogos noturnos;
p'ra ti, virando a cara e a nuca,
    disse as palavras;
p'ra ti, u'a fita, em modo fúnebre
prende-me a solta cabeleira;
p'ra ti sacudo o triste galho
    co'a água do Estige;
por ti, despida como u'a Mênade,
me ferirei co'a sacra faca –
meu sangue fique neste altar.
Aprende, ó mão, a usar o ferro
e a suportar queridos sangues.
Sai da ferida humor sagrado.
Que me perdoes te invocar
com tantas queixas, te suplico:
Perseida, a causa de chamar
    tanto teu arco
é sempre a mesma e só: Jasão.

    Impregna as roupas de Creúsa
p'ra que ao vesti-las, u'a serpente
de chamas queime-a até às medulas;

Ignis fuluo clusus in auro 820
latet obscurus, quem mihi caeli
qui furta luit uiscere feto
dedit et docuit condere uires
arte, Prometheus; dedit et tenui
sulphure tectos Mulciber ignes, 825
et uiuacis fulgura flammae
de cognato Phaethonte tuli.
Habeo mediae dona Chimaerae,
habeo flammas usto tauri
    gutture raptas, 830
quas permixto felle Medusae
tacitum iussi seruare malum.
    Adde uenenis stimulos, Hecate,
donisque meis semina flammae
    condita serua:
fallant uisus tactusque ferant, 835
meet in pectus uenasque calor,
stillent artus ossaque fument
uincatque suas flagrante coma
    noua nupta faces.

    Vota tenentur: ter latratus 840
audax Hecate dedit et sacros
edidit ignes face luctifera.
    Peracta uis est omnis:

        huc gnatos uoca,
pretiosa per quos dona nubenti feram.

Ite, ite, nati, matris infaustae genus, 845
placate uobis munere et multa prece
dominam ac nouercam. Vadite et celeres domum
referte gressus, ultimo amplexu ut fruar.

que no ouro ruivo entre e se oculte
o obscuro fogo dado a mim
por Prometeu que, co'as entranhas
expiou seu furto, e me ensinou
a esconder chamas; deu Vulcano
flamas de enxofre recobertas
e trouxe os raios flamejantes
o meu parente Faetonte.
Eu da Quimera tenho os dons,
e tenho os fogos vomitados
    pelo ígneo touro,
que da Medusa ao fel juntado
faz conservar o mal secreto.
Traz do veneno as forças, Hécate,
e nos meus dons guarda a semente
    da chama oculta;
que deem-se ao tato e à vista logrem;
que o fogo adentre o peito e as veias;
derreta os membros, queime os ossos.
Que a cabeleira ardente tome
    a nova noiva.

    Obtive os votos: três latidos
Hécate deu, e os sacros fogos
na tocha fúnebre se ergueram.
    Pronto é o feitiço!

                                    [para a Ama]
        Os filhos chama:
que à noiva levem os presentes.

                [para os filhos, trazidos pela Ama]
Ide e aplacai, filhos de u'a mãe
triste, com preces e oferendas
vossa madrasta. Ide e voltai,
p'ra receber o último abraço.

Chorus Quonam cruenta maenas
praeceps amore saeuo 850
rapitur? quod impotenti
facinus parat furore?
Vultus citatus ira
riget et caput feroci
quatiens superba motu 855
regi minatur ultro.
     Quis credat exulem?
Flagrant genae rubentes,
pallor fugat ruborem.
Nullum uagante forma 860
seruat diu colorem.
Huc fert pedes et illuc,
ut tigris orba natis
cursu furente lustrat
     Gangeticum nemus. 865
Frenare nescit iras
Medea, non amores;
nunc ira amorque causam
iunxere: quid sequetur?
Quando efferet Pelasgis 870
nefanda Colchis aruis
gressum metuque soluet
regnum simulque reges?
     Nunc, Phoebe, mitte currus
nullo morante loro, 875
nox condat alma lucem,
mergat diem timendum
     dux noctis Hesperus.

[*saem todos*]

Quarto Intermédio

[*entra o coro*]

Coro: Aonde a sangrenta Mênade
por cruel amor levada
precipita-se? Qual
crime o furor prepara?
Tomado de ira, o rosto
contrai-se e agita o crânio
com arrogância atroz,
enquanto ameaça o rei.
    Quem exilada a crê?
Queimam-lhe as faces rubras,
mas o rubor lhe foge;
no rosto, a incerta cor
não se mantém co'o tempo.
Ela erra qual tigresa,
que, órfã da cria, corre
em desvairado curso
no matagal do Ganges.
    Medeia não consegue
refrear o amor e as iras.
Agora o amor e a ira
se uniram: que vai dar?
Quando a nefasta colca
deixará a terra grega
e livrará do medo
os reis e o reino juntos?
    Lança teu carro, ó Febo,
sem demorar co'as rédeas.
Que a noite esconda a luz
e ao dia horrível suma
    Héspero - o guia da noite.

Nuntius Periere cuncta, concidit regni status;
nata atque genitor cinere permixto iacent.   880

Cho. Qua fraude capti?

                      Nun. Qua solent reges capi:
donis.

                      Cho. In illis esse quis potuit dolus?

Nun. Et ipse miror uixque iam facto malo
potuisse fieri credo.

                      Cho. Quis cladis modus?

Nun. Auidus per omnem regiae partem furit   885
immissus ignis: iam domus tota occidit,
urbi timetur.

                      Cho. Vnda flammas opprimat.

Nun. Et hoc in ista clade mirandum accidit:
alit unda flammas, quoque prohibetur magis,
magis ardet ignis; ipsa praesidia occupat.   890

Nutrix Effer citatum sede Pelopea gradum,
Medea, praeceps quaslibet terras pete.

Medea Egone ut recedam? Si profugissem prius,
ad hoc redirem. Nuptias specto nouas.

Quid, anime, cessas? Sequere felicem impetum.   895
Pars ultionis ista, qua gaudes, quota est?
Amas adhuc, furiose, si satis est tibi
caelebs Iason. quaere poenarum genus

Epílogo

[*permanece o Coro entra o Mensageiro*]

Mensageiro: Tudo foi destruído, o reino sucumbiu.
Jazem a filha e o pai nas cinzas misturados.

Coro: Que fraude os enganou?

Mensageiro: A que aos reis sempre engana:
os presentes!

Coro: Que ardis neles podia haver?

Mensageiro: Pasmo: dificilmente eu creio ser possível
um mal como foi feito.

Coro: E como deu-se o mal?

Mensageiro: Ávido, o enviado fogo arde por toda parte
no palácio; já tomba inteiro o paço todo.
Temo pela cidade.

Coro: Ao fogo apague a água!

Mensageiro Porém, nesta desgraça, um prodígio [acontece:
A água alimenta o fogo! E quanto mais o abafa,
tanto mais ele queima, e as proteções consome.

[*entram Medeia, a Ama e as crianças*].
Ama: Deixa às pressas, Medeia, o país dos Pelópidas!
Rapidamente busca outras terras quaisquer!

Medeia: Mas por que me afastar? Se eu tivesse fugido,
agora voltaria. Assisto às novas núpcias.

[*Medeia, consigo mesma*]

Mas por que paras, alma? Um bom ímpeto segues!
U'a parte da vingança irá te contentar?
O amas ainda, então, desvairada, se queres
deixar Jasão solteiro. Um tipo de castigo

haut usitatum iamque sic temet para:
fas omne cedat, abeat expulsus pudor; 900
uindicta leuis est quam ferunt purae manus.
incumbe in iras teque languentem excita
penitusque ueteres pectore ex imo impetus
uiolentus hauri. Quidquid admissum est adhuc,
pietas uocetur. Hoc age! en faxo sciant 905
quam leuia fuerint quamque uulgaris notae
quae commodaui scelera. Prolusit dolor
per ista noster: quid manus poterant rudes
audere magnum, quid puellaris furor?
Medea nunc sum; creuit ingenium malis: 910
iuuat, iuuat rapuisse fraternum caput,
artus iuuat secuisse et arcano patrem
spoliasse sacro, iuuat in exitium senis
armasse natas. Quaere materiam, dolor:
ad omne facinus non rudem dextram afferes. 915
  Quo te igitur, ira, mittis, aut quae perfido
intendis hosti tela? Nescioquid ferox
decreuit animus intus et nondum sibi
audet fateri. stulta properaui nimis:
ex paelice utinam liberos hostis meus 920
aliquos haberet quidquid ex illo tuum est,
Creusa peperit. Placuit hoc poenae genus,
meritoque placuit: ultimum magno scelus
animo parandum est: liberi quondam mei,
uos pro paternis sceleribus poenas date. 925

  Cor pepulit horror, membra torpescunt gelu
pectusque tremuit. Ira discessit loco
materque tota coniuge expulsa redit.
Egone ut meorum liberum ac prolis meae
fundam cruorem? Melius, a, demens furor! 930
incognitum istud facinus ac dirum nefas
a me quoque absit; quod scelus miseri luent?
Scelus est Iason genitor et maius scelus

que não seja comum procura, e te prepara:
tudo sagrado finde e o Pudor seja expulso.
Leve é a vingança quando as mãos se restam puras.
Excita teu langor e esforça-te nas iras
que se abatem. Extrai do profundo do peito
teu ímpeto violento. O que até aqui fizeste
que se chame Piedade! Eia, far-te-ei saber
quão vulgares e quão leves foram os crimes
que sei que cometi – minha dor foi u' ensaio.
O que inexpertas mãos e o furor de uma virgem
poderiam ousar fazer de tão grandioso?
Medeia agora eu sou: p'r'o mal cresceu o talento.
Gostei de ter cortado a cabeça do irmão,
de o ter esquartejado e de ao pai ter roubado
o sacro talismã, de ter armado as filhas
para matar o velho. Ó dor, busca tua índole:
inexpertas não mais são tuas mão para os crimes.
    Aonde te lanças, ó ira, ou quais armas apontas
p'ro pérfido inimigo? Ignoro o que no íntimo
meu ânimo feroz decidiu e não ousa
ainda confessar. Tola apressei-me demais:
quem dera que da amante alguns filhos tivesse
meu odioso marido. Então, todos que tem,
foi Creúsa que os pariu. Agradam-me essas penas,
agrada-me a razão: esse é o crime supremo.
Meu ânimo está pronto: ó filhos, antes meus,
pelos crimes do pai, recebei o castigo!

                            [*Medeia hesita*]

    Tremeu meu coração, meus membros se enregelam.
Meu peito estremeceu; arrefeceu-me a fúria.
A mãe retorna inteira e expulsa assim a esposa.
Como derramarei o sangue de meus filhos,
De minha própria prole? Ah, demente furor,
que o inominável ato e o horrível sacrilégio
fiquem longe de mim. Que crimes expiariam?
Terem Jasão por pai e Medeia por mãe.

Medea mater occidant, non sunt mei;
pereant, mei sunt. Crimine et culpa carent,   935
sunt innocentes, fateor: et frater fuit.
quid, anime, titubas? Ora quid lacrimae rigant
uariamque nunc huc ira, nunc illuc amor
diducit? Anceps aestus incertam rapit;
ut saeua rapidi bella cum uenti gerunt,   940
utrimque fluctus maria discordes agunt
dubiumque feruet pelagus, haut aliter meum
cor fluctuatur: ira pietatem fugat
iramque pietas cede pietati, dolor.

    Huc, cara proles, unicum afflictae domus   945
solamen, huc uos ferte et infusos mihi
coniungite artus. Habeat incolumes pater,
dum et mater habeat

             urguet exilium ac fuga:
iam iam meo rapientur auulsi e sinu,
flentes, gementes
             osculis pereant patris,   950
periere matris. Rursus increscit dolor
et feruet odium, repetit inuitam manum
antiqua Erinys ira, qua ducis, sequor.
Vtinam superbae turba Tantalidos meo
exisset utero bisque septenos parens   955
natos tulissem! Sterilis in poenas fui
fratri patrique quod sat est, peperi duos.
    Quonam ista tendit turba Furiarum impotens?
Quem quaerit aut quo flammeos ictus parat,
aut cui cruentas agmen infernum faces   960
intentat? Ingens anguis excusso sonat
tortus flagello. Quem trabe infesta petit
Megaera?

Que morram, não são meus; que morram pois são meus.
Nenhuma culpa têm, nem crimes. Inocentes
confesso que eles são – como foi meu irmão.
Por que fraquejas, alma, e lágrimas te encharcam?
Por que sou conduzida entre as iras e o amor?
U'a ambígua agitação arrebata-me incerta.
Como a guerra feroz que os fortes ventos fazem
e separam no mar as discordantes ondas
e o dúbio abismo ferve, assim meu coração
agita-se: a ira expulsa a piedade e a piedade
expulsa a ira. Ó dor, cede enfim à piedade!

[*chamando os filhos*]

Queridos filhos, vinde, único alívio meu,
vinde aqui e enlaçai vossos braços em torno
de mim. Que o vosso pai receba-vos ilesos
enquanto tendes mãe.

[*Muda novamente o ânimo*]

A fuga e o exílio chamam-me!
Meus filhos são agora arrancados de mim
a gemer e a chorar.
Beijos do pai os matem,
já vos matou a mãe. Cresce de novo a dor
e o ódio referve. A Erínia antiga se apodera
desta mão sem vontade. Ó ira, conduz-me e eu sigo-te.
Quisera de meu ventre, assim como a Tantálida
eu tivesse parido e, então, quatorze filhos
eu tivesse gerado! Estéril fui nas penas.
Mas não fui ao matar pai e irmão – eu pari dois.
Aonde esta imoderada horda de Fúrias leva?
A quem busca e prepara os golpes flamejantes?
A quem a multidão infernal faz ameaças
com cruentas tochas? Uma imensa e ondeante cobra
estala igual chicote. A quem busca a Megera
co'a lança atroz?

     Cuius umbra dispersis uenit
incerta membris? frater est, poenas petit:
dabimus, sed omnes. fige luminibus faces,   965
lania, perure, pectus en Furiis patet.
  Discedere a me, frater, ultrices deas
manesque ad imos ire securas iube:
mihi me relinque et utere hac, frater, manu
quae strinxit ensem.

     Victima manes tuos   970
placamus ista. Quid repens affert sonus?
parantur arma meque in exitium petunt.
excelsa nostrae tecta conscendam domus
caede incohata.

    Perge tu mecum come.

Tuum quoque ipsa corpus hinc mecum aueham.   975

Nunc hoc age, anime: non in occulto tibi est
perdenda uirtus; approba populo manum.

Iason. Quicumque regum cladibus fidus doles,
concurre, ut ipsam sceleris auctorem horridi
capiamus. Huc, huc, fortis armiferi cohors,   980
conferte tela, uertite ex imo domum.

Me. Iam iam recepi sceptra germanum patrem,
spoliumque Colchi pecudis auratae tenent;

[*aparece o fantasma de Absirto*]

De quem, co'esquartejados membros,
é a sombra incerta? É meu irmão, que quer vingança.
Porém, o vingarei. Co'a tocha os olhos fere-me,
rasga, mata e oferece às Fúrias o meu peito!
    Ordena, pois, irmão, que as deusas da vingança
afastem-se de mim, que em paz os mortos voltem.
Irmão, deixa-me só, e serve desta mão
que sabe ter a espada.

[*Mata o primeiro filho*]

Aplaca co'esta vítima
a tua alma. Mas que som repentino me chega?
Buscam-me para a morte, as armas já estão prontas.
Começada a matança, eu subirei ao alto
de minha casa agora.

[*dirigindo-se à Ama*]

Amiga, me acompanha.

[*dirigindo-se ao filho morto*]

Comigo eu levarei daqui também teu corpo.

[*consigo mesma*]

Eia, minha alma, vem! Não gastes teu poder
secretamente. Mostra ao povo a tua mão!

[*Medeia entra em casa, levando um filho e o cadáver do outro. Segue-a a Ama. Entra Jasão*]

Jasão: Pela morte dos reis os súditos lamentem,
vinde e prendamos quem praticou esse horror.
Aqui, aqui trazei, ó tropa armada e forte,
as armas. Derrubai a casa desde o chão.

[*Medeia aparece no terraço da casa; falando consigo*]

Medeia: Já recebi o cetro, o irmão e o pai, já a Cólquida
tem de volta o tosão do carneiro dourado.

rediere regna, rapta uirginitas redit.
o placida tandem numina, o festum diem, 985
o nuptialem! uade, perfectum est scelus
uindicta nondum: perage, dum faciunt manus.
Quid nunc moraris, anime? Quid dubitas? Potens
iam cecidit ira? Paenitet facti, pudet.
Quid, misera, feci? Misera? Paeniteat licet, 990
feci. Voluptas magna me inuitam subit,
et ecce crescit. Derat hoc unum mihi,
spectator iste. Nil adhuc facti reor:
quidquid sine isto fecimus sceleris perit.

Ia. En ipsa tecti parte praecipiti imminet. 995
Huc rapiat ignes aliquis, ut flammis cadat
suis perusta.

           Me. Congere extremum tuis
natis, Iason, funus ac tumulum strue:
coniunx socerque iusta iam functis habent
a me sepulti; gnatus hic fatum tulit, 1000
hic te uidente dabitur exitio pari.

Ia. Per numen omne perque communes fugas
torosque, quos non nostra uiolauit fides,
iam parce nato. si quod est crimen, meum est:
me dedo morti; noxium macta caput. 1005

Me. Hac qua recusas, qua doles, ferrum exigam.
I nunc, superbe, uirginum thalamos pete,
relinque matres.

           Ia. Vnus est poenae satis.

Me. Si posset una caede satiari manus,
nullam petisset. Vt duos perimam, tamen 1010
nimium est dolori numerus angustus meo.
In matre si quod pignus etiamnunc latet,
scrutabor ense uiscera et ferro extraham.

De novo eu encontrei o reino e a virgindade.
Ó deuses, enfim bons, ó dia afortunado,
ó festa conjugal. Sus, consumou-se o crime!
Mas não inda a vingança, enquanto agem tuas mãos.
Vai, por que hesitas, ó alma, agora? Já tua fúria
poderosa acabou? Me arrependo e envergonho.
Ó pobre, o que fizeste? Embora eu me arrependa,
já o fiz. Uma volúpia imensa, sem que eu queira
surge em mim – e eis que cresce. Isso apenas faltava,
só aquele espectador. Mas nada ainda foi feito.
Sem ele, todo mal que fiz se perderia.

[*Jasão a vê*]

Jasão: Eis que no alto da casa ela mesma se mostra.
Que alguém lhe atire fogo e ela morra queimada
em suas chamas!

Medeia: Jasão, prepara p'r'os teus filhos
u'a pira funerária e constrói o sepulcro.
Já o sogro e a esposa têm as devidas exéquias:
dei-os à sepultura; um filho teve a morte
e o outro terá igual destino ante os teus olhos.

Jasão: Pelos deuses te imploro, e pelas nossas fugas,
por nosso leito, pois não violei nosso trato,
poupa meu filho. Se há um crime, este é só meu.
Que eu morra; sacrifica a cabeça culpada.

Medeia: Acertarei a espada onde mais te machuca.
Vai, soberbo, e procura um leito virginal.
Abandona esta mãe.

Jasão: Um só castigo basta!

Medeia: Pudesse uma só morte a esta mão saciar,
a não cometeria. Embora eu mate os dois
será, p'ra minha dor, um número pequeno.
Se nesta mãe algum penhor ainda se esconde,
escavarei co'a espada o ventre, e o arrancarei.

Ia. Iam perage coeptum facinus, haut ultra precor,
moramque saltem supplicis dona meis. 1015

Me. Perfruere lento scelere, ne propera, dolor:
meus dies est; tempore accepto utimur.

Ia. Infesta, memet perime.

        Me. Misereri iubes.++
bene est, peractum est.

        Plura non habui, dolor,
quae tibi litarem. lumina huc tumida alleua, 1020
ingrate Iason. Coniugem agnoscis tuam?
Sic fugere soleo.

        Patuit in caelum uia:
squamosa gemini colla serpentes iugo
summissa praebent. Recipe iam gnatos, parens;

        ego inter auras aliti curru uehar. 1025

Ia. Per alta uade spatia sublime aetheris,
testare nullos esse, qua ueheris, deos.

Jasão: Acaba o crime, então. Já não suplico mais.
Poupa-me da demora, ao menos, do suplício.

Medeia: Frui lentamente o mal. Não te apresses, ó dor.
Este é o meu dia: eu uso o tempo que ganhei.

Jasão: Ó cruel, mata-me, enfim.

Medeia: Tu me pedes piedade,
pois bem, tudo está feito.
                    [*Medeia mata o segundo filho*]

                Ó dor, nada mais tenho
p'ra te ofertar. Levanta os olhos lacrimosos,
tão ingrato Jasão. Reconheces tua esposa?
Costumo assim fugir.

[*aparece no céu o Carro do Sol, puxado por duas serpentes de fogo*]

                No céu se abre o caminho.
Duas cobras docilmente entregam o escamoso
dorso ao jugo. Recebe agora, ó pai, teus filhos.
            [*Medeia lança para Jasão os dois filhos mortos*]
Serei, no carro alado, entre os ventos levada.
                                [*parte Medeia*]

Jasão: Segue pelo sublime espaço do alto céu,
mostrando não haver deuses por onde vais.

Valerius Flaccus
Argonautica

Incipe nunc cantus alios, dea, uisaque uobis
Thessalici da bella ducis. Non mens mihi, non haec
ora satis. Ventum ad furias infandaque natae
foedera et horrenda trepidam sub uirgine puppem;   220
impia monstriferis surgunt iam proelia campis.
Ante dolos, ante infidi tamen exsequar astus
Soligenae falli meriti meritique relinqui,
inde canens:

      Forte deum uariis per noctem territa monstris
senserat ut pulsas tandem Medea tenebras   330
rapta toris primi iubar ad placabile Phoebi
ibat et horrendas lustrantia flumina noctes.
Namque soporatos tacitis in sedibus artus
dum premit alta quies nullaeque in uirgine curae,
uisa pauens castis Hecates excedere lucis,   335
dumque pii petit ora patris, stetit arduus inter
pontus et ingenti circum stupefacta profundo
fratre tamen conante sequi. Mox stare pauentes
uiderat intenta pueros nece seque trementem
spargere caede manus et lumina rumpere fletu.   340
His turbata minis fluuios ripamque petebat
Phasidis aequali Scythidum comitante caterua.
Florea per uerni qualis iuga duxit Hymetti
aut Sicula sub rupe choros hinc gressibus haerens
Pallados, hinc carae Proserpina iuncta Dianae,   345
altior ac nulla comitum certante, priusquam
palluit et uiso pulsus decor omnis Auerno;
talis et in uittis geminae cum lumine taedae

Valério Flaco
Os Argonautas

Invocação à musa – 5. 217-224

Começa, ó deusa, ora outros cantos, guia a guerra
vista por vós do herói tessálio – não me bastam
o engenho e a fala. O que levou à fúria e à infanda
traição da filha; a nau fremente sob a virgem;
as ímpias lutas nas monstríferas searas;
e, antes, ainda, a astúcia e os dolos do solígeno
que mereceu, pérfido, o logro e o abandono
portanto eu cantarei.

Primeiro encontro de Jasão e Medeia – 5.330-398

Por acaso, de noite, assustada por vários
divos prodígios, e ao findar-se o breu, Medeia
saltou da cama à prima luz do doce Febo,
e p'ra expurgar os pesadelos ia ao rio.
Pois, enquanto a quietude os membros sonolentos
oprimia no quarto, e ela aflições não tinha,
pávida, viu-se sair dos castos bosques de Hécate;
buscando o olhar do pai, o árduo mar se interpôs;
ela pasmou-se pela imensa água ao redor,
seguida pelo irmão; logo os meninos pávidos
vira diante da morte, e a si mesma fremente
espalhando co'as mãos a matança, a chorar.
Perturbada por tais indícios, ia ao Fase
co' um grupo de donzelas cítias da sua idade.
Qual Proserpina, a guiar os coros pelas flores
do Himeto ou sob a rocha sícula, de Palas
seguindo aqui o andar, ali junto a Diana –
mais alta e sem rival, antes que sua beleza
se empalecesse ante a visão do lago Averno –,
assi' era a colca, com duas tochas e co'as ínfulas,

Colchis erat nondum miseros exosa parentes.
Vt procul extremi gelidis a fluminis undis 350
prima uiros tacito uidit procedere passu,
substitit ac maesto nutricem adfata timore est:
'quae manus haec, certo ceu me petat agmine, mater,
aduenit haud armis, haud umquam cognita cultu?
Quaere fugam, precor, et tutos circumspice saltus.' 355
Audit uirginei custos grandaeua pudoris
Henioche, cultus primi cui creditus aeui,
tum trepidam dictis firmans hortatur alumnam.
'Non tibi ab hoste minae nec uis' ait 'ulla propinquat
nec [te] metus: externo iam flammea murice cerno 360
tegmina, iam uittas frondemque imbellis oliuae.
Graius adest, Graio sic cuncta simillima Phrixo.'
    Sic ait. At Iuno, pulchrum longissima quando
robur cura ducis magnique edere labores,
mole noua et roseae perfudit luce iuuentae. 365
Iam Talaum iamque Ampyciden astroque comantes
Tyndaridas ipse egregio supereminet ore.
Non secus autumno quam cum magis asperat ignes
Sirius et saeuo cum nox accenditur auro
luciferas crinita faces, hebet Arcas et ingens 370
Iuppiter. Ast illum tanto non gliscere caelo
uellet ager, uellent calidis iam fontibus amnes.
Regina, attonito quamquam pauor ore silentem
exanimet, mirata tamen paulumque reductis
passibus in solo stupuit duce. Nec minus inter 375
ille tot ignoti socias gregis haeret in una
defixus sentitque ducem dominamque cateruae.
'Si dea, si magni decus huc ades' inquit 'Olympi,
has ego credo faces, haec uirginis ora Dianae,
teque renodatam pharetris ac pace fruentem 380
ad sua Caucaseae producunt flumina nymphae.
Si domus in terris atque hinc tibi gentis origo,
felix prole parens olimque beatior ille,
qui tulerit longis et te sibi iunxerit annis.

que ainda não detestava os míseros parentes.
De longe, ao ver nas ondas gélidas da foz
do rio os homens, que em silente passo andavam,
parou e com temor funesto disse à ama:
"Que tropa é essa, ó mãe, que vem como a buscar-me
desconhecida pelas armas e atavios?
Foge e procura, eu rogo, os bosques protegidos"!
A velha Heníoque, guardiã de seus pudores,
que a educara desde cedo, a ouviu e, então,
encorajando a temerosa alma, exortou-a:
"Violência, ameaça ou medo não te vêm da tropa:
já vejo os mantos flamejantes de estrangeira
púrpura, as fitas e a pacífica oliveira.
Um grego chega, em tudo igual ao grego Frixo"
      Disse. Mas Juno – como o esforço e a inquietação
do capitão o belo porte consumiram –
deu-lhe vigor co' a rósea luz da juventude;
já a Tálau, ao Ampícida e aos dois Tindáridas
coroados por astros, co'a egrégia face excele –
como Sírius, que mais no outono aguça os raios,
e com fulgor acende a noite engrinaldada
por astros, quando Jove empalidece o Arcádio –
mas que tanto no céu não brilhasse desejam
o campo e as fontes de aquecidas correntezas.
Posto o pavor lhe consternasse a face atônita,
muda, a princesa, inda admirada, o andar tardando
apenas por Jasão pasmou-se. Este, não menos
apega-se, de todo o grupo a uma só,
a que percebe ser da turma a dona e guia:
"Se és deusa", diz, "e aqui se acha a glória do Olimpo,
que estas sejam de Diana a face e as tochas creio;
e que a ti, sem carcás, da paz fruindo,
às suas águas as caucáseas ninfas trazem.
Porém, se habitas esta terra e se és mortal,
feliz teu pai, e mais feliz, um dia, aquele
que te levar e mantiver-te pelos anos.

Sed fer opem, regina, uiris! Nos hospita pubes 385
aduehimur, Graium proceres [ta] tua tecta petentes.
Duc, precor, ad uestri quicumque est ora tyranni
ac tu prima doce fandi tempusque modumque.
Nam mihi sollicito deus ignaroque locorum
te dedit, in te animos atque omnia nostra repono.' 390
   Dixit et opperiens trepidam stetit. illa parumper
uirgineo cunctata metu sic orsa uicissim:
'quem petis Aeeten genitor meus ipsaque iuxta
moenia, si uiuos possis discernere calles.
Hac adeo duce ferte gradus! ingentia namque 395
castra alios aditus atque impius obsidet hostis.'
Dixerat haec patrium que uiam detorquet ad amnem
sacraque terrificae supplex mouet inrita Nocti.

Ecce autem muris residens Medea paternis 575
singula dum magni lustrat certamina belli
atque hos ipsa procul densa in caligine reges
agnoscit quaeritque alios Iunone magistra,
conspicit Aesonium longe caput ac simul acres
huc oculos sensusque refert animumque fauentem, 580
nunc quo se raperet, nunc quo diuersus abiret
ante uidens, quotque unus equos, quot funderet arma
errantesque uiros quam densis sisteret hastis.
Quaque iterum tacito sparsit uaga lumina uultu
aut fratris quaerens aut pacti coniugis arma, 585
saeuus ibi miserae solusque occurrit Iason.
Tunc his germanam adgreditur ceu nescia dictis:
'quis precor hic toto iamdudum feruere campo
quem tueor quemque ipsa uides? nam te quoque tali
attonitam uirtute reor.' Contra aspera Iuno 590
reddit agens stimulis ac diris fraudibus urget.
'Ipsum' ait 'Aesoniden cernis, soror, aequore tanto
debita cognati repetit qui uellera Phrixi
nec nunc laude prior generis nec sanguine quisquam.

Porém, princesa, ajuda os homens! Como uns hóspedes
nós viemos – nobres jovens gregos suplicantes.
Leva-nos, peço, até teu rei, quem quer que seja,
e, prima, ensina o modo e o tempo de falar-lhe.
Um deus a mim, perdido e aflito, deu-te, então,
em ti deponho tudo nosso e nossos ânimos".
    Disse e aguardou. Ela, tremendo, por seu turno,
presa por medo virginal, assim falou:
"É por meu pai, Eetes, quem buscas. Perto é a vila.
Se podes discernir as trilhas naturais,
segue o percurso, pois um grande acampamento
e ímpios imigos outros passos atravancam".
Dizendo, toma u'a via junto ao pátrio rio
e um sacrifício vão oferta à horrível noite.

                      Medeia vê a luta de Jasão 6.575-682.

Eis que Medeia, na muralha pátria estando,
enquanto vê na guerra os duelos singulares
e ao longe reconhece uns reis em meio ao pó,
e à mestra Juno indaga de outros, a cabeça
do Esônio enxerga e logo volta-lhe os agudos
olhos, o ânimo e o favor, imaginando
ora p'ra onde, ora de onde sairia,
quantos corcéis e quantos homens ele só
derrubaria erguido em meio a tantas lanças.
Silente o olhar de novo espraia em toda parte,
ou do noivo ou do irmão as armas procurando,
mas a pobre acha ali somente o cruel Jasão.
Como se o não reconhecesse, diz à irmã:
"Indago quem é o que a bulir o campo, há muito,
já vemos nós – pois tu também, com tal valor,
creio, te espantas". Por seu turno, a áspera Juno
responde e excita-a com enganos: "Vês, irmã,
o próprio Esônide, que vem buscar o velo
de Frixo, merecido após cruzar o mar:
Ninguém o vence em valentia ou em nobreza.

Aspicis ut Minyas inter proceresque Cytaeos 595
emicet effulgens quantisque insultet aceruis?
Et iam uela dabit, iam litora nostra relinquet
Thessaliae felicis opes dilectaque Phrixo
rura petens. Eat atque utinam superetque labores!'
Tantum effata magis campis intendere suadet 600
dum datur ardentesque uiri percurrere pugnas,
ac simul hanc dictis, illum dea Marte secundo
impulit atque nouas egit sub pectora uires.
Ora sub excelso iamdudum uertice coni
saeua micant cursuque ardescit nec tibi, Perse, 605
Nec tibi, uirgo, iubae laetabile sidus Achiuae,
acer ut autumni canis iratoque uocati
ab Ioue fatales ad regna iniusta cometae.
Nec sua Crethiden latuit dea uimque recentem
sentit agi membris ac se super agmina tollit, 610
quantus ubi ipse gelu magnoque incanuit imbre
Caucasus et summas abiit hibernus in Arctos.
Tunc uero, stabulis qualis leo saeuit opimis
luxurians spargitque famem mutatque cruores,
sic neque parte ferox nec caede moratur in una 615
turbidus inque omnes pariter furit ac modo saeuo
ense, modo infesta rarescunt cuspide pugnae.
Tunc et terrificis undantem crinibus Hebrum
et Geticum Priona ferit, caput eripit Auchi
bracchiaque et uastis uoluendum mittit harenis. 620
    At genitus Ioue complerat sua fata Colaxes
iamque pater maesto contristat sidera uultu
talibus aegra mouens nequiquam pectora curis:
'ei mihi, si durae natum subducere sorti
moliar atque meis ausim confidere regnis, 625
frater adhuc Amyci maeret nece cunctaque diuum
turba fremunt quorum nati cecidere cadentque.
Quin habeat sua quemque dies cunctisque negabo
quae mihi.' supremos misero sic fatus honores
congerit atque animis moriturum ingentibus implet. 630

Percebes como ele entre os mínias e os reis cítios
brilha, e fulgindo, afronta tantos inimigos?
Mas logo zarpará, deixando as nossas praias
em busca da Tessália opulenta e e das messes
caras a Frixo. Oxalá vá e vença as fainas"!
Tão logo o diz, exorta-a a mais olhar os campos
enquanto dá-lhe acompanhá-lo nos combates.
Ao mesmo tempo, à favorável guerra a deusa
o impeliu e insuflou-lhe ao peito novas forças.
A dura face, sob a excelsa ponta do elmo
já há muito brilha, e resplandece na carreira.
A coma argiva é infausta a vós, Perses e virgem,
como no outono o feroz Cão, ou qual cometa
fatal que o irado Jove envia a um reino injusto.
Não se ocultou a deusa ao creteio, que os membros
sentiu revigorar e que à turba lançou-se –
qual quando o Cáucaso co'as chuvas se embranquece
de grande gelo, e o inverno chega às terras nórdicas.
Então, como um leão ataca o rico estábulo,
sacia a fome e, luxurioso, muda as vítimas,
assim Jasão não tarda em parte ou presa alguma,
mas se atira, feroz, a todos. Já co'a seva
espada, já co'a infesta lança, a luta míngua.
Então, fere o Hebro, que ondeava a horrível coma,
e o Guético Prión; de Anco a cabeça e os braços
arranca e os joga, a revirar na vasta areia.
 Mas já Colaxe, filho jóveo, completara
sua sina, e o pai, com triste face, aflige o céu
a revolver, no peito, em vão, tais inquietudes:
"Ai, se eu tentasse, subtrair à dura sorte
um filho e ousasse aos meus impérios confiá-lo,
meu irmão, triste ainda em razão da morte de Âmico,
e os deuses, cujos filhos tombam, fremeriam.
Cada qual tenha, pois, seu dia. O negarei
a mim e a todos". Disse, e ao pobre as honras últimas
cumula e dota o morituro de vigor.

Ille uolat campis immensaque funera miscet
per cuneos, uelut hiberno proruptus ab arcu
imber agens scopulos nemorumque operumque ruinas,
donec ab ingenti bacchatus uertice montis
frangitur inque nouum paulatim deficit amnem. 635
Talis in extremo proles Iouis emicat aeuo
et nunc magnanimos Hypetaona Gessithoumque
nunc Arinen Olbumque rotat. Iam saucius Aprem
et desertus equo Thydrum pedes excipit hasta
Phasiaden, pecoris custos de more paterni 640
Caucasus ad primas genuit quem Phasidis undas.
Hinc puero cognomen erat famulumque ferebant
Phasidis intonso nequiquam crine parentes.
Iamque aliis instabat atrox cum diua supremas
rumpit iniqua colus uictorque aduenit Iason. 645
Excipit hunc saeua sic fatus uoce Colaxes:
'uos Scythiae saturare canes Scythiaeque uolucres
huc miseri uenis tis?' ait saxumque prehensum,
illius et dextrae gestamen et illius aeui,
concussa molitur humo, quod regia Iuno 650
flexit ad ignotum caput infletumque Monesi.
Praeceps ille ruit. nato non depulit ictus
Iuppiter, Aesoniae uulnus fatale sed hastae
per clipeum, per pectus abit lapsoque cruentus
aduolat Aesonides mortemque cadentis acerbat, 655
Spargitur hinc miserisque uenit iam notus Alanis.
    At regina uirum (neque enim deus amouet ignem)
persequitur lustrans oculisque ardentibus haeret.
Et iam laeta minus praesentis imagine pugnae
castigatque metus et quas alit inscia curas 660
respiciens an uera soror nec credere falsos
audet atrox uultus eademque in gaudia rursus
labitur et saeuae trahitur dulcedine flammae.
Ac uelut ante comas ac summa cacumina siluae
lenibus adludit flabris leuis Auster, at illum 665
protinus immanem miserae sensere carinae,

Ele, p'r'o campo voa e espalha a mortandade
pelas fileiras, qual no inverno u'a tempestade
do céu despenca, a arruinar montes, mata e messes,
até que a fúria que caía na montanha
desfaz-se e extingue, pouco a pouco, nu' olho d'água:
assim se atira ao fim da vida o jóveo filho
e então derruba os grãos Gessítoo, Hipetaón,
Arino e Olbo. Já ferido, alcança Aprés
e, sem cavalo, a pé co'a lança, ao fáseo Tidro,
a quem o Cáucaso, a guardar qual de costume,
do pai as reses, concebeu da água do Fase –
daí seu apelido –; e servo os pais fizeram-no
do rio, em vão mantendo intonsa a cabeleira.
Já atroz aos outros combatia quando a deusa
iníqua rompe o último fio, e vencedor,
chega Jasão. Com brados tais fala Colaxes:
"Vós, desgraçados, viestes cá p'ra empanturrar
os cães e os pássaros da Cítia"? Diz e lança
conforme aguentam mão e idade, um pedregulho
do chão tirado, a que desvia a régia Juno
para Monesso, não chorado ou conhecido.
E ele desaba. Porém Jove não salvou
do golpe o filho: a mortal chaga da haste Esônia
atravessou-lhe o escudo e o peito; o cruento Esônide
ao caído atira-se e dá morte. Então, se afasta
já conhecido e vai aos míseros Alanos.
  Mas a princesa (pois que o deus não cessa o fogo)
procura o herói e não desvia o olhar ardente –
já menos goza da atual visão da luta.
Refreia o medo e a inquietação que, ínscia, alimenta
a ponderar se é vera a irmã. Firme, porém,
não ousa crer que o rosto é falso e, novamente,
se alegra e a toma o doce encanto da cruel chama.
Como nas ramas e no cimo da floresta
com suaves sopros antes o Austro brinca e logo
sentem-no imenso as miseráveis naus, assim

talis ad extremos agitur Medea furores.
Interdum blandae derepta monilia diuae
contrectat miseroque aptat flagrantia collo,
quaque dedit teneros aurum furiale per artus,　　　670
deficit; ac sua uirgo deae gestamina reddit
non gemmis, non illa leui turbata metallo,
sed facibus, sed mole dei, quem pectore toto
iam tenet. Extremus roseo pudor errat in ore.
Ac prior his: 'credisne patrem promissa daturum,　　　675
o soror, Argolicus cui dis melioribus hospes
contigit? Aut belli quantum iam restat acerbi?
heu quibus ignota sese pro gente periclis
obicit!' Haec fantem medio in sermone reliquit
incepti iam Iuno potens securaque fraudis.　　　680
Imminet e celsis audentius improba muris
uirgo nec ablatam sequitur quaeritue sororem.

Te quoque Thessalico iam serus ab hospite uesper
diuidit et iam te tua gaudia, uirgo, relinquunt
noxque ruit soli ueniens non mitis amanti.
Ergo ubi cunctatis extremo in limine plantis
contigit aegra toros et mens incensa tenebris,　　　5
uertere tunc uarios per longa insomnia questus
nec pereat quo scire malo tandemque fateri
ausa sibi paulum medio sic fata dolore est:
'nunc ego quo casu uel quo sic per ui gil usque
ipsa uolens errore trahor? Non haec mihi certe　　　10
nox erat ante tuos, iuuenis fortissime, uultus,
quos ego cur iterum demens iterumque recordor
tam magno discreta mari? Quid in hospite solo
mens mihi? Cognati potius iam uellera Phrixi
accipiat, quae sola petit quaeque una laborum　　　15
causa uiro. Nam quando domos has ille reuiset
aut meus Aesonias quando pater ibit ad urbes?
Felices mediis qui se dare fluctibus ausi

Medeia é conduzida às raias da paixão.
Algumas vezes toca o dom que recebera
da branda deusa e, ardente, o ajusta ao triste seio –
ao pôr nos membros o furioso ouro, fraqueja.
Porém, devolve a moça à deusa seu ornato
inquieta, não pelo metal nem pelas gemas,
mas pelo fogo e pelo deus que já lhe tomam
o peito. Um último pudor sua face inflama.
Diz: "Crês, ó irmã, que o pai dará o prometido
ao grego, que o alcançou co'os mais propícios deuses?
Quanto ainda restará da exacerbada guerra?
A quanto risco ele se expõe por gente estranha"!
Enquanto o diz, em meio à fala, Juno a deixa
segura dos ardis e contente com a empresa.
Mais resoluta, do alto muro desce a bárbara
moça e não segue nem procura a irmã sumida.

Medeia admite o amor por Jasão 7.1-25

Já a tardia Vésper, virgem, do hóspede Tessálio
também te afasta e a tua alegria te abandona;
a noite cai sem lenitivo para a amante.
Pois quando no último portal, com passos trôpegos,
triste ao leito chegou co'a mente estando em trevas,
na longa insônia revolveu vários queixumes,
sem saber qual o mal que a consumia. Enfim,
ousando, em meio à dor, as causas admitir,
disse: "Por que erro ou infortúnio estou desperta
a contra gosto? Assim não eram minhas noites,
decerto, ó forte jovem, antes de teu rosto.
Por que, insensata, eu tanto e tanto dele lembro-me
se um mar tão grande nos separa? Por que no hóspede
apenas penso? Que de Frixo tome o velo!
É o que só busca: a única causa dos trabalhos.
De fato, quando voltará ele a esta casa,
ou quando irá meu pai às cidades Esônias?
Felizes são os que atreveram dar-se ao mar

nec tantas timuere uias talemque secuti
huc qui deinde uirum; sed, sit quoque talis, abito.'   20
Tum iactata toro to tumque experta cubile
ecce uidet tenui candescere limen Eoo.
Nec minus insomnem lux orta refecit amantem
quam cum languentes leuis erigit imber aristas
grataque iam fessis descendunt flamina remis.   25

At trepida et medios inter deserta parentes
uirgo silet nec fixa solo seruare parumper
lumina nec potuit maestos non flectere uultus   105
respexitque fores et adhuc inuenit euntem.
Visus et heu miserae tunc pulchrior hospes amanti
discedens; tales umeros, ea terga relinquit.
Illa domum atque ipsos paulum procedere postes
optat, at ardentes tenet intra limina gressus.   110
Qualis ubi extremas Io uaga sentit harenas
fertque refertque pedem, tumido quam cogit Erinys
ire mari Phariaeque uocant trans aequora matres,
circuit haud aliter foribusque impendet apertis
an melior Minyas reuocet pater, oraque quaerens   115
hospitis aut solo maeret defecta cubili
aut uenit in carae gremium refugitque sororis
atque loqui conata silet rursusque recedens
quaerit, ut Aeaeis hospes consederit oris
Phrixus, ut aligeri Circen rapuere dracones.   120
Tum comitum uisu fruitur miseranda suarum
implerique nequit subitoque parentibus haeret
blandior et patriae circumfert oscula dextrae.
Sic adsueta toris et mensae dulcis erili
aegra noua iam peste canis rabieque futura   125
ante fugam totos lustrat queribunda penates.
Tandem etiam molli semet sic increpat ira:
'pergis,' ait 'demens, teque illius angit imago
curaque, qui profuga forsan tenet alta carina

e tantas vias não temeram, vindo aqui
a seguir um herói tal! Mas, sendo assim, que partam!"
Lançada ao leito, então, revirou-se na cama
até que viu a tênue Aurora arder as portas.
A luz do dia não refez a amante insone,
menos que a chuva quando os matos secos ergue,
ou aos cansados remos desce a brisa mansa.

Medeia hesita entre o amor por Jasão e pelo pai 7.103-152
Mas, entre os pais abandonada, a virgem trêmula
cala-se; os olhos baixos não pode manter
por muito tempo, sem voltar o triste rosto.
Olhou p'ras portas e, partindo, inda o encontrou.
A pobre amante o viu, então, sair mais belo,
deixando atrás de si tais ombros e tal dorso.
Por pouco, ela decide o paço e o umbral deixar,
porém, detém o andar febril entre os portais.
Qual quando Io sente a orla da areia e hesita
o pé e a Erínia a obriga a ir p'r'o mar inchado
e, do outro lado d'água, as mães fárias a chamam,
assim Medeia à porta achega, a ver se os mínias
mais brando chama o pai. Buscando a face do hóspede,
no leito só, fraca se amua, e junto ao seio
da irmã querida busca abrigo. Quer falar,
porém se cala. Outra vez indo-se, pergunta
como chegou o hóspede Frixo às praias da Eea
e como aladas serpes Circe transportaram.
A pobre, então, desfruta a vista das amigas –
mas não lhe agrada. De repente, vai aos pais
e à mão paterna co'os mais brandos beijos cobre;
qual u'a cadela acostumada ao leito e à mesa
do doce dono, doente pela peste e a raiva,
antes da fuga olha, chorosa, p'r'os penates.
Enfim, com branda ira, consigo assim se increpa:
"Segues, insana. O zelo e a imagem dele afligem-te –
ele que tem, talvez, no mar já a nave em fuga

quique meum patrias referet nec nomen ad urbes?   130
Quid me autem sic ille mouet, superetne labores
an cadat et tanto turbetur Graecia luctu?
Saltem, fata uirum si iam suprema ferebant,
iussus ad ignotos potius foret ire tyrannos
o utinam et tandem non hac moreretur in urbe!   135
Namque et sidereo nostri de sanguine Phrixi
dicitur et caram uidi indoluisse sororem
seque ait has iussis actum miser ire per undas.
At redeat quocumque modo meque ista precari
nesciat atque meum non oderit ille parentem.'   140
Dixerat haec stratoque graues proiecerat artus,
si ueniat miserata quies, cum saeuior ipse
turbat agitque sopor; supplex hinc sternitur hospes,
hinc pater. Illa noua rumpit formidine somnos
erigiturque toro. Famulas carosque penates   145
agnoscit, modo Thessalicas raptata per urbes:
turbidus ut poenis caecisque pauoribus ensem
corripit et saeuae ferit agmina matris Orestes;
ipsum angues, ipsum horrisoni quatit ira flagelli
atque iterum infestae se feruere caede Lacaenae   150
credit agens falsaque redit de strage dearum
fessus et in miserae conlabitur ora sororis.

[...] maiora precatur
carmina, maiores Hecaten immittere uires
nunc sibi, nec notis stabat contenta uenenis.
Cingitur inde sinus et, qua sibi fida magis uis   355
nulla, Prometheae florem de sanguine fibrae
Caucaseum promit nutritaque gramina monti,
quae sacer ille niues inter tristesque pruinas
durat alitque cruor cum uiscere uultur adeso
tollitur e scopulis et rostro inrorat aperto.   360
Idem nec longi languescit finibus aeui

e não dirá meu nome às cidades da pátria?
Por que me importa tanto que ele vença as provas
ou caia, e a Grécia com tal luto, se atormente.
Se já o supremo Fado o trouxe, antes melhor
teria sido ser mandado a estranhos reis.
Quem dera, enfim, nesta cidade não tardasse...
Dizem que tem do nosso divo Frixo o sangue –
e eu vi sofrer a minha irmã. E conta o mísero
que foi, por ordens, obrigado a entrar nas ondas.
Porém, que volte como for, e que não saiba
de minha prece, ou que a meu pai jamais odeie".
Disse e arrojou no leito os membros fatigados
p'ra que o descanso compassivo viesse, quando
mais sevo sono a toma e a inquieta: o hóspede súplice
de um lado implora; de outro, o pai. Por novo medo
desperta e se ergue. Reconhece o lar e as servas,
levada há pouco pelas vilas da Tessália.
Qual, perturbado pelas Fúrias e os Pavores,
Orestes toma a espada e fere a hoste da mãe;
e a Ira, co'horrível som do açoite, e as serpes seguem-no –
e ele crê se inflamar co'a morte da Lacônia;
e volta exausto dos ataques dessas deusas,
e no colo da irmã desgraçada se atira.

Medeia prepara os venenos para que Jasão
supere as provas impostas por Eetes 7.352-393

[...] Com grandes cantos, pede a Hécate
p'ra grandes forças lhe enviar, pois não estava
de si segura, ou dos venenos que sabia.
Os seios cinge co'o que julga ser mais forte:
a flor e as ervas que no sangue da ferida
de Prometeu nascem, e o Cáucaso alimenta –
que o cruor sagrado fortalece e nutre em meio
à neve e aos tristes gelos quando o abutre afasta-se,
tirada a víscera, e co'o bico asperge as rochas.
Verde e imortal, tanto não murcha mesmo ao fim

immortale uirens, idem stat fulmina contra
saluus et in mediis florescunt ignibus herbae.
Prima Hecate Stygiis duratam fontibus harpen
intulit et ualidas scopulis effodit aristas,   365
mox famulae monstrata seges, quae lampade Phoebes
sub decima iuga feta metit saeuitque per omnes
reliquias saniemque dei. Gemit inritus ille
Colchidos ora tuens; totos tunc contrahit artus
monte dolor cunctaeque tremunt sub falce catenae.
   Talibus infelix contra sua regna uenenis
induitur noctique tremens infertur opacae.
Dat dextram blandisque pauens uocem Venus osquam
adloquiis iunctoque trahit per moenia passu.
Qualis adhuc teneros ubi primum pallida fetus   375
mater ab excelso produxit in aera nido
hortaturque sequi breuibusque insurgere pinnis;
illos caerulei primus ferit horror Olympi
iamque redire rogant adsuetaque quaeritur arbor.
Haud aliter caecae per moenia deficit urbis   380
incedens horretque domos Medea silentes
hic iterum extremae nequiquam in limine portae
substitit atque iterum fletus animique soluti
respexitque deam paulumque his uocibus haesit:
'ipse rogat certe meque ipse implorat Iason?   385
Nullane culpa subest, labes non ulla pudoris,
nullus amor? nec turpe uiro seruire precanti?'
Illa nihil contra uocesque abrumpit inanes.
Et iamiam magico per opaca silentia Colchis
coeperat ire sono montanaque condere uultus   390
numina cumque suis auerti fontibus amnes.
Iam stabulis gregibusque pauor strepitusque sepulchris
inciderat, stupet ipsa graui nox tardior umbra.

Iamque tremens longe sequitur Venus. Vtque sub altas
peruenere trabes diuaeque triformis in umbram   395

de u'a longa vida, quanto está à salvo do raio
e, em meio às chamas, flores crescem-lhe. Foi Hécate
quem primeiro levou u'a dura foice às fontes
do Estige, e às rochas arrancou as fortes ramas;
depois mostrou a planta à serva que, à luz décima
da Fêbea, os brotos colhe: cada resto atiça
do deus a sanha. Ele em vão geme olhando os colcos;
a dor, então, os membros todos lhe contrai
no monte, e a foice faz tremer todas correntes.
    Com tais venenos se arma a pobre contra a pátria
e entra, a temer, no breu da noite. Vênus dá-lhe
a mão e a voz, e com conversas brandas leva
consigo a apavorada através da cidade.
Qual quando primo u'a temerosa mãe empurra
no ar os filhotes, do elevado ninho, e exorta-os
a prosseguirem e nas asas sustentarem-se,
e o primo medo do cerúleo Olimpo os fere,
que já voltar à costumeira árvore rogam,
assim Medeia se quebranta entre as muralhas
da atra cidade e teme as casas silenciosas.
Parou, então, em vão, no umbral da última porta
e de novo chorou, co'o ânimo desfeito.
Olhou p'ra deusa e hesitou assim dizendo:
"Jasão, de fato, por mim chama e mesmo implora?
Falta de amor, culpa ou desonra não se ocultam?
Torpe não é servir a um homem que suplica?"
Nada responde a deusa e corta a inane fala.
Mas começara a colca a andar, pelo silêncio
denso, co'um som mágico os deuses da montanha
cobrem os rostos; rios voltam a suas fontes.
Já o Pavor cai nas greis e estábulos; sepulcros
atroam. Mais lenta se pasma a umbrosa noite!

                Novo encontro entre Medeia e Jasão 7.394-538

De longe, a segue, a tremer, Vênus. Ao chegarem
à sombra, sob as altas árvores de Hécate,

hic subito ante oculos nondum speratus Iason
emicuit uiditque prior conterrita uirgo.
Atque hinc se profugam uolucri Thaumantias ala
sustulit, inde Venus dextrae dilapsa tenenti.
Obuius ut sera cum se sub nocte magistris   400
impingit pecorique pauor qualesue profundum
per chaos occurrunt caecae sine uocibus umbrae,
haud secus in mediis noctis nemoris que tenebris
inciderant ambo attoniti iuxtaque subibant
abietibus tacitis aut immotis cyparissis   405
adsimiles, rapidus nondum quas miscuit Auster.
    Ergo ut erat uultu defixus uterque silenti
noxque suum peragebat iter, iamiam ora leuare
Aesoniden farique cupit Medea priorem.
Quam simul effusis pauitantem fletibus heros   410
flagrantesque genas uidit miserumque pudorem,
has tandem uoces dedit et solatus amantem est
'fersne aliquam spem lucis?' ait. 'Miserata laborem
nempe uenis? An et ipsa mea laetabere morte?
Ne precor infando similem te, uirgo, parenti   415
gesseris. Haud tales decet inclementia uultus.
Hascine nunc grates, haec exspectata laborum
dona dari decuit? Sic te sub teste remitti
fas mihi, uirgo, tuas iustas da uocibus aures.
Cur pater ille tuus tantis me opponere monstris   420
(quid meritum?) aut tales uoluit ex pendere poenas.
An iacet externa quod nunc mihi cuspide Canthus
quodque meus uestris cecidit pro moenibus Iphis
aut Scythiae tanta inde manus? Iussisset abire
perfidus atque suis extemplo cedere regnis.   425
Spem mihi promissam per quae discrimina rursus
et reddat qua lege uides. Occumbere tandem
possumus idque sedet quam non quaecumque subire
patris iussa tui. Numquam sine uellere abibo
hinc ego, degenerem nec tu me prima uidebis.'   430
    Haec ait. Illa tremens, ut supplicis aspicit ora

não esperado ainda, Jasão, então, de súbito,
brilhou e o viu primeiro a virgem consternada.
Logo a Taumântia ergueu-se em fuga, em asas céleres,
e Vênus solta a mão que tem. Qual quando, adiante,
na tarda noite, o Pavor lança-se aos pastores,
contra os rebanhos; como as cegas sombras mudas
no caos profundo avançam, tal, em meio às trevas
do bosque à noite, ambos atônitos se encontram
e seguem juntos, como abetos silenciosos
ou como rígidos ciprestes, cujas ramas
pelo Austro rápido ainda não foram turbadas.
    Enquanto os dois mudos e imóveis se mantinham
e a noite o curso prosseguia, já Medeia
quer que Jasão eleve o rosto e primo fale.
Tão logo o herói a vê chorando, apavorada,
co'a face em brasa e o Pudor mísero, falou
estas palavras, consolando a enamorada:
"Trazes um raio de esperança? Vens por pena
de meus trabalhos ou te alegra a minha morte?
Peço: não portes, virgem, qual teu pai infame!
Num rosto assim não fica bem tanta inclemência.
Convêm tais prêmios e tais dons por meus labores?
Sob os teus olhos deverei ser rechaçado?
Empresta, ó moça, tua audição às justas queixas.
Por que teu pai quer que eu enfrente tantos monstros
(por que o mereço?) ou que tais penas eu expie?
Será porque Canto ora jaz sob a estrangeira
lança e morreram pelos vossos muros Ífis
e tantos cítios? Antes ir-me houvesse o pérfido
mandado e abandonar seu reino sem demora.
Vês com que trato ou por quais riscos me dará
a recompensa prometida? É decidido:
morrer prefiro a não cumprir, quaisquer que sejam,
as ordens de teu pai. Nunca irei sem o velo –
não serás tu a prima a ver-me desonrado"!
    Assim falou. Ela, a tremer, observa a boca

conticuisse uiri iamque et sua uerba reposci,
nec quibus incipiat demens uidet ordine nec quo
quoue tenus, prima cupiens effundere uoce
omnia, sed nec prima pudor dat uerba timenti.   435
Haeret et attollens uix tandem lumina fatur:
'quid, precor, in nostras uenisti, Thessale, terras?
Vnde mei spes ulla tibi tantosque petisti
cur non ipse tua fretus uirtute labores?
Nempe ego si patriis timuissem excedere tectis   440
occideras, nempe hanc animam cras saeua manebant
funera. Iuno ubi nunc, ubi nunc Tritonia uirgo,
sola tibi quoniam tantis in casibus adsum
externae regina domus? Miraris et ipse,
credo, nec agnoscunt hae nunc Aeetida siluae.   445
Sed fatis sum uicta tuis. cape munera supplex
non mea teque iterum Pelias si perdere quaeret
inque alios casus, alias si mittet ad urbes,
heu formae ne crede tuae!' Titania iamque
gramina Persaeasque sinu depromere uires   450
coeperat. His iterum compellat Iasona dictis:
'si tamen aut superis aliquam spem ponis in istis
aut tua praesenti uirtus [te] educere leto
si te forte potest, etiam nunc deprecor, hospes,
me sine et insontem misero dimitte parenti.'   455
Dixerat. Extemplo (neque enim im matura ruebant
sidera et extremum suspexerat axe Booten)
cum gemitu et multo iuueni medicamina fletu
non secus ac patriam pariter famamque decusque
obicit. Ille manu subit et uim corripit omnem.   460
    Inde ubi facta nocens et non reuocabilis umquam
cessit ab ore pudor propiorque impleuit Erinys,
carmina nunc totos uoluit figitque per artus
Aesonidae et totum septeno murmure fertur
per clipeum atque uiro grauiorem reddidit hastam   465
iamque sui tauris languent absentibus ignes.
'Nunc age et has' inquit 'cristas galeamque resume

do súplice fechar-se a pedir sua resposta.
Pasma não vê como, em que ordem e até onde
começar, desejando a voz soltar primeira.
Porém Pudor não dá à tímida a palavra.
Hesita mas, erguendo os olhos, logo diz:
"Por que, Tessálio, indago, vieste às nossas terras?
Por que esperança tens em mim? Por que, fiado
em tua virtude, não buscaste os tantos feitos?
Se eu temesse sair da casa de meu pai,
morrias, e amanhã esta alma esperaria
um funeral. Onde ora estão Juno e a Tritônia?
Sozinha estou contigo em meio a azares tantos,
de terra estranha uma princesa? Pasma, eu creio
que nem mesmo a floresta agora me conhece.
Mas por teu fado sou vencida. Aceita a ajuda –
que nem é minha. Se de novo quiser Pélias
perder-te ou te enviar à vila ou riscos outros,
em tua beleza não confies". Já tirava
do seio as ervas do Titânio e a força de Hécate,
quando a Jasão de novo fala, nesses termos:
"Se inda esperança alguma pões nesses teus deuses
ou o teu valor pode afastar-te da iminente
morte, também te peço agora, hóspede: deixa-me
e me devolve ilesa ao meu mísero pai".
Disse e de pronto, pois que os astros declinavam
e o Boiadeiro já guinara o extremo zênite,
com ais e muito choro entrega ao moço o encanto
como se junto desse a pátria, a fama e a honra.
Ele na mão o recebe e apanha toda a força.

    Sabendo o que fizera, então, irreparável,
Pudor sumiu da face e Erínias possuíram-na.
Lança um feitiço em todos membros de Jasão.
Por todo escudo, a murmurar, dá sete voltas,
já mais pesada faz a lança do varão
e dos ausentes touros torna o fogo fraco.
"Recebe agora as cristas", diz, "e ajusta o elmo

quam modo funerea tenuit Discordia dextra.
Hanc iace per medias, cum uerteris aequora, messes.
Protinus in sese conuersa furoribus ibit   470
cuncta phalanx atque ipse fremens mirabitur et me
respiciet fortasse pater.' Sic deinde locuta
iam magis atque magis mentem super alta ferebat
aequora, pandentes Minyas iam uela uidebat
se sine. Tum uero extremo percussa dolore   475
arripit Aesoniden dextra ac summissa profatur:
'sis memor, oro, mei, contra memor ipsa manebo,
crede, tui. Quantum hinc aberis, dic quaeso, profundi?
Quod caeli spectabo latus? Sed te quoque tangat
cura mei quocumque loco, quoscumque per annos   480
atque hunc te meminisse uelis et nostra fateri
munera, seruatum pudeat nec uirginis arte.
Ei mihi, cur nulli stringunt tua lumina fletus?
An me mox merita morituram patris ab ira
dissimulas? Te regna tuae felicia gentis,   485
te coniunx natique manent; ego prodita abibo
nec queror et pro te lucem quoque laeta relinquam.'
Protinus hospes ad haec (tacitis nam cantibus illum
flexerat et simili iamdudum adflarat amore)
'tune' ait 'Aesoniden quicquam te uelle relicta   490
credis et ulla peti sine te loca? Redde tyranno
me potius, recipe ingratos atque exue cantus!
Quis mihi lucis amor? Patriam cur amplius optem
si non et genitor te primam amplectitur Aeson
teque tuo longe fulgentem uellere gaudens   495
spectat et ad primos procumbit Graecia fluctus?
Respice ad has uoces et iam, precor, adnue, coniunx.
Per te, quae superis diuisque potentior imis,
perque haec, uirgo, tuo redeuntia sidera nutu
atque per has nostri iuro discriminis horas: 500
umquam ego si meriti sim noctis et immemor huius,
si te sceptra, domum, si te liquisse parentes
senseris et me iam non haec promissa tuentem,

que na funesta mão Discórdia há pouco tinha.
Lança-o em meio às messes ao arar a terra
e logo toda a tropa, em fúria, contra si
pelejará. Meu pai, fremente, irá pasmar-se
e, certo, me olhará". Assim dizendo, mais
e mais guiava a mente sobre o mar profundo;
já os Mínias via abrindo as velas sem levá-la...
Tocada, pois, por dor extrema, toma a destra
do Esônio e fala humildemente: "De mim lembra,
imploro; eu mesma lembrarei sempre de ti.
Quando partires, diz-me, peço, p'ra que lado
do céu profundo eu olharei? Mas também tu
onde estiveres, pensa em mim, a qualquer tempo.
Mas como estás lembra e confessa a minha ajuda
e não te vexe seres salvo por u'a virgem.
Por que teus olhos, ai de mim, nada pranteiam?
Finges não ver que pela justa ira de um pai
eu vou morrer? Um feliz reino com tua gente,
esposa e filhos por ti esperam. Descoberta,
eu partirei – alegre deixo a luz por ti".
Diz o estrangeiro presto (pois com cantos mudos,
ela o movera e deflagrara u'amor igual):
"Sem ti, crês tu, que o Esônio queira alguma coisa
ou busque algum lugar? Devolve-me ao tirano,
melhor será. Recolhe e leva o ingrato encanto.
Que amor à vida é o meu? Por que inda quero u'a pátria
que não te abrace Éson primeiro e, alegre, a Grécia
espere ver-te, co'o tosão, brilhando ao longe,
a se atirar às primas ondas? Considera
meus ditos, rogo, e aceita ser a minha esposa.
Juro por ti, que és mais potente do que os deuses
do céu e inferno; por teu nuto, que astros volta,
e pelas horas que estaremos separados:
se eu me esquecer de tua ajuda ou desta noite,
quando deixaste o cetro, a casa e até os parentes,
ou perceberes que eu já não observo os votos,

tum me non tauros iuuet euasisse ferosque
terrigenas, tum me tectis tua turbet in ipsis   505
flamma tuaeque artes. nullus succurrere contra
ingrato queat et siquid tu saeuius istis
adicias meque in medio terrore relinquas.'
Audiit atque simul meritis periuria poenis
despondet questus semper Furor ultus amantis.   510
    Haec ubi dicta, tamen perstant defixus uterque
et nunc ora leuant audaci laeta iuuenta,
ora simul totiens dulces rapientia uisus,
nunc deicit uultus aeger pudor et mora dictis
redditur ac rursus conterret Iasona uirgo: 515
'accipe perdomitis quae deinde pericula tauris
et quis in Aeolio maneat te uellere custos.
Nondum cuncta tibi, fateor, promissa peregi.
Saeuior ingenti Mauortis in arbore restat,
crede, labor. Quem – tanta utinam fiducia nostri   520
sit tibi nocturnaque Hecates, nostrique uigoris.'
Dixerat utque uirum doceat, quae monstra supersint,
protinus immensis recubantem anfractibus anguem
turbat et Haemonii subito ducis obicit umbram.
Ille, quod haud alias, stetit et trepidantia torsit   525
sibila seque metu postquam sua uellera circum
sustulit atque omnis spiris exhorruit arbor,
incipit inde sequi et uacuo furit ore per auras.
'Quis fragor hic? Quaenam tantae, dic, uirgo, ruinae?'
Exclamat stricto Aesonides stans frigidus ense.   530
Illa tacet retinens tandemque ait angue represso:
'hunc tibi postremum nostri parat ira parentis,
heu miser, heu tantis iterum mihi care periclis.
O utinam ut nullo te sim uisura labore
ipsam caeruleis squalentem nexibus ornum   535
ipsaque peruigilis calcare uolumina monstri.
Contingat bis deinde mori!' sic fata profugit
seque sub extremis in moenia rettulit umbris.

que eu não consiga aos feros touros e aos terrígenos
então fugir; que em minha casa as tuas artes
e chamas turbem-me; que, ingrato, ninguém possa
me socorrer; e se algo existe de mais sevo,
que mo acrescentes e me lances ao terror"!
Ouviu-o também Furor, que aplica as justas penas
pelo perjúrio e vinga as queixas dos amantes.
    Tendo assim dito, imóveis ambos permanecem.
Erguem a face em leda audácia juvenil,
mas logo o doce olhar dos rostos eles tiram.
Já o Pudor triste os olhos baixa; a mudez volta
e a virgem, outra vez atemoriza o Esônide:
"Ouve os perigos que virão depois dos touros
e que guardião te espera junto ao velo Eólio.
Confesso: eu ainda não findei o meu anúncio.
Obra mais seva resta na árvore de Marte.
Crê que... – tomara tenhas muita confiança
em mim e em Hécate noturna, e nossas forças".
Disse; e p'ra lhe mostrar que monstros o aguardavam,
provoca a serpe recostada em grandes voltas,
que à sombra atira-se, de súbito, do Esônide.
Como antes nunca, ela se ergueu vibrando a língua;
depois, com medo por seu velo, se enroscou
e toda a árvore tremeu sob as rodilhas;
ela o procura e, a morder ventos, se enfurece.
"Que ruído é este? Dize-o, virgem, que desgraça"?
Co'a espada em punho, o Esônio exclama, enregelado;
ela, a sorrir, afasta a serpe e assim lhe diz:
"Esta é a prova final que a ira de meu pai
p'ra ti prepara, ó pobre amado, entre perigos!
Tomara eu veja-te subir no freixo horrível
de escuras ramas, sem esforços, a calcar
do vigilante monstro as voltas. Não me importa
depois morrer". Assim dizendo, ela fugiu
e, sob o último breu, regressou à cidade.

At trepidam in thalamis et iam sua facta pauentem
Colchida circa omnes pariter furiaeque minaeque
patris habent, nec caerulei timor aequoris ultra
nec miserae terra ulla procul: quascumque per undas
ferre fugam, quamcumque cupit iam scandere puppem.   5
Vltima uirgineis tunc flens dedit oscula uittis
quosque fugit complexa toros crinemque genasque
aegra per antiqui carpsit uestigia somni
atque haec impresso gemuit miseranda cubili:
'O mihi si profugae genitor nunc mille supremos   10
amplexus, Aeeta, dares fletusque uideres
ecce meos! Ne crede, pater, non carior ille est
quem sequimur – tumidis utinam simul obruar undis!
Tu precor haec longa placidus mox sceptra senecta
tuta geras meliorque tibi sit cetera proles!'   15
Dixit et Haemonio numquam spernenda marito
condita letiferis promit medicamina cistis
uirgineosque sinus ipsumque monile uenenis
implicat ac saeuum super omnibus addidit ensem.
Inde uelut torto Furiarum erecta flagello   20
prosilit, attonito qualis pede prosilit Ino
in freta nec parui meminit conterrita nati
quem tenet; extremum coniunx ferit inritus Isthmon.

    Iam prior in lucos curis urgentibus heros
uenerat et nemoris sacra se nocte tegebat   25
tum quoque siderea clarus procul ora iuuenta.
Qualis adhuc sparsis comitum per lustra cateruis
Latmius aestiua residet uenator in umbra
dignus amore deae, uelatis cornibus et iam
Luna uenit, roseo talis per nubila ductor   30
implet honore nemus talemque exspectat amantem.
Ecce autem pauidae uirgo de more columbae
quae super ingenti circumdata praepetis umbra

*Com a ajuda de Medeia, Jasão vence a prova
da serpente e toma o velocino* −8.1-133

Porém, no leito, apavorada por seus atos,
cercam Medeia a ira do pai e as ameaças.
A pobre não mais teme as águas tenebrosas
nem as longínquas terras: quer, por quaisquer ondas,
fugir, ou em qualquer navio já embarcar.
U' último beijo deu nas fitas virginais;
ergueu do leito, a que abraçava, a coma e a face;
de um sono antigo recolheu antes os restos
e, nas marcas da cama, assim gemeu a mísera:
"Ai, pai, se desses ora mil abraços últimos
em mim, que fujo, e visses, Eetes, os meus prantos...
Não creias, pai, ser mais querido a quem eu sigo.
Tomara juntos pereçamos sob as ondas!
Rogo que empunhes manso o cetro em longa idade
e que os outros filhos para ti sejam melhores".
Disse e tirou do letal cesto uma poção
que o esposo hemônio não devia desprezar.
Nos virginais seios, a guarda co'o colar
e, sobretudo, inda ajuntou u'a seva espada.
Como se erguida pelo látego das Fúrias,
então partiu – qual, com o atônito pé, Ino
lançou-se ao mar, não se lembrando, consternada,
do filho; e o esposo fere, em vão, o extremo do Istmo.

    Já inquietações tinham levado à mata o herói
que se ocultava sob a noite da floresta –
Brilhava a face da sidérea juventude!
Qual Látmio, o caçador (quando ainda os companheiros
no bosque estavam), na estival sombra reside
digno do amor da deusa – e a Lua, com seus cornos
velados vem –, assim Jasão, em nuvem rósea,
com honras enche a mata e espera pela amante.
No entanto, a pávida donzela, qual u'a pomba,
que, perseguida pela sombra de uma águia,

in quemcumque tremens hominem cadit, haud secus illa
acta timore graui mediam se misit. At ille 35
excepit blandoque prior sic ore locutus:
'o decus in nostros magnum uentura penates
solaque tantarum uirgo haud indigna uiarum
causa reperta mihi, iam iam non ulla requiro
uellera teque meae satis est uexisse carinae. 40
Verum age et hoc etiam, quando potes, adice tantis
muneribus meritisque tuis. namque aurea iussi
terga referre sumus. socios ea gloria tangit.'
Sic ait et primis supplex dedit oscula palmis.

    Contra uirgo nouis iterum singultibus orsa est: 45
'linquo domos patrias te propter opesque meorum
nec iam nunc regina loquor sceptrisque relictis
uota sequor; serua hanc profugae, prior ipse dedisti
quam (scis nempe) fidem. Di nostris uocibus adsunt
sidera et haec te meque uident. Tecum aequora, tecum 50
experiar quascumque uias, modo nequis abactam
huc referat me forte dies oculis que parentis
ingerar. Hoc superos, hoc te quoque deprecor, hospes.'

    Haec ait atque furens rapido per deuia passu
tollitur. Ille haeret comes et mi[se]ratur euntem 55
cum subito ingentem media inter nubila flammam
conspicit et saeua uibrantes luce tenebras.
'Quis rubor iste poli? quod tam lugubre refulsit
sidus?' ait, reddit trepido cui talia uirgo:
'Ipsius en oculos et lumina torua draconis 60
aspicis. Ille suis haec uibrat fulgura cristis
meque pauens contra solam uidet ac uocat ultro,
ceu solet, et blanda poscit me pabula lingua.
Dic age nunc utrum uigilanti hostemque uidenti
exuuias auferre uelis an lumina somno 65
mergimus et domitum potius tibi tradimus anguem.'
Ille silet, tantus subiit tum uirginis horror.

    Iamque manus Colchis crinem que intenderat astris
carmina barbarico fundens pede teque ciebat,

cai, a tremer em qualquer homem, ela assim,
apavorada, a ele lançou-se. Ele, porém,
a recebeu e assim falou, com brandos ditos:
"Ó grande orgulho que hás de ser aos meus Penates,
ó única causa não indigna de meus cursos,
já não me importa o velocino; à minha nau
só basta haver te conduzido. Eia, portanto,
aos teus favores meritórios, este aduz,
visto que o podes. Já que somos obrigados
a levar o tosão, que a glória aos sócios caiba!"
Disse e deu, súplice, nas mãos um primo beijo.
 Soluçando outra vez, a virgem respondeu:
"Abandono por ti a casa e o bem dos meus.
Já não mais chamo-me princesa; sem o cetro
sigo meus votos. Cuida desta fugitiva
com quem, bem sabes, pactuaste. Os deuses ouvem-nos
e os astros veem-nos. Sofrerei contigo o mar
e todas rotas, p'ra que nunca alguém me obrigue
a aqui voltar ou a enfrentar o olhar do pai.
A ti e aos deuses, ó estrangeiro, isso é o que eu peço".
 Disse e, furiosa, tomou rápida u' atalho.
Seu companheiro hesita e apieda-se; mas, súbito,
em meio às nuvens vê u'a chama gigantesca
e a escuridão tremer com luz assustadora:
"Que rubor há no céu? Por que a estrela tão lúgubre
reluz"? Indaga. E a virgem diz ao temeroso:
"Os olhos da serpente, o torvo olhar, contemplas.
Co'as suas cristas ela vibra esses relâmpagos.
Porém, só teme ao ver-me e chama-me de longe,
qual sói, e pede-me, com branda língua, os víveres.
Sus! Diz se queres espoliar a vigilante
que o imigo vê, ou que eu afunde em sono os olhos,
ou que eu, melhor, te entregue a serpe dominada".
Ele se cala e pela virgem sente horror.
 Já a colca erguera as mãos aos astros, a espalhar,
num ritmo bárbaro, os encantos; e invocava-te,

Somne pater: 'Somne omnipotens, te Colchidis ab omni
orbe uoco inque unum iubeo nunc ire draconem,
quae freta saepe tuo domui, quae nubila cornu
fulminaque et toto quicquid micat aethere, sed nunc,
nunc age maior ades fratrique simillime Leto.
Te quoque, Phrixeae pecudis fidissime custos, 75
tempus ab hac oculos tandem deflectere cura.
quem metuis me adstante dolum? seruabo parumper
ipsa nemus; longum interea tu pone laborem.'
Ille haud Aeolio discedere fessus ab auro
nec dare permissae, quamuis iuuet, ora quieti 80
sustinet ac primi percussus nube soporis
horruit et dulces excussit ab arbore somnos.
Contra Tartareis Colchis spumare uenenis
cunctaque Lethaei quassare silentia rami
perstat et aduerso luctantia lumina cantu 85
obruit atque omnem linguaque manuque fatigat
uim Stygiam ardentes donec sopor occupet iras.
Iamque altae cecidere iubae nutatque coactum
iam caput atque ingens extra sua uellera ceruix
ceu refluens Padus aut septem proiectus in amnes 90
Nilus et Hesperium ueniens Alpheos in orbem.
Ipsa caput cari postquam Medea draconis
uidit humi fusis circum proiecta lacertis
seque suumque simul fleuit crudelis alumnum.
'Non ego te sera talem sub nocte uidebam 95
sacra ferens epulasque tibi nec talis hianti
mella dabam ac nostris nutribam fida uenenis.
Quam grauida nunc mole iaces, quam segnis inertem
flatus habet! nec te saltem, miserande, peremi.
Heu saeuum passure diem, iam nulla uidebis 100
uellera, nulla tua fulgentia dona sub umbra.
Cede adeo inque aliis senium nunc digere lucis
immemor, oro, mei nec me tua sibila toto
exagitent infesta mari. sed tu quoque cunctas,
Aesonide, dimitte moras atque effuge raptis 105

ó Sono: "À Cólquida te chamo, ó onipotente,
vindo de todo mundo, e ordeno-te ir à serpe.
Confiada amiúde no teu chifre, domei nuvens,
raios e tudo que no céu brilha. Porém,
ora acode maior, qual a tua irmã, a Morte.
Tu também, fiel guardião do velo fríxeo, é tempo
de os olhos afastar, enfim, destes cuidados.
Temes que dolo estando eu cá? Da mata irei
cuidar. No entanto, deixa tu o longo trabalho"!
 Posto que exausta, ela não desce do ouro Eólio,
embora o queira, nem à boca dá descanso;
mas, atingida pela nuvem de sopor,
tremeu, e da árvore expulsou os doces sonos.
Porém a Colca espumar faz venenos tártaros
e, co'o ramo Leteu, os silêncios esparge.
Com canto oposto, cerra os olhos, que resistem.
Co'a mão e a língua, excita toda a força Estígia,
até que o Sono se assenhora da ira ardente.
Já tomba a crista e, já vencida, a testa oscila,
e cai a nuca enorme ao lado do tosão,
qual o Pó reflui, ou o Nilo em sete braços lança-se,
ou como o Alfeu que nas hespérias terras corre.
 Medeia, ao ver no chão o crânio da serpente,
levando em volta dele os braços estendidos,
chorou, cruel, não só por si, mas por seu bicho:
"Eu não te via assim na tarda noite quando
trazia-te comida e oferendas, nem quando
dava-te mel e, com venenos, fiel, nutria-te.
Como u'a pesada massa jazes! Que arfar lento
deixa-te inerte! Ó pobre, ao menos não te mato.
Que sevo dia hás de passar! Já não verás
nenhum tosão ou dom fulgir à tua sombra.
Portanto, parte e noutros bosques passa o tempo,
peço, e me esquece; e que no mar não me persiga
teu silvo infesto. Mas também, Esônio, tu
te apressa e foge co'o tomado velocino.

uelleribus. Patrios exstinxi noxia tauros,
terrigenas in fata dedi: fusum ecce draconis
corpus habes! iamque omne nefas, iam, spero, peregi.'
Quaerenti tunc deinde uiam, qua se arduus heros
ferret ad aurigerae caput arboris, 'heia per ipsum   110
scande age et aduerso gressus' ait 'imprime dorso.'
Nec mora fit. Dictis fidens Cretheia proles
calcat et aeriam squamis perfertur ad ornum,
cuius adhuc rutilam seruabant bracchia pellem,
nubibus accensis similem aut cum ueste recincta   115
labitur ardenti Thaumantias obuia Phoebo.
Corripit optatum decus extremumque laborem
Aesonides longosque sibi gestata per annos
Phrixeae monumenta fugae uix reddidit arbor
cum gemitu tristesque super coiere tenebrae.   120
Egressi relegunt campos et fluminis ora
summa petunt. Micat omnis ager uillisque comantem
sidereis totos pellem nunc fundit in artus,
nunc in colla refert, nunc implicat ille sinistrae:
talis ab Inachiis Nemeae Tirynthius antris   125
ibat adhuc aptans umeris capitique leonem.
Vt uero sociis, qui tunc praedicta tenebant
ostia, per longas apparuit aureus umbras,
clamor ab Haemonio surgit grege. Se quoque gaudens
promouet ad primas iuueni ratis obuia ripas.   130
Praecipites agit ille gradus atque aurea misit
terga prius, mox attonita cum uirgine puppem
insilit ac rapta uictor consistit in hasta.

   Insula Sarmaticae Peuce stat nomine nymphae
toruus ubi et ripa semper metuendus utraque
in freta per saeuos Hister descendit alumnos.
Soluere in hoc tandem resides dux litore curas   220
ac primum socios ausus sua pacta docere
promissamque fidem thalami foedusque iugale.

Os touros de meu pai culpada eu sufoquei,
e inda matei da terra os filhos. Tens da serpe
caído o corpo. Todo mal já fiz, eu creio"!
Buscando, então, caminho em que o árduo herói subisse
ao topo da árvore dourada: "Sobre a serpe",
diz; "trepa e o pé calca no dorso!" Sem demora,
o neto de Creteu, confiado nas palavras,
firma na casca e encarapita no alto freixo
cuja ramagem abrigava o velo rútilo
qual nuvens rubras, ou qual Íris quando vai,
co'as vestes soltas, encontrar o ardente Febo.
O Esônio pega o ansiado prêmio – última empresa!
   Logo que a árvore entregou o monumento
da Fríxea fuga, que envergara pelos anos,
as tristes trevas, co'um gemido, a rodearam.
Ambos fugindo, a mata deixam e dirigem-se
à foz do rio. O campo brilha. O herói coberto
co'o fulgente tosão, ora o deita nos braços,
ora o leva na nuca, ou co'a canhota o agarra:
da gruta de Nemeia, igual saíra Hércules
inda ajustando à testa e aos ombros o leão!
Quando surgiu o ouro nas sombras, diante os sócios
que aguardavam, então, no combinado porto,
clamor se ergueu da tropa Hemônia. Alegre, a nau
também moveu-se p'ra encontrar na beira o jovem
que apressa o passo e se despoja do áureo velo.
Logo, co'a virgem temerosa, sobe a bordo
e, co'a lança na mão, vencedor se consagra.

As bodas de Medeia e Jasão 8.217-258

   A ilha de Peuce da sarmátia ninfa tem
o nome, é onde, assustador nas duas margens,
o Histro no mar lança os ferozes afluentes.
Nessa orla, o capitão manda enfim aportar
e ousa contar, em vez primeira, o pacto aos nautas:
a promessa empenhada e o trato conjugal.

Vltro omnes laeti instigant meritamque fatentur,
ipse autem inuitae iam Pallados erigit aras
incipit Idaliae numen nec spernere diuae   225
praecipueque sui siquando in tempore pulcher
coniugii Minyas numquam magis eminet inter,
qualis sanguineo uictor Gradiuus ab Hebro
Idalium furto subit aut dilecta Cythera
seu cum caelestes Alcidae inuisere mensas   230
iam uacat et fessum Iunonia sustinet Hebe.
Adsunt unanimes Venus hortatorque Cupido;
suscitat adfixam maestis Aeetida curis,
ipsa suas illi croceo subtegmine uestes
induit, ipsa suam duplicem Cytherea coronam   235
donat et arsuras alia cum uirgine gemmas.
Tum nouus impleuit uultus honor ac sua flauis
reddita cura comis graditurque oblita malorum.
Sic ubi Mygdonios planctus sacer abluit Almo
laetaque iam Cybele festaeque per oppida taedae,   240
quis modo tam saeuos adytis fluxisse cruores
cogitet aut ipsi qui iam meminere ministri?
Inde ubi sacrificas cum coniuge uenit ad aras
Aesonides unaque adeunt pariterque precari
incipiunt, ignem Pollux undamque iugalem   245
praetulit et dextrum pariter uertuntur in orbem.
Sed neque se pingues tum candida flamma per auras
explicuit nec tura uidet concordia Mopsus
promissam nec stare fidem, breue tempus amorum.
Odit utrumque simul, simul et miseratur utrumque   250
et tibi tum nullos optauit, barbara, natos.
Mox epulas et sacra parant; siluestria laetis
praemia uenatu facili quaesita supersunt;
pars ueribus, pars undanti despumat aeno.
Gramineis ast inde toris discumbitur, olim   255
Hister anhelantem Peucen quo presserat antro.
Ipsi inter medios rosea radiante iuuenta
altius inque sui sternuntur uelleris auro.

Todos o animam e elogiam dela os méritos.
Depois, Jasão começa a erguer à irada Palas
um altar, sem desprezar da deusa Idália a força.
Se ele foi belo alguma vez, nunca entre os mínias
mais exceliu do que no dia de suas bodas –
qual Marte, vindo vencedor do Hebro sangrento,
quando de furto chega à Idália e à Citera,
ou como o Alcides quando vai cansado às mesas
do céu e logo Hebe, de Juno a filha, o acolhe.
Presentes, são propícios Vênus e Cupido,
que animam a Eétida embargada de tristezas.
A Citereia, com tecidos de açafrão,
a veste e dá-lhe sua coroa geminada
co'as pedras que arderão cingindo uma outra virgem.
Nova beleza as faces enche-lhe, realça
a áurea coma; e ela vai dos males esquecendo.
Qual quando o Almão expurga o pranto dos migdônios
e Cibele, na vila, alegra-se co'as tochas,
quem pensaria que dos templos saíra há pouco
tão sevo sangue, ou quem de si recordaria?
Quando Jasão chega co'a noiva ao sacro altar,
os dois se acercam e começam a rezar.
Pólux oferta o fogo e as águas nupciais
e p'ra direita os dois dão volta. Mas aos ares
a branca chama não se ergueu das gordas vítimas,
nem Mopso viu no incenso a paz ou a perene
fidelidade – só do amor o breve tempo:
P'r'os dois há ódio e compaixão iguais, ó bárbara,
e para ti já não deseja filho algum.
Logo dispõem a refeição e o sacrifício;
da farta caça o alegre prêmio a todos basta;
uns, nos espetos, na caldeira outros cozinham.
Depois, recostam-se nos leitos de gramíneas,
na gruta em que o Histro possuíra a arfante Peuce.
Em meio à rósea juventude eles se deitam,
mais altos sobre seu dourado velocino.

At Minyae tanti reputantes ultima belli 385
urgent et precibus cuncti fremituque fatigant
Aesoniden: quid se externa pro uirgine clausos
obiciat quidue illa pati discrimina cogat?
Respiceret pluresque animas maioraque fata
tot comitum, qui non furiis nec amore nefando 390
per freta, sed sola sese uirtute sequantur.
An uero ut thalamis raptisque indulgeat unus
coniugiis? Id tempus enim. Sat uellera Grais
et posse oblata componere uirgine bellum.
Quemque suas sinat ire domos nec Marte cruento 395
Europam atque Asiam prima haec committat Erinys.
Namque datum hoc fatis trepidus supplexque canebat
Mopsus, ut in seros irent magis ista nepotes
atque alius lueret tam dira incendia raptor.
  Ille trahens gemitum tantis ac uocibus impar 400
quamquam iura deum et sacri sibi conscia pacti
religio dulcisque mouent primordia taedae,
cunctatur mortemque cupit sociamque pericli
cogitat. Haud ultra sociis obsistere pergit.
Haec ubi fixa uiris, tempus fluctusque quietos 405
exspectant. Ipsam interea quid restet amantem
ignorare sinunt decretaque tristia seruant.
  Sed miser ut uanos, ueros ita saepe timores
uersat amor fallique sinit nec uirginis annos.
Ac prior ipsa dolos et quamlibet intima sensit 410
non fidi iam signa uiri nimiumque silentes
una omnes. Haud illa sui tamen immemor umquam
nec subitis turbata minis prior occupat unum
Aesoniden longeque trahit, mox talibus infit:
'me quoque, uir, tecum Minyae, fortissima pubes, 415
nocte dieque mouent? liceat cognoscere tandem,
si modo Peliacae non sum captiua carinae
nec dominos decepta sequor consultaque uestra
fas audire mihi. Vereor, fidissime coniunx,

Medeia teme que Jasão a abandone 8.385-467

Porém, os mínias, desejando o fim das lutas,
com preces e rumor importunam o Esônide:
por que os mantém presos em prol de uma estrangeira?
por que os obriga a suportar esses perigos?
Que antes olhasse as muitas vidas e o destino
melhor dos seus – que o não seguiram mar adentro
nem pela Fúria ou vil amor, mas por virtude.
Quando a um só foi permitido o rapto e as bodas?
É tempo, pois: aos gregos basta o velocino
e, devolvendo a virgem, que findem as lutas.
Que os deixe regressar e que em cruenta guerra
não lance a Erínia a prima luta entre Ásia e Europa.
Assim fixara o Fado, e Mopso, a tremer súplice
vaticinava que esta afronta iria aos netos
e que um outro raptor no incêndio a expiaria.
    Ele, a gemer, inquieto pelos tantos brados –
posto que a lei divina, os laços conscientes
do sacro pacto e as doces tochas a comovam,
hesita e quer a guerra mas pesa os perigos.
Não mais prossegue contrariando os companheiros.
Tendo o acertado, aguardam tempo e mar propícios.
Não permitem, porém, que a própria amante o saiba
e zelam por guardar a triste decisão.
    Contudo, o pobre Amor, que move os veros medos –
e os vãos também –, lograr não deixa à jovem virgem.
Embora ocultas, ela sente as artimanhas,
os sinais da perfídia e o silêncio de todos.
Pensando em si, sem perturbar-se com as súbitas
ameaças, antes só do Esônide aproxima-se.
P'ra longe o leva e logo diz-lhe estas palavras:
"Que te falam de mim os jovens fortes mínias
noite e dia? Que, enfim, possa eu logo o saber
se cativa não sou da embarcação de Pélias,
nem que, iludida, eu sou escrava – é meu direito
o vosso plano ouvir. Não temo, fiel esposo!

nil equidem, miserere tamen promissaque serua   420
usque ad Thessalicos saltem conubia portus
inque tua me sperne domo. Scis te mihi certe,
non socios iurasse tuos. Hi reddere forsan
fas habeant, tibi non eadem permissa potestas
teque simul mecum ipsa traham: non sola reposcor   425
uirgo nocens atque hac pariter rate fugimus omnes.
An fratris te bella mei patriaeque biremes
terrificant magnoque impar urgeris ab hoste?
Finge rates alias et adhuc maiora coire
agmina: nulla fides, nullis ego digna periclis,   430
non merui mortemque tuam comitemque tuorum?
Vellem equidem nostri tetigissent litora patris
te sine duxque illis alius quicumque fuisset.
Nunc remeant meque ecce (nefas) et reddere possunt
nec spes ulla super. Quin tu mea respice saltem   435
consilia et nimio comitum ne cede timori.
Credidit ardentes quis te tunc iungere tauros
posse, quis ad saeui uenturum templa draconis?
O utinam ergo meus pro te non omnia posset
atque aliquid dubitaret amor. Quin nunc quoque quaero 440
quid iubeas. Heu, dure, siles? magnumque minatur   460
nescioquid tuus iste pudor. Mene, optime quondam   441
Aesonide, me ferre preces et supplicis ora
fas erat – haud hoc nunc genitor putat – aut dare poenas
iam sceleris dominumque pati?' Sic fata parantem
reddere dicta uirum furiata mente refugit   445
uociferans. Qualem Ogygias cum tollit in arces
Bacchus et Aoniis inlidit Thyiada truncis,
talis erat talemque iugis se uirgo ferebat
cuncta pauens; fugit infestos uibrantibus hastis
terrigenas, fugit ardentes exterrita tauros.   450
Si Pagasas uel Peliacas hinc denique nubes
cerneret et tenui Tempe lucentia fumo,
hoc uisu contenta mori. tunc tota querellis
egeritur questuque dies eademque sub astris

Porém, tem compaixão e guarda tua promessa
de matrimônio até chegarmos à Tessália.
Repudia-me lá. Sabes que me juraste,
e não teus sócios. Talvez estes voltar possam
atrás, contudo não tens tu o mesmo direito.
Comigo levar-te-ei: sozinha eu não respondo
qual mulher má, pois nesta nau fugimos todos.
Acaso assustam-te as birremes de meu pai
e de meu irmão? Perante u'a hoste maior tremes?
Pensa que ajuntam-se outras naus e maior tropa:
já não confias? Não sou digna dos perigos?
Não mereci teu sacrifício e o de teus homens?
Quisera que sem ti tivessem alcançado
a pátria minha, ou que outro fosse o capitão.
Ora regressam e eis que podem me entregar –
não há esperança. Escuta, ao menos, meus projetos
e que não cedas ao temor dos companheiros.
Quem creu que tu podias jungir os bois de fogo
e quem te levaria ao templo da serpente?
Quem dera meu amor não pudesse por ti
tudo fazer, ou titubeasse. Indago agora
o que me ordenas. Cruel, tu calas? Teu pudor
que ameaça traz? Devia, Esônio outrora bom,
te implorar súplice – meu pai assim não pensa –
ou suportar os meus castigos e a maldade
de meu senhor? Isso falou co'a mente em fúria
ao que resposta preparava, e deu-lhe as costas
vociferando. Como a tíade que Baco
conduz à Ogígia e com o Aônio tirso acerta-a,
tal era a virgem que, a tremer, lançou-se aos montes.
Foge dos filhos cruéis da terra com suas lanças;
apavorada, dos ardentes touros foge.
Porém, se visse, enfim, da Págasa ou do Pélio
as nuvens, e do Tempe a luminosa bruma,
morreria contente. O dia todo, então,
passa entre as queixas. Anda a sós sob as estrelas.

sola mouet, maestis ueluti nox illa sonaret   455
plena lupis quaterentque truces ieiuna leones
ora uel orbatae traherent suspiria uaccae.
Procedit non gentis honos, non gloria magni
Solis aui, non barbaricae decor ille iuuentae,
qualis erat cum Chaonio radiantia trunco   461
uellera uexit ouans interque ingentia Graium
nomina Palladia uirgo stet altera prora.
    Maestus at ille minis et mota Colchidos ira   463a
haeret et hinc praesens pudor, hinc decreta suorum
dura premunt. Vtcumque tamen mulcere gementem
temptat et ipse gemens et tempera dictis:
'Mene aliquid meruisse putas, me talia uelle?

Qual noite cheia de uivos tristes ela ulula,
qual ferozes leões que esfomeados rugem
ou como as vacas que, perdendo as crias, choram.
A honra da raça, do avô – o Sol – a grande glória
e a jovem bárbara beleza desvanecem-se
do que era quando à nau Caônia ela levou
o radiante tosão, e pôs-se ovante à proa
como outra Palas, entre os nobres nomes gregos.
    Jasão hesita ante a ameaça e a ira dos colcos.
Pudor, de um lado, e a decisão dos seus, do outro,
o oprimem, mas tenta amansá-la em seus soluços.
Ele mesmo, a gemer, falando abranda os ditos:
"Crês que eu o mereça, ou que deseje, tudo assim"?

Hosidii Getae Medea
Tragoedia ex centonibus uirgilianis conflata

Medea: Esto nunc, Sol, testis, et haec mihi terra precanti[1]/,
et dirae ultrices[2]/, et tu Saturnia Iuno[3]/,
ad te confugio[4]/; nam te dare iura loquuntur[5]/
connubiis[6]/, si quid pietas antiqua labores
respicit humanos[7]/, nostro succurre labori[8]/,   5
alma Venus[9]/; quicumque oculis haec adspicis aequis[10]/,
accipite haec, meritumque malis aduertite numen[11]/.
Quid primum deserta querar?[12]/ Connubia nostra
Reppulit[13]/, et sparsos fraterna caede penates[14]/.
Quid Syrtes, aut Scylla mihi, quid uasta Charybdis,[15]/   10
Profuerit[16]/, mediosque fugam tenuisse per hostes?[17]/
Improbe amor, quid non mortalia pectora cogis?[18]/
Iussa aliena pati[19]/; iterumque reuoluere casus[20]/;
ire iterum in lacrymas[21]/. Sed nullis ille mouetur
fletibus[22]/: infixum stridet sub pectora uulnus[23]/.   15
Exstinctus pudor[24]/, atque inmitis rupta tyranni
Foedera[25]/, et oblitus famae melioris amantis[26]/,
oblitusue sui est[27]/: lacrymae uoluuntur inanes.[28]/
Nusquam tuta fides[29]/; uana spe lusit amantem[30]/
crudelis: quid, si non arua aliena domosque   20
ignotas peteret[31]/, pro uirginitate reponit?[32]/
Heu pietas, heu prisca fides[33]/! Captiua uidebo[34]/
reginam thalamo cunctantem[35]/, ostroque superbo.[36]/
Haud impune quidem[37]/, si quid mea carmina possunt![38]/

Chorus Colchidarum: Rerum cui summa potestas[39]/   25
precibus si flecteris ullis,[40]/
et si pietate meremur,[41]/
nostro succurre labori.[42]/
Et tu Saturnia Iuno[43]/

Medeia de Hosídio Gueta
Tragédia composta de centões virgilianos

Medeia: Testemunhai por mim que imploro, ó Sol e terra
e ó vingadoras cruéis; e, ó tu, satúrnia Juno,
a quem as bodas pedem jus, em ti me acolho.
Se vela a antiga fé por trabalhos humanos,
vem, alma Vênus, acorrer aos meus esforços;
e tu, quem quer que as coisas veja com bons olhos,
tudo escutai e ao mal volvei a justa força.
Deixada, o que lamentarei? Quem nossas bodas
desfez e a alma do irmão dispersa pela morte.
Valem-me o que a Cila, as Sirtes e Caríbdis
e entre os imigos ter fugido? Ó indigno amor,
não impeles a que os corações mortais?
A suportar ordens, a riscos regressar
e a lágrimas voltar. Mas prantos o não movem:
encravada no peito a ferida ressoa.
Findo é o pudor e roto o pacto do tirano:
da fama da melhor amante ele esquecido,
esqueceu-se de si – em vão deitam-se as lágrimas.
A confiança é perdida; o cruel logrou a amante
com vã esperança: o que, se não queria a terra
alheia e u' incerto lar, dá pela virgindade?
Ah, reverência antiga e fé! Verei, cativa,
a rainha tardar no leito de alta púrpura.
Mas não impune, se os encantos meus me valem.

Coro das Cólquidas: Tu, de quem é o poder,
se n'algo os rogos movem-te
e piedade eu mereço,
socorre os meus esforços.
E tu, satúrnia Juno

cui uincla iugalia curae,⁴⁴/ 30
oculis haec adspicis aequis?⁴⁵/
Nemorum Latonia custos,⁴⁶/
triuiis ululata per urbes,⁴⁷/
sic nos in scetra reponis?⁴⁸/
Quid, o pulcherrime coniux,⁴⁹ 35
potuisti linquere solam⁵⁰/
per tot discrimina rerum⁵¹/
nequidquam erepte periclis.⁵²/
Manet alta mente repostum,⁵³/
quam forti pectore et armis⁵⁴/ 40
quaesitas sanguine dotes.⁵⁵/
Felix, heu nimium felix,⁵⁶/
dum fata Deusque sinebant!⁵⁷/
Nescis heu perdita necdum,⁵⁸/
quae te dementia cepit⁵⁹/ 45
caput obiectare periclis.⁶⁰/
Haec nos suprema manebant,⁶¹/
hoc ignes araeque parabant.⁶²/
Nostram nunc accipe mentem,⁶³/
uaginaque eripe ferrum,⁶⁴/ 50
ferroque auerte dolorem⁶⁵/.

Creon, Medea
Creon: Femina, quae nostris errans in⁶⁶/ finibus hostis,⁶⁷/
flecte uiam uelis⁶⁸/; neque enim nescimus et urbem⁶⁹/,
et genus inuisum⁷⁰/, et no innoxia uerba⁷¹/.
Hostilis facies occurrat et omina turbet⁷²/. 55

Medea: Nullae hic insidiae;⁷³/ nec tanta superbia uictis⁷⁴/.
Non ea uis animo⁷⁵/: nec sic ad praelia ueni⁷⁶/.

Creon: Non, ut rere, meas effugit nuntius aures⁷⁷/,
unde genus ducis⁷⁸/ uarium et mutabile semper⁷⁹/.
Tu potes unanimes armare in praelia fratres⁸⁰/, 60
funereasque inferre faces⁸¹/, et cingere flamma⁸²/,
pacem orare manu⁸³/, et uertere sidera retro⁸⁴/,

que velas pelas bodas,
vês tudo com bons olhos?
Diana, guardiã dos bosques,
chamada em trívias e urbes,
no cetro assim nos guardas?
Como, ó esposo belíssimo,
pudeste a só deixá-la
entre tantos perigos,
livrado em vão dos riscos?
Fica o que n'alma põe-se
como, no peito, o dote
com cruor e armas buscado.
Ah, foi feliz enquanto
deixavam deus e o fado.
Ah, perdida, não sabes
(que insânia te tomou?)
afastar-te dos riscos?
Tal fim nos aguardava –
a ara e o fogo aprestavam-no.
Acolhe o meu desejo:
da bainha tira a espada
e afasta co'ela a dor.

Creonte e Medeia
Creonte: Inimiga mulher, que vaga em meus domínios,
camba tuas velas, porque eu sei qual é tua pátria,
qual é tua odiada raça e o mal que há em tuas falas.
Que hostil se mostre a face e a todas coisas turbe.

Medeia: Não há aqui insídias, nem soberba dos vencidos.
Não há violência n'alma. À luta assim não vim.

Creonte: Qual crês, ao meu ouvido a notícia não foge
de aonde levas a raça inconstante e mutável.
Podes armas para o combate irmãos unânimes,
trazer tochas ferais e envolver-te de chamas,
pedir por paz co'a mão, voltar p'ra trás os astros

atque odiis uersare domos⁸⁵/: tibi nomina mille
mille nocendi artes⁸⁶/ foecundaque poenis
uiscera⁸⁷/ notumque furens quid femina possit.⁸⁸/   65
Cede locis⁸⁹/, pelagoque uolans da uela patenti.⁹⁰/

Medea: Rex, genus egregium,⁹¹/ liceat te uoce moneri⁹²/:
pauca tibi e multis,⁹³/ quoniam est oblata facultas,⁹⁴/
dicam equidem (licet arma mihi mortemque mineris)⁹⁵/,
ne pete connubiis natam⁹⁶/: meminisse iuuabit⁹⁷/;   70
dissice compositam pacem⁹⁸/, misere tuorum.⁹⁹/

Creon: Ne tanto mihi finge metus¹⁰⁰/, neue omine tanto
prossequere¹⁰¹/, causas nequidquam nectis inanes¹⁰²/.
Stat sua quique dies¹⁰³/: non ipsi exscindere ferro
caelicolae ualeant¹⁰⁴/, fati quod lege tenetur¹⁰⁵/.   75
Nec mea iam mutata loco setentia cedit.¹⁰⁶/

Medea: Non equidem inuideo¹⁰⁷/ genero dignisque
                                                 [hymenaeis¹⁰⁸/,
non iam coniugium antiquum, quod prodidit, oro;¹⁰⁹/
tempus inane peto¹¹⁰/: liceat subducere classem;¹¹¹/
extremam hanc oro ueniam¹¹²:/ succurre relictae,¹¹³/   80
dum pelago desaeuit hiems¹¹⁴/. Miserere parentis¹¹⁵/,
o genitor¹¹⁶/. Et nos aliquod nomenque decusque
gessimus,¹¹⁷/ et scis ipse, neque est te fallere quidquam¹¹⁸/.
Nunc uicti tristes (quoniam fors omnia uersat)¹¹⁹/
submissi petimus terram¹²⁰/, litusque rogamus   85
innocuum¹²¹/, neque te ullius uiolentia uincat.¹²²/

Creon: Quid causas petis¹²³/ aut in me exitiumque meorum?¹²⁴/
Quidquid id est, timeo¹²⁵/ uatum predicta priorum,¹²⁶/
Eia age, rumpe moras:¹²⁷/ quo me decet usque teneri?¹²⁸/

Medea: Quem sequimur? quoue ire jubes? ubi ponere
                                                      [sedes?¹²⁹/

Creon: Ire ad conspectum cari genitoris et ora¹³⁰/
dum curae ambiguae, dum spes incerta futuri.¹³¹/

e, co'ódios, casas revolver. Tu tens mil nomes,
mil artes más e entranhas prenhes de castigos –
sabe-se o quanto pode uma mulher em fúria.
Parte ligeira; dá velas ao mar aberto.

Medeia: Ó nobre rei, que possa avisar-te esta voz,
pouca entre muitas: já que o poder se oferece,
direi, inda que de morte, em armas me amedrontes.
Às bodas não dês a filha – agradar-te-á o lembrares.
Desfaz a paz tratada e apieda-te dos teus.

Creonte: Não me provoques medo ou, com tantos presságios,
me aflijas; urdes causas vãs por coisa alguma.
Seu dia tem cada um – nem mesmo os deuses querem
romper co'espada o que é sujeito à lei do fado.
Já minha decisão é firme e não se arreda.

Medeia: Não invejo, decerto, o genro e as nobres bodas.

Já não reclamo o antigo enlace, que falou.
Peço uma trégua: possa a nau eu pôr a seco.
Rogo um favor alfim – acode u'a abandonada
enquanto o inverno acossa o mar. De u'a mãe te apieda,
ó genitor. Tenho também orgulho e nome,
e o sabes mesmo tu, já que nada te escapa.
Triste e vencida agora (o acaso tudo muda)
submissa eu peço u'a terra, um inócuo penhasco,
para que não te atinja a violência de alguém.

Creonte: Que razões buscas para o fim meu e dos meus?
Seja o que for, as predições dos vates temo.
Eia, rompe o tardar: quanto eu devo esperar?

Medeia: Onde ter casa; a quem seguir; ir-me aonde mandas?

Creonte: Ir p'ra ante a face e o olhar do genitor querido
enquanto é incerta a angústia, enquanto dúbia a espera.

Medea: Nunc scio quid sit amor:[132]/ hospitio prohibemur
[arenae:[133]
nec spes ulla fugae,[134]/ nulla hinc exire potestas;[135]/
quassataeque rates,[136]/ geminique sub ubere nati,[137]/ 95
et glacialis hiems aquilonibus asperat undas.[138]/
Si te nulla mouet tantae pietatis imago,[139]/
indulge hospitio[140]/ noctem non amplius unam.[141]/
Hanc sine me spem ferre tui: audentior ibo.[142]/

Creon: Desine iam tandem:[143]/ tota quod mente petisti,[144]/ 100
Largior,[145]/ et repetens iterumque iterumque monebo.[146]/
Si te his adtigerit terris Aurora morantem,[147]/
unum pro multis dabitur caput.[148]/

Vox deintus. Chorus
Vox deintus: O digno coniuncta uiro,[149]/ dotabere uirgo.[150]/
Ferte faces propere,[151]/ thalamo deducere adorti/[152], 105
ore fauete omnes, et cingite tempora ramis.[153]/

Ch.: Velamus fronte per urbem,[154]/
uotisque incendimus aras.[155]/
Heu corda oblita/ tuorum,[156]/
uatum praedicta priorum,[157]/ 110
fati sortisque futurae![158]/
Spe multum captus inani[159]/
mactat de more bidentes[160]/
Phoeboque patrique Lyaeo,[161]/
cui uincla iugalia curae:[162]/ 115
cumulatque altaria donis.[163]/
Tremere omnia uisa repente,[164]/
fibrae adparere minaces[165],/
uox reddita fertur ad aures:[166]/
thalamis neu crede paratis, [167]/ 120
funus crudele uidebis[168]./
Carpebant[169]/ membra quietem[170],/
animalia somnus habebat[171],/
ferali carmine bubo[172]/

Medeia: Sei ora o que é o amor – da areia o abrigo veda-nos.
Não há esperança de fuga ou poder de partir.
As abaladas naus, os dois filhos ao seio
e o inverno que encapela as ondas co'o Aquilão
– se te comove de piedade tanta a imagem –
concede o asilo por não mais que u'a noite só.
Sem mim, leva a esperança, irei com mais coragem.

Creonte: Já cessa, enfim. Dou o que pediste co'a alma inteira.
Mas, repetindo, avisarei de novo e novo:
se nesta terra a Aurora achar-te a demorar,
uma única dará por muitos a cabeça.

Uma voz de dentro e o coro.
Voz de dentro: Ó virgem, nova de um homem digno, terás dote.
Traz logo as tochas. Do raptor ao leito levam-te.
Aclamai todos e cingi de rama as têmporas.

Coro: Na urbe, a fronte velamos
e a ara em prece acendemos.
Por vates anunciadas,
dos teus almas imêmores,
do destino e da sorte.
Por vã esperança, o ansioso
sacrifica novilhos
a Febo, a Lieu e àquela
que pelas bodas zela,
e dons na ara acumula.
Tremendo-te a visão
e saltando-te as veias,
a voz no ouvido ecoa:
não esperes um leito –
verás as cruéis exéquias.
Os membros repousavam,
os animais dormiam;
com feral canto um mocho

in fletum ducere uoces,[173]/ 125
tristes denuntiat iras.[174]/
Quae tanta insania, ciues,[175]/
Velati[176]/ tempora ramis,[177]/
Thalamo deducere adorti,/
quaeso miserescite regis.[178]/ 130
Recubans sub tegmine fagi[179]/
diuino carmine pastor[180]/
uocabat in certamina diuos,[181]/
ramo frondente pependit.[182]/
Quae te dementia cepit[183]/ 135
saxi de uertice pastor[184]/
diuina Palladis arte[185]/
Phoebum superare canendo?[186]/
Raptim secat aera pinnis,[187]/
fugiens Minoida regna,[188]/ 140
ausus se credere caelo,[189]/
uitamque relinquit/ in auras.[190]/
Demens uidet agmina Pentheus[191]/
caput a ceruice reuulsum,[192]/
incensas pectore matres[193],/ 145
uocat agmina saeua sororum,[194]/
iuuenem sparsere per agros[195]./

MEDEA, NVTRIX
Medea: En quid ago?[196]/ Vulgi quae uox peruenit ad aures?[197]/
Obstupui[198],/ magnoque irarum fluctuat aestu[199]/
durus amor[200]/, taedet caeli conuexa tueri.[201]/ 150
Quae potui infelix? Quae memet in omnia uerti,[202]/
cui pecudum fibrae, caeli cui sidera parent,[203]/
heu, furiis incensa feror![204]/ Stat gratia facti.[205]/
Illum ego per flammas, et mille sequentia tela,[206]/
per uarios casus, per tot discrimina rerum,[207]/ 155
eripui leto, fateor,[208]/ me, arma impia sumpsi;[209]/
sed quid ego haec autem nequidquam ingrata reuoluo?[210]/
Quid loquor? Aut ubi sum?[211]/ Ictum iam foedus, et omnes
compositae leges,[212]/ credo, mea uulnera restant[213]./

lançar gritos em choro
ordena às triste iras.
Que insânia é, ó cidadãos
coroados por ramagens,
do raptor ir ao leito –
peço p'r'o rei piedade.
Sob um choupo deitando-se,
o pastor que porfiava,
com divo canto, os deuses,
no ancho ramo pendeu.
Que insânia te tomou
p'ra na rocha um pastor
querer, na arte de palas,
vencer cantando Febo?
Quem corta co'asas o ar
escapando de Creta
no céu ousando fiar-se,
perdeu no vento a vida.
Penteu vê, insano, o povo:
tirado à nuca, o crânio
às mães de ardentes peitos
chama –as sevas irmãs
que no campo o espalharam.

Medeia e Ama
Medeia: Que faço? Que clamor do povo vem-me à orelha?
Pasmei-me. Com que imenso esto de iras flutua
o duro amor, que se aborrece ao ver o céu?
Triste, o que pude? A quantas coisas me lancei?
A quem as vísceras das reses e astros mostram-se?
Levam-me as Fúrias. Gratidão haja p'r'os feitos.
Eu, de entre as chamas, pelas mil flechas seguidas,
de entre perigos, por tamanhas provações
confesso que o salvei – armas ímpias tomei.
Mas, por que em vão também revolvo ingratidões?
O que digo? Onde estou? Já os pactos se romperam
e todas leis. Creio que restam minhas chagas.

Nutrix: Non hoc ista sibi tempus spectacula poscit;[214]/ 160
sed cape dicta memor, duri solatia casus,[215]/
sensibus hic imis,[216]/ nostram nunc accipe mentem;[217]/
heu, fuge credeles terras, fuge litus auarum![218]/

Medea: Cara mihi nutrix,[219]/ claudit nos obiice pontus,
deest iam terra fugae;[220]/ rerum pars altera adempta est.[221]
Haec gener atque socer[222]/ patriaque excedere suasit.[223]/

Nutrix: Tu ne cede malis, sed contra audentior ito:[224]/
et quocumque modo fugiasque ferasque laborem;[225]/
tu modo posce deos ueniam[226],/ tu munera suplex
tende potens pacem,[227]/ causasque innecte morandi[228]/ 170
carminibus,[229]/ forsan miseros meliora sequuntur.[230]/

Medea: Nunc oblita mihi tot carmina;[231]/ uox faucibibus
[haesit;[232]/
mens immota manet,[233]/ et caeco carpitur igni.[234]/
Carmina uel caelo possunt deducere lunam[235],/
sistere aquam fluuiis,[236]/ deducere montibus ornos:[237]/ 175
has herbas, atque haec ponto mihi lecta uenena
ipse dedit[238]/; nihil ille deos, nil carmina curat.[239]/

Nutrix: Quid struis? Aut spe inimica in gente moraris?[240]/
Aut pugnam, aut aliquid iam dudum inuadere magnum,[241]/
seu uersare dolos, seu certae occumbere morti.[242]/ 180

IASON, SATELLES, MEDEA.
Iason: Quod uotis optastis, adest;[243]/ timor omnis abesto:[244]/
hic domus, hic patria est,/[245] nullum maris asquor arandum.[246]/
Soluite corde metum[247]/ tandem tellure potiti[248]/
per uarios casus,[249]/ bene gestis corpora rebus
procurate uiri;[250]/ iuuat indulgere choreis.[251]/ 185

Satelles: Vnde tremor terris? Qua ui maria alta tumescunt?/[252]
Quid tantum Oceano properant se tingere soles?[253]/
Nescio quod certum est,[254]/ in nubem cogitur era[255]/.
Adspice conuexo nutantem pondere mundum:[256]/
et fratris radiis obnoxia surgere luna[257]./ 190

Ama: Este tempo p'ra si não reclama espetáculo.
Porém, no fundo d'alma, acolhe o dito e o alívio
do duro fado, e aceita agora o meu intento:
foge das terras cruéis, foge da praia avara.

Medeia: Cara ama, o mar p'ra nós se fecha com barreiras.
Não há terras p'ra fuga: umas estão perdidas;
o sogro, o genro e a pátria ordenam-me o partir.

Ama: Ao mal não cedas. Porém, reage com audácia.
Por onde quer que logo fujas e o azar leves,
aos deuses pede vênia; faz, súplice, ofertas
pedindo paz. Urde razões para demora
com encantos. Talvez, o melhor caiba aos míseros.

Medeia: Ora sumiram meus encantos, para a voz

na boca e a mente é fixa; e, em fogo cego, toma-me.
Os encantos, no céu, podem desviar a lua,
dos rios parar a água e em montes tombar robles.
Tais ervas e o veneno apanhado no mar
deu-me ele, sem saber dos deuses e de encantos.

Ama: O que preparas? O que esperas do inimigo?
Ou te dares à luta ou a algo mais terrível,
ou planejares dolo e em morte certa caíres.

Jasão, Guardas e Medeia.
Jasão: Por quem chamastes, chega; afasta-te ó Temor.
Aqui é a pátria e o lar; não há mar pra sulcar.
Da alma, o medo tirai, vós que a terra tomastes
com tantos riscos. Reparai, homens, os corpos
das façanhas. É bom participar dos coros.

Guardas: O sismo, de onde vem? Que força os mares ergue?
Por que tanto no mar os sóis banhar se apressam?
O que é certo não sei: em nuvens o ar se ajunta.
Contempla o mundo balançar em curvo peso
e a lua aparecer presa aos raios do irmão.

Iason: Media fert tristes succos²⁵⁸/, infecta uenenos,²⁵⁹/
quo thalamum eripiat,²⁶⁰/ atque ossibus implicet ignem²⁶¹;/
fare age, quid uenias; iam istinc et comprime gressum²⁶²./

Medea: Ad te confugio,²⁶³/ preccibus inflectere nostris,²⁶⁴/
o dulcis coniux; non haec sine numine diuum   195
eueniunt:²⁶⁵/ si te ceperunt taedia laudis,²⁶⁶/
hos cape fatorum comites; his moenia quaere.²⁶⁷/

Iason: Non fugis hinc praeceps, dum praecipitare potestas²⁶⁸/
iam propriore deo?²⁶⁹/ Nescis, heu perdita nescis²⁷⁰,/
nec quae te circumstent deinde pericula, cernis!²⁷¹/   200

Medea: Hanc quoque deserimus sedem²⁷²,/ tibi ducitur uxor,²⁷³/
cui pater et coniux quondam tua dicta relinquor?²⁷⁴/
Et sedet hoc animo,²⁷⁵/ dotalis regia cordi est²⁷⁶,/
externique iterum thalami²⁷⁷./
Mene fugis?²⁷⁸/ Hoc sum terraque marique sequuta?²⁷⁹/
Hic labor extremus, logarum haec meta uiarum?²⁸⁰/
Hic nostri reditus, exspectatique triumphi?²⁸¹/
Quid tua sancta fides?²⁸²/ Iterum crudelia retro
fata uocant,²⁸³/ tantis nequidquam erepte periclis.²⁸⁴/
Mene fugis? Per ego has lacrymas,²⁸⁵/per si quis amatae
tangit honos animum,²⁸⁶/ et mensas, quas aduena adisti,²⁸⁷/
per connubia nostra, per inceptos hymenaeos,²⁸⁸/
te precor,²⁸⁹/ o miserere animi non digna ferentis.²⁹⁰/
Namque aliud quid sit, quod iam implorare queamus?²⁹¹/
Ipse mihi nuper Libycis tu testis in undis,²⁹²/   215
dum rauca adsidue longo sale saxa sonabant,²⁹³/
incubuere mari²⁹⁴/ tantis surgentibus undis²⁹⁵/,
luctantes uentos tempestatesque sonoras²⁹⁶/
compressi, et rabiem tantam caelique marisque.²⁹⁷/
Vnius in miseri exitium²⁹⁸/, proque omnibus unum/²⁹⁹   220
obieci caput,³⁰⁰/ id sperans fore munus amanti:³⁰¹/
sed quid ego³⁰²/ ambages et iussa exorsa reuoluo?³⁰³/
Nil super imperio moueor, sperauimus ista³⁰⁴,/
tempore quo primum³⁰⁵/ fortes ad aratra iuuencos³⁰⁶,/
semina³⁰⁷/ et aetherios spirantis naribus ignem³⁰⁸/   225

Jasão: Medeia traz poções, de veneno encharcada,
para esvaziar o leito e aos ossos atear fogo.
Diz a que vens e já daqui arreda o passo.

Medeia: Me asilo em ti pra demovê-lo com meus rogos.
Ó doce esposo, isso não vem sem divo nume.
Se molestaram-te os desgostos de meus feitos,
teus filhos toma ao fado e lhes procura abrigo.

Jasão: Daqui não foges lesta enquanto podes ir,
quando já chega o sol? Ah, perdida, não sabes
e nem percebes que perigos te rodeiam?

Medeia: Também deixo esta pátria – a mulher tu conduzes.
Tua esposa antiga e o pai, a quem serão entregues?
Ness'alma decidiu-se – um palácio por dote
e um tálamo estrangeiro ao coração te agradam.
Foges de mim? Segui por isso em terra e mar?
Foi esse o fim do esforço e da longa jornada?
Do meu retorno foi este o esperado triunfo?
Tua boa fé, onde está? De novo, o cruel destino
chama, ó tu que em vão foste arrancado dos riscos.
Foges de mim? Por este pranto, se te toca
a honra da amada; pelas mesas em que estive
como estrangeira, pelas bodas e o himeneu
peço: tem dó da alma que penas não merece.
Que implorar posso eu mais, seja pois o que for?
Tu mesmo um dia me juraste, na onda líbia,
quando, ao longe no mar, as penhas se esbarravam
e tombavam no oceano a levantar as águas.
Rebeldes vendavais e temporais sonoros
eu refreei, e o furor do pélago e do céu.
No fim, de u'a pobre só, por todos entreguei
u'a só cabeça, crendo assim mimar o amante.
Porém, por que revolvo empresas e rodeios?
Por mandos não me movo – esperava por tudo
no tempo em que, primeiro, ao arado lancei
os fortes bois que fogo assopram, e as sementes.

obieci³⁰⁹/, satis immanis dentibus hydri³¹⁰/
erupuit³¹¹/ legio et campo stetit agmen aperto.³¹²/
Telorum seges et iaculis increuit acutis,³¹³/
ferrea progenies duris caput extulit aruis.³¹⁴/
Illi inter sese magna³¹⁵/ ui uulnera miscent,³¹⁶/ 230
confixique suis telis et pectora duro
transfossi ligno³¹⁷,/ animasque in uulnera ponunt.³¹⁸/
Auro ingens coluber³¹⁹/ seruabat in arbore ramos³²⁰,/
nec uisu facilis, nec dictu affabilis ullis³²¹./
Ille manu patiens,³²²/ immania terga resoluit,³²³/ 235
ut me conspexit³²⁴/ flammantia lumina torquens,³²⁵/
ceruicem inflexam posuit,³²⁶/ somnosque petiuit.³²⁷/
Si te nulla mouet tantarum gloria rerum,³²⁸/
sin absunta salus,³²⁹/ nec habet fortuna regressum;³³⁰/
si nulla est regio, miseris quam det sua coniux,³³¹/ 240
i, decus i nostrum;³³²/ faciat te prole parentem³³³/
egregia interea coniux,³³⁴/ melioribus opto
auspiciis,³³⁵/ possem hinc comitem adsportare Creusam;³³⁶/
spero equidem mediis, si quid pia numina possunt,
supplicia hausurum scopulis;³³⁷/ dabis, improbe, poenas³³⁸/ 245
quod minime reris,³³⁹/ rebus iam rite paratis.³⁴⁰/

Iason: Desine meque tuis incendere teque querelis;³⁴¹/
nam mihi parta quies,³⁴²/ nullum maris aequor arandum³⁴³;/
nec ueni, nisi fata locum sedemque dedissent.³⁴⁴/

Medea: Heu! Tot incassum fusus patiere labores!³⁴⁵/ 250
Nec uenit in mentem³⁴⁶/ sudans sub uomere taurus,³⁴⁷/
iam grauior Pelias,³⁴⁸/ et aena undantia flammis,³⁴⁹/
squammmosusque draco,³⁵⁰/ et quaesitae sanguine dotes?³⁵¹/

Iason: In regnis hoc ausa tuis³⁵²./
Haec loca non tauri spirantes naribus ignem,³⁵³/ 255
nec galea, densique uirum seges horruit hastis,³⁵⁴/
nec uim tela ferunt:³⁵⁵/ mitte hanc de pectore curam.³⁵⁶/

Medea: Nam quis te, iuuenum confidentissime, nostras
jussit adire domos?³⁵⁷/ Pelagine erroribus actus,³⁵⁸/
an fratris miseri lecum ut crudele uideres?³⁵⁹/ 260

Dos dentes da hidra atroz u'a legião irrompeu
e postou-se no campo aberto, em multidão.
U'a colheita cresceu de armas de agudas pontas;
e u'a férrea estirpe ergueu a cabeça das leivas.
Com violência, entre si, eles trocam feridas;
cravados pelos dardos seus e trespassados
nos peitos pelo lenho, as almas põem nas chagas.
Guardava os ramos da áurea copa uma serpente,
por qualquer dito ou fala implacável e indócil,
que, suportando a mão, desentesou o dorso.
Quando me olhou, girando os olhos flamejantes,
abaixou a cerviz recurva e adormeceu.
Se em nada te comove a honra de tantos feitos,
se a salvação perdeu-se e a sorte não tem volta,
se nenhum lugar há que aos pobres dê-se à pobre esposa,
te afasta, ó orgulho meu. De u'a prole pai te faça
a nobre esposa, co'os melhores votos peço –
– daqui possa eu levar Creúsa como amiga.
Se os deuses valem, porém, de algo, espero as penas
do que salvaram-se das rochas. Serás, ó ímprobo,
punido. Em rito já está pronto o que nem pensas.

Jasão: Cessa de me inflamar e a ti co'as tuas queixas.
Meu descanso chegou, não há mais mar p'ra arar.
Sem que o Fado me desse este espaço eu não vim.

Medeia: Pelos labores vãos todos tu pagarás.
Não vem-te à mente o touro a suar sob a charrua,
nem Pélias, já mais grave, ou, em chama, os bronzes,
a escamosa serpente ou o dote em sangue havido.

Jasão: Ousaste isso em teu reino.
Touros aqui não sopram fogo pelas ventas,
co'elmos e lanças não assusta a seara humana
e armas não fazem mal. Da alma afasta a aflição.

Medeia: Dos moços, ó mais fiel, quem te mandou, de fato,
à minha casa vir? Levado errante ao mar
conferir vens, acaso, a cruel morte do irmão?

Iason: Siue errore uiae, seu tempestatibus acti,[360]/
quis deus in fraudem[361],/ quae te dementia cepit[362]/
commaculare manus,[363]/ fraterna caede penates? [364]/
Aut ego tela dedi,[365]/ aut uitam committere uentis
hortati sumus?[366]/ Aut quae dura potentia nostri?[367]/ 265

Medea: Nil nostri miserere[368],/ nihil mea carmina curas;[369]/
efficiam posthac ne quemquam uoce lacessas:[370]/
nec dulces natos ueneris, nec praemia noris.[371]/

Iason: Quid petis causas ex alto,[372]/ aut iurgia iactas?[373]/
Iamque uale,[374]/ melior quoniam pars acta diei est.[375]/ 270

Medea: Vtere sorte tua,[376]/ susceptum perfice munus.[377]/

Iason: Nunc iter ad regem nobis;[378]/ quod te adloquor,
[hoc est.[379]/

MEDEA
Medea: Non fletu ingemuit nostro,[380]/ aut miseratus
[amantem est;[381]/
et dubitamus adhuc?[382]/ Lacrumantem et multa uolentem
discere deseruit,[383]/ rapidusque in tecta recessit.[384]/ 275
Quid labor, aut benefacta iuuant?[385]/ mea tristia fata[386]/
fessa iacent[387];/ ubi nunc nobis dues ille magister?[388]/
Et furiis agitatus amor, et conscia uirtus?[389]/
Nam quid dissimulo? Aut quid me ad maiora reseruo?[390]/
Stat causus renouare omnes,[391]/ et dare lintea retro;[392]/ 280
rursus et est[393]/ casus abies uisura marinos;[394]/
te sine frater erit:[395]/ quod si mea numina non sunt,[396]/
flectere si nequeo superos, Acheronta mouebo.[397]/

CHORVS
Ch.: Dictis exarsit in iras,/[398]
insani Martis amore,[399]/ 285
poenorum qualis in aruis,[400]/
uenantum septa corona[401],/
fulua ceruice laena;[402]/
qualis mala gramina pastus[403]/

Jasão: Levados por erro das vias e tormentas,
que deus, em fraude, e que demência te fizeram
os penates e as mãos sujar matando o irmão?
Armas eu forneci ou insisti que desses
a vida aos ventos? Que poder tão duro é o meu?

Medeia: Não te apiedas de mim nem temes meus encantos...
Farei com que a ninguém importunes co'a voz,
não conheças os dons de Vênus nem a prole.

Jasão: Por que aos céus pedes vãs querelas e demandas?
Já adeus. Do dia a melhor parte já passou.

Medeia: Frui de tua sorte e finda o encargo que assumiste.

Jasão: Volto agora p'r'o rei – o que eu te disse, é assim.

Medeia
Medeia: Não tem dó de meus ais nem se apieda da amante,

e ainda vacilo? Me deixou chorando e ansiando
muito dizer, e se abrigou no paço às pressas.
De que ações boas e obras valem? Minha sorte
jaz cansada. Onde está meu deus e mestre agora?
A fúria abala o amor e a consciente virtude?
O que escondo? Me guardo a que coisas maiores?
Riscos renovarei e cambarei as velas.
Verá de novo o abeto os perígos do mar;
será sem ti, ó irmão: se o meu poder não basta
e eu não mudar os céus, moverei o Aqueronte.

Coro
Coro: Falando ardeu-se em fúrias
no insano amor de Marte,
qual leoa ruiva em púnicos
campos, no circular
redil dos caçadores;
qual, de ervas más nutrida,

tractu se colligit anguis,⁴⁰⁴/ 290
tumidum quem bruma tegebat,⁴⁰⁵/
caput altum in praelia tollit,⁴⁰⁶/
linguis micat ore trisulcis:⁴⁰⁷/
furiis agitatus Orestes,⁴⁰⁸/
armatam facibus matrem⁴⁰⁹/ 295
ardens agit aequore toto,⁴¹⁰/
patris obtruncat ad aras:⁴¹¹/
triuiis ululate per urbem⁴¹²/
qualis trieterica Baccho,⁴¹³/
inter deserta ferarum,⁴¹⁴/ 300
palla succincta cruenta,⁴¹⁵/
uocat admina saeua sororum:⁴¹⁶/
qualis philomela sub umbra,⁴¹⁷/
pectus signata cruentum,⁴¹⁸/
late loca questibus implet⁴¹⁹/ 305
moerens miserabile carmen,⁴²⁰/
cantu solata laborem:⁴²¹/
grauiter pro coniuge saeuit⁴²²/
deserti ad Strymonis undam:⁴²³/
te solo in litore secum⁴²⁴/ 310
anima fugiente uocabat,⁴²⁵/
scirent si ignoscere manes.⁴²⁶/

NVNTIVS, CHORVS

Nuntius: Quo feror? Vnde abii? ⁴²⁷/ Pauor ossaque et artus

perfundit toto proruptos corpore sudor.⁴²⁸/
Genua labant tarda⁴²⁹,/ atque oculos stupor urget
[inertes,⁴³⁰/ 315
Arrectaeque horrore comae, et uox faucibus haesit.⁴³¹/

Ch.: Quo res summa loco?⁴³²/ Vnde haec tam clara
[repente⁴³³/
tempestas sine more furit?⁴³⁴/ Maria omnia caelo
miscuit;⁴³⁵/ ingeminant abruptis nubibus ignes.⁴³⁶/
Fare agendum⁴³⁷/ mihique haec edissere uere roganti.⁴³⁸/ 320
Nuntius: Aedibus in mediis,⁴³⁹/ quaeque ipse miserrima uidi,⁴⁴⁰/

a contrair-se, u'a serpe,
pelas brumas coberta,
que, em luta, ergue a cabeça,
brilhando a língua tríplice;
qual Orestes que, em fúria,
à mãe, de tocha armada,
no mar persegue ardente
e do pai no altar mata;
qual bacante chamada
nas esquinas das urbes,
que na via das feras,
com um manto ensanguentado,
só chama as cruéis irmãs;
qual rouxinol que, à sombra,
de cruor marcado ao peito,
de ais enche o vasto espaço
entoando triste música
a aliviar-se co'o canto;
qual o que pela esposa
importuna o Estrimão;
como a alma que, ao fugires,
na orla os deuses chamava,
qual se ignorar soubessem.

Mensageiro, Coro.
Mens.: P'ra onde vou, de onde eu vim? O medo os ossos
[toma
por todo o corpo, o suor brota e umedece os membros.
Tremem as pernas; u'estupor atiça os olhos;

na boca, hesita a voz e os cabelos se eriçam.
Coro: Onde há esperança? De onde acoça de repente

tão incomum tormenta? O mar inteiro aos céus
se mescla; em nuvens entreabertas nascem fogos.
Sus, fala; conta-me a verdade a mim que rogo.
Mensageiro: Eu mesmo vi míseras coisas na cidade;

horresco referens⁴⁴¹;/ palla succincta cruenta⁴⁴²/
in medioque focos,⁴⁴³/ nocturnas inchoat aras⁴⁴⁴/;
intendique locum sertis, et fronde coronat
funerea,⁴⁴⁵/ crinem uittis innexa cruentis,⁴⁴⁶/   325
unum exuta pedem uinclis, in ueste recincta⁴⁴⁷,/
spargens humida mella, soporiferumque papauer:⁴⁴⁸/
sparserat et latices simulatos fontis Auerni.⁴⁴⁹/
Sanguineam uoluens aciem,⁴⁵⁰/ manibusque cruentis⁴⁵¹/
pro molli uiola,⁴⁵²/ casiaque, crocoque rubenti,⁴⁵³/   330
urit odoratam nocturna in lumina cedrum,⁴⁵⁴/
scillamque elleborosque graues⁴⁵⁵/ et sulfura uiua,⁴⁵⁶/
obscuris uera inuoluens,⁴⁵⁷/ lacrymisque coactis⁴⁵⁸/
uoce uocans Hecaten⁴⁵⁹,/ et non memorabile numen⁴⁶⁰/
                         ferro accincta uocat.⁴⁶¹/   335

Haec effata silet:⁴⁶²/ oculis micat acribus ignis:⁴⁶³/
Exspectans, quae signa ferant,⁴⁶⁴/ ignara futuri.⁴⁶⁵/
Eripiunt subito nubes caelumque diemque,⁴⁶⁶/
et tremefacta solo tellus,⁴⁶⁷/ micat ignibus aether. ⁴⁶⁸/
Continuo auditae uoces, uagitus et ingens,⁴⁶⁹/   340
Visus adesse pedum sonitus,⁴⁷⁰/ et saeua sonare
uerbera, tum⁴⁷¹/ uisaeque canes ululare per umbras,
aduenante dea,⁴⁷²/ refluitque exterritus amnis,⁴⁷³/
et pauidae matres pressere ad pectora natos⁴⁷⁴./
Exhinc Gorgoneis Alecto infecta uenenis,⁴⁷⁵/   345
exsurgitque face adtollens, atque intonat ore:⁴⁷⁶/
"Respice ad haec: adsum dirarum ab sede sororum,
bella manu letumque gero".⁴⁷⁷/
Talia cernentem tandem⁴⁷⁸/ sic orsa uicissim:⁴⁷⁹/
"Venisti tandem,⁴⁸⁰/ mecum partire laborem,⁴⁸¹/   350
tu, dea, tu praesens⁴⁸²/ animis inlabere nostris.⁴⁸³/
Dissice compositam pacem, sere crimina belli⁴⁸⁴,/
namque potes,⁴⁸⁵/ colui uestros si semper honores".⁴⁸⁶/
Talibus Alecto dictis exarsit in iram ,⁴⁸⁷/
Horrendum stridens,⁴⁸⁸/ pauidoque haec addidit ore:⁴⁸⁹/   355
"O germana mihi,⁴⁹⁰/ mitte hanc de pectore curam.⁴⁹¹/

tremo ao lembrar; trajando um manto ensanguentado
e em meio aos fogos, as noturnas aras ergue;
com guirlandas adorna o lugar, cinge a fronte
co'a coroa feral; ata a coma com fitas
cruentas, co'um pé descalço e as vestes desatadas.
Espargindo mel fluido e papoulas soníferas,
espargira água igual à das fontes do Averno.
Com cruentas mãos brandindo armas ensanguentadas,
em vez da acácia, do açafrão e da violeta,
queima, na luz noturna, o cedro perfumado,
o grave eléboro, a cebola e o vivo enxofre.
De breus cercando o vero, em lágrimas fingidas,
co'a voz bradando a Hécate, ao deus imemorável
chama co'a espada em punho.

Cala-se após gritar: nos olhos brilha o fogo,
sem saber do porvir, esperando os sinais.
Ao céu e ao dia, as nuvens súbitas impedem;
no chão sacode a terra; o éter brilha com fogos.
Vozes se ouvem depois e um vagido; percebe-se
chegar o som dos pés e ressoar um chicote.
Veem-se cadelas a ladrar então nas sombras.
Quando se adianta a deusa, em medos volta o rio;
as mães, temendo, apertam filhos junto ao peito.
Alecto, infecta, então, co'os venenos das Górgonas,
erguendo a face surge e co'a boca profere:
"Estas coisas contempla: eu venho da mansão
das cruéis irmãs; trago nas mãos guerras e morte".
Coisas tais vendo, a outra assim disse, por seu turno:
"Partilhar vieste, enfim, meu esforço comigo.
Presente estando, ó deusa, adentra em meu espírito.
Cria crimes de guerra e rompe a paz tratada –
pois podes – se eu sempre cuidei de teus honores".
Com ditos tais, Alecto em iras se inflamou.
Rangendo um horrendo som, aduziu com voz pávida:
"Ó minha irmã, do peito afasta esta aflição.

Nunc si bella paras,⁴⁹²/ et luctu miscere hymenaeos,⁴⁹³/
funereasque inferre faces,⁴⁹⁴/ et cingere flamma:⁴⁹⁵/
quidquid in arte mea possum⁴⁹⁶,/ meminisse necesse est⁴⁹⁷,/
quantum ignes animaeque ualent, absiste precando."/⁴⁹⁸
Dixerat,⁴⁹⁹/ adtollens stridentes anguibus alas, ⁵⁰⁰/
ardentes dare uisa faces,⁵⁰¹/ supera ardua linquens.⁵⁰²/
Illa dolos⁵⁰³/ aperit flammisque sequacibus iras⁵⁰⁴/
miscuerat,⁵⁰⁵/ duplicem gemmis auroque coronam⁵⁰⁶/
consertam⁵⁰⁷/ squammis serpentum:⁵⁰⁸/
flamma uolantem   365
implicat⁵⁰⁹,/ inuoluitque domum caligine caeca,
prospectum eripiens oculis:⁵¹⁰/ mihi frigidus horror
membra quatit, gelidusque coit formidine sanguis.⁵¹¹/
Improuisum aspris ueluti qui sentibus anguem⁵¹²/
aut uidet aut uidisse putat⁵¹³/ metuensque pericli⁵¹⁴/   370
incipit effari,⁵¹⁵/ nec uox aut uerba sequuntur.⁵¹⁶/
"Idque audire sat est,⁵¹⁷/ quo me decet usque teneri?⁵¹⁸/
uadite, et haec regi memores mandata referte"⁵¹⁹./

NVTRIX, MEDEA.
Nutrix: Hoc habet: haec melior magnis data uictima diuis⁵²⁰./
Talia coniugia et tales celebrent hymenaeos.⁵²¹/   375

Medea: Tu secreta pyram⁵²²/ natorum maxima nutrix⁵²³./
erige,⁵²⁴/ tuque ipsa tege tempora uitta,⁵²⁵/
uerbenasque adole pingues,⁵²⁶/ nigrumque bitumen:⁵²⁷/
sacra Ioui Stygio, quae rite incepta paraui,⁵²⁸/
perficere animus, finemque imponere curis.⁵²⁹/   380

Nutrix: Discessere omnes medii, spatiumque dedere.⁵³⁰/

MEDEA, FILII VMBRA ABSYRTHI
Medea: Heu, stirpem inuisam, et fatis contraria nostris!⁵³¹/
Huc ades, o formose puer,⁵³²/ qui spiritus illi!⁵³³/
Sic oculos, sic ille manus, sic ora ferebat?⁵³⁴/
Perfidus⁵³⁵/ et cuperem ipse parens spectator adesset.⁵³⁶/   385

Vmbra Absyrthi: Parce pias scelerare manus,⁵³⁷/ aut qui
[tibi nostri

Se te aprontas p'ra guerra ou pra unir luto às bodas,
p'ra tochas fúnebres levar e queimar tudo,
o que for, com minha'arte eu posso – é bom que lembres
o quanto valem a alma e o fogo. Não mais rogues".
Falou, a erguer de serpes asas barulhentas,
mostrando a face em fogo, ao partir sobre os cimos.
A outra dolos prepara, unindo fúria às chamas;
introduz foto à tiara dupla de ouro e pedras
entrelaçada a uma escamosa e alada serpe.

Com cega escuridão ela rodeia a casa.
Da vista erguendo o olhar, um frio horror sacode
os membros meus; gélido medo o sangue talha.
Qual quem, co'agudo senso, uma imprevista serpe
vê, ou julga ter visto, e temendo o perigo
põe-se a gritar, mas não acorrem fala ou voz.
Bastou-me isso escutar – que mais tenho de ouvir?
Ide, e lembrados do mandado, ao rei contai.

Ama e Medeia
Ama: É isso: essa vítima é o melhor que é dado aos deuses.
Que se celebrem bodas tais e os himeneus.

Medeia: Em máximo segredo, ó ama, u'a pira p'r'os filhos
erige e, mesmo tu, de fitas cobre as têmporas;
em ofertório queima alecrim e atro pixe.
O sacrifício que p'r'o Jove Estígio, em rito
eu preparei, quero findá-lo e às aflições.

Ama: Todos saíram da frente e espaço concederam.

Medeia, os filhos e o fantasma de Absirto.
Medeia: Ah, detestável raça, ah fado imigo meu!
Vens, belo infante, co'aparência igual à dele!
Rosto, olhos e mãos iguais ele trazia...
Quisera eu que o mau pai chegasse para ver...

Fantasma de Absirto: Não conspurques as mãos. Que amor
[de mim te afasta?

pulsus amor,⁵³⁸/ si iuris materni cura remordit,⁵³⁹/
natis parce tuis,⁵⁴⁰/ aut rape in omnia tecum;⁵⁴¹/
quo res cumque cadunt, unum et commune periclum:⁵⁴²/
adspice nos,⁵⁴³/ adsum dirarum ab sede sororum.⁵⁴⁴/ 390
Infelix simulacrum⁵⁴⁵/ laniatum corpore toto⁵⁴⁶./

Medea: Quid dubitem?⁵⁴⁷/ Audendum dextra: nunc ipsa
[uocat res.⁵⁴⁸/
Auctor ego audendi,⁵⁴⁹/ foecundum concute pectus. ⁵⁵⁰/
Si concessa peto,⁵⁵¹/ si poenas ore reposco,⁵⁵²/
nullum in caede nefas,⁵⁵³/ et amor non talia curat.⁵⁵⁴/ 395

Filli: Hostis amare, quid increpitas⁵⁵⁵/ mea tristia fata?⁵⁵⁶/

Medea: Surgere tela mihi,⁵⁵⁷/ finemque impone labori:⁵⁵⁸/
sanguine quaerendi reditus.⁵⁵⁹/

Filii: Nec noster amor,⁵⁶⁰/ pietas nec mitigat ulla,⁵⁶¹/
nec uenit in mentem⁵⁶²/ natorum sanguine matrem 400
commaculare manus,⁵⁶³/ nostri tibi cura recessit,⁵⁶⁴/
et matri praeruptus amor.⁵⁶⁵/

Medea: Crimen amor uestrum,⁵⁶⁶/ spretaeque iniuria
[formae⁵⁶⁷/
his mersere malis;⁵⁶⁸/ fratrem ne desere frater.⁵⁶⁹/
Poenarum exhaustum satis est, uia facta per hostes,⁵⁷⁰/ 405
et genus inuisum⁵⁷¹/ dextra sub Tartara misi.⁵⁷²/
Iamiam nulla mora est⁵⁷³/ currus agitare uolantes⁵⁷⁴./

IASON, NVNTIVS, MEDEA EX ALTO
Iason: Hei mihi! Quid tanto turbantur moenia luctu?⁵⁷⁵/
Quaecumque est fortuna, mea est;⁵⁷⁶/
[quid denique restat?⁵⁷⁷/
Dic age, namque mihi fallax haud ante repertus.⁵⁷⁸/ 410

Nuntius: En perfecta tibi promissa coniugis arte
munera,⁵⁷⁹/ at ingentem luctum ne quaere tuorum.⁵⁸⁰/
Sed si tantus amor menti, si tanta cupido est;⁵⁸¹/
expediam dictis, et te tua fata docebo.⁵⁸²/
Conspectu in medio,⁵⁸³/ quum dona imponeret aris,/⁵⁸⁴ 415

Se a angústia do dever materno te remorde,
poupa teus filhos, ou contigo a tudo os leva –
para onde fordes, será um mesmo e só perigo.
Repara em mim: venho do lar das cruéis irmãs;
sou u'a sombra infeliz, de um corpo espedaçado.

Medeia: Por que vacilo? Ó mão, o ato reclama audácia.

Da audácia a autora eu sou. Bate, ó fecundo peito.
Se eu peço o justo, se co'a boca eu peço penas,
não há na morte horror – o amor não cuida disso.

Filhos: Amarga imiga, por que ultrajas minha sina?

Medeia: Faz-me as armas erguer e põe fim à labuta,
ó cruor que quer revanche.

Filhos: A nada o nosso amor e a reverência abrandam.
Não se concebe u'a mãe no sangue de seus filhos
sujar as mãos. Por nós teus cuidados findaram-se –
rompeu-se o amor materno.

Medeia: Foi vosso crime o amor. A injúria do desdém

no mal vos abismou. Ó irmão, o irmão não deixes.
Bastou a pena. A estrada entre imigos é pronta.
A mão mandou a odiosa estirpe para o Tártaro.
Demoras já não há p'ra guiar o presto carro.

Jasão, Mensageiro e Medeia, no alto.
Jasão: Ai de mim. Por que dor tão grande atinge os muros?
Qualquer que seja o azar, é meu. Que resta, alfim?

Sus, fala! Nunca antes mentindo eu te encontrei.

Mensageiro: Eis, não busques saber os dons que a esposa fez
co'arte e te ofereceu; e nem da dor dos teus.
Porém, se n'alma há tanto amor e tanto afã,
apressarei a fala e ensinarei tua sina.
Quando, em meio à visão, depunha dons no altar,

ah, uirgo infelix!⁵⁸⁵/, oculos deiecta decoros;⁵⁸⁶/
undique conueniunt⁵⁸⁷/ per limina tota frequentes⁵⁸⁸/
matres atque uiri,⁵⁸⁹/ cumulantque altaria donis.⁵⁹⁰/
Religione patrum⁵⁹¹/ biforme dat tibia cantum.⁵⁹²/
Quum subito, dictuque oritur mirabile monstrum.⁵⁹³/   420
Ecce leuis summo⁵⁹⁴/ descendere corpore pestis⁵⁹⁵/
incipit⁵⁹⁶,/ ac totis Vulcanum spargere tectis.⁵⁹⁷/
Regales accensa comas, accensa coronam⁵⁹⁸/
membra sequebatur,⁵⁹⁹/ artus sacer ignis edebat.⁶⁰⁰/
Diffugiunt comites,⁶⁰¹/ et quae sibi quisque timebat./⁶⁰²   425
Tecta metu petiere,⁶⁰³/ et sic ubi concaua furtim
saxa petunt,⁶⁰⁴/ furit immisis Vulcanus habenis.⁶⁰⁵/
Nec uires herbarum, infusaque flumina prosunt;⁶⁰⁶/
quaesitaeque nocent artes,⁶⁰⁷/ miserabile dictu!⁶⁰⁸ /
Illa ut per populos⁶⁰⁹/ aditumque per auia quaerit,⁶¹⁰/   430
arte noua speculata locum:⁶¹¹/ paribusque reuinxit
serpentum spiris, uentosasque addidit alas:⁶¹²/
ense leuis nudo⁶¹³/ perfusos sanguine currus.⁶¹⁴/

Iason: Quo sequor? ⁶¹⁵/
                 [Aut quid iam misero mihi denique restat?⁶¹⁶/

Medea ex alto: Me me, adsum qui feci,⁶¹⁷/ in me
                               [omnia tela   435
coniicite⁶¹⁸/; hanc animam quocumque absumite leto.⁶¹⁹/
Funeris heu tibi causa fui!⁶²⁰/ Dux femina facti.⁶²¹/
Huc geminas nunc flecte acies,⁶²²/ et conde sepulcro⁶²³/
corpora natorum;⁶²⁴/ cape dona extrema tuorum.⁶²⁵/
Et tumulum facite, et tumulo superaddite carmen,⁶²⁶/   440
saeuus amor docuit natorum sanguine matrem
commaculare manus⁶²⁷/, et luctu miscere hymenaeos.⁶²⁸/
Me super aetherias errare licentius auras.⁶²⁹/

Iason: Crudelis mater,⁶³⁰/ tanton me crimine dignum
duxisti?⁶³¹/ Et patrios foedasti funere uultus?⁶³²/   445
Arma, uiri, ferte arma,⁶³³/ date tela adscendite muros.⁶³⁴/

Medea ex alto: Quo moriture ruis?⁶³⁵/ Thalamos ne desere
                                      [pactos,⁶³⁶/

ah, a infeliz moça tinha os nobres olhos baixos.
Por toda parte, em todas portas, numerosas
mães e varões de dons cumulam os altares.
Na religião dos pais, a dupla flauta toca
quando, de súbito, co'um grito, surge o monstro.
Eis que do alto do corpo a peste voraz põe-se
a descer e a espalhar fogo por todas casas.
As comas reais e a tiara aos membros inflamados
seguiam; sacro fogo os membros devorava.
Fugiu o séquito, cada um por si temia.
Se abrigaram com medo; esconderam-se, então,
numa caverna, e o fogo irou-se a rédeas soltas.
Nem força de ervas, nem vertidos rios valem.
A arte escolhida fere – ó miserável fala.
Por entre choupos, no ermo, ela, ao buscar saída,
vendo o lugar, com novo ardil prendeu as serpes
espiraladas. Co'arma lesta a nu, ao carro
borrifado de cruor atou ventosas asas.

Jasão: Para onde eu vou? Que resta a um mísero como eu?

Medeia, *do alto*: Eu, que fiz, aqui estou. Em mim lançai as
[armas.
Em toda e qualquer morte eu consumi esta alma.
Fui causa de tua dor – fez-se chefe a mulher.
Volta p'ra cá o gêmeo olhar; sepulta os corpos
dos filhos; colhe o derradeiro dom dos teus.
Fazei u'a tumba e sobre a tumba ponde um verso:
"O amor cruel ensinou à mãe sujar as mãos
no cruor dos filhos e a mesclar dor e himeneu".
Foi concedido a mim errar no vento etéreo.

Jasão: Decidiste, ó cruel mãe, que um crime assim mereço?
Conspurcaste de morte o semblante de um pai?
Homens, tomai e lançai armas; subi muros.

Medeia, do alto: Morituro, onde cais? Não desdenhes os
[pactos,

hortator scelerum,⁶³⁷/ nostram nunc accipe mentem.⁶³⁸/
Siue animo, siue artes uales, opta ardua pennis
astra sequi;⁶³⁹/ et si adeo dotalis regia cordi est. ⁶⁴⁰/   450
nostrane euadere, demens,
sperasti te posse manus?⁶⁴¹/ Opta ardua pennis
astra sequi, clausumque caua te condere terra,⁶⁴²/
et famam estingui ueterum sic posse malorum.⁶⁴³/
Haec uia sola fuit,⁶⁴⁴/ haec nos suprema manebat,   455
Exitiis positura modum.⁶⁴⁵/
Sat fatis Venerique datum est;⁶⁴⁶/ feror exul in altum,⁶⁴⁷/
Germanum fugiens⁶⁴⁸/ et non felicia tela,⁶⁴⁹/
Vltra anni solisque uias:⁶⁵⁰/ quid denique restat?⁶⁵¹/
Et longum, formose, uale,⁶⁵²/ et quisquis amores   460
Aut metuat dulces aut experietur amaros. ⁶⁵³/

ó exortador do mal. Recebe o meu propósito.
Se o podes co'alma e co'arte, opta seguir co'as asas
os altos astros, se de fato desejares
o palácio por dote. Ó demente, pensaste
poder fugir-me às mãos? Co'asas opta seguir
os altos astros, ou na terra te ocultar –
e que assim possa se apagar dos velhos males
a notícia. Foi essa a única via, o extremo
p'ra nós guardado, que traria o fim dos males.
A Vênus basta o que houve. Ao alto eu sou levada,
desterrada a fugir do irmão de armas tristes.
Além do rumo anual do sol, o que ainda resta?
Ó formoso, p'ra sempre adeus, e a todo aquele
que amores doces teme e conhece os amargos.

Notas ao Centão de Hosídio Gueta:
Identificação dos versos virgilianos usados para compor o texto

1. *En.* 12.176
2. *En.* 4.610.
3. *En.* 12.178.
4. *En.* 1.666.
5. *En.* 1.731.
6. *En.* 3.136.
7. *En.* 5.688.
8. *En.* 9.404.
9. *En.* 1.618.
10. *En.* 9.209.
11. *En.* 4.611.
12. *En.* 4.677.
13. *En.* 4.213.
14. *En.* 4.21.
15. *En.* 7.302.
16. *Ge.* 1.451.
17. *En.* 3.283.
18. *En.* 4.412.
19. *En.* 10.866.
20. *En.* 10.61.
21. *En.* 4.413.
22. *En.* 4.438.
23. *En.* 4.689
24. *En.* 4.322.
25. *Ge.* 4.492.
26. *En.* 4.221.
27. *En.* 3.629.
28. *En.* 4.449.
29. *En.* 4.373.
30. *En.* 1.352.
31. *En.* 4.311.
32. *En.* 12.878.
33. *En.* 4.879.
34. *En.* 12.63.
35. *En.* 4.133.
36. *En.* 1.639.
37. *En.* 3.628.
38. *En.* 9.446.
39. *En.* 10.100.
40. *En.* 2.689.
41. *En.* 2.690.
42. *En.* 9.404.
43. *En.* 12.178.
44. *En.* 4.59.
45. *En.* 9.209.
46. *En.* 9.405.
47. *En.* 4.609.
48. *En.* 1.253.
49. *En.* 10.611.
50. *En.* 9.482.
51. *En.* 1.204.
52. *En.* 3.711.
53. *En.* 1.26.
54. *En.* 4.11.
55. *En.* 8.423.
56. *En.* 4.657.
57. *En.* 4.651.
58. *En.* 4.541.
59. *Bu.* 2.69.
60. *En.* 2.751.
61. *En.* 7.128.
62. *En.* 4.676.
63. *En.* 1.676.
64. *En.* 4.260.
65. *En.* 4.547.
66. *En.* 4.211.
67. *En.* 7.469.
68. *En.* 5.28.
69. *En.* 7.195.
70. *En.* 1.28.
71. *Ge.* 2.129.
72. *En.* 3.407.
73. *En.* 6.399.
74. *En.* 1.529.
75. *En.* 1.529.
76. *En.* 10.901.
77. *En.* 7.437.
78. *En.* 5.801.
79. *En.* 4.569.
80. *En.* 7.335.
81. *En.* 7.337.
82. *En.* 1.673.
83. *En.* 10.80.
84. *En.* 4.489.
85. *En.* 7.336.
86. *En.* 7.337.
87. *En.* 6.599.
88. *En.* 5.6.
89. *En.* 7.559.
90. *Ge.* 2.41.
91. *En.* 7.213.
92. *En.* 3.461.
93. *En.* 3.377.
94. *Ge.* 4.437.
95. *En.* 11.348.
96. *En.* 7.96.
97. *En.* 1.203.
98. *En.* 7.339.
99. *En.* 11.365.
100. *En.* 7.438.
101. *En.* 12.72.
102. *En.* 9.219.

[103] *En.* 10.467.
[104] *En.* 6.553.
[105] *En.* 12.819.
[106] *En.* 9.220.
[107] *Bu.* 1.11.
[108] *En.* 11.355.
[109] *En.* 4.431.
[110] *En.* 4.433.
[111] *En.* 1.551.
[112] *En.* 4.435.
[113] *En.* 9.290.
[114] *En.* 4.52.
[115] *En.* 12.43.
[116] *En.* 7.360.
[117] *En.* 2.90.
[118] *Ge.* 4.447.
[119] *Bu.* 9.5.
[120] *En.* 3.93.
[121] *En.* 7.229.
[122] *En.* 11.354.
[123] *En.* 8.395.
[124] *En.* 8.386.
[125] *En.* 2.49.
[126] *En.* 4.464.
[127] *En.* 4.569.
[128] *En.* 5.384.
[129] *En.* 3.88.
[130] *En.* 6.108.
[131] *En.* 8.580.
[132] *Bu.* 8.43.
[133] *En.* 1.540.
[134] *En.* 9.131.
[135] *En.* 9.739.
[136] *En.* 4.53.
[137] *En.* 5.285.
[138] *En.* 3.285.
[139] *En.* 6.405.
[140] *En.* 4.51.
[141] *En.* 1.683.
[142] *En.* 9.291.
[143] *En.* 12.800.
[144] *En.* 4.100.
[145] *En.* 10.494.
[146] *En.* 3.436.
[147] *En.* 4.568.
[148] *En.* 5.815.
[149] *Bu.* 8.35.
[150] *En.* 7.318.
[151] *En.* 12.573.
[152] *En.* 6.397.
[153] *En.* 5.71.
[154] *En.* 2.249.
[155] *En.* 3.279.
[156] *En.* 9.225.
[157] *En.* 4.464.
[158] *En.* 10.501.
[159] *En.* 11.49.
[160] *En.* 4.57.
[161] *En.* 4.58.
[162] *En.* 4.59.
[163] *En.* 11.50.
[164] *En.* 3.90.
[165] *Ge.* 1.484.
[166] *En.* 3.40.
[167] *En.* 7.97.
[168] *En.* 11.53
[169] *En.* 4.522.
[170] *En.* 1.691.
[171] *En.* 3.147.
[172] *En.* 4.462.
[173] *En.* 4.463.
[174] *En.* 3.366.
[175] *En.* 2.42.
[176] *En.* 11.101.
[177] *En.* 8.286.
[178] *En.* 6.397.
[179] *Bu.* 1.1.
[180] *Bu.* 6.67.
[181] *En.* 6.172.
[182] *En.* 7.67.
[183] *Bu.* 2.69.
[184] *En.* 2.308.
[185] *En.* 2.15.
[186] *Bu.* 5.9.
[187] *Ge.* 1.409.
[188] *En.* 6.14.
[189] *En.* 6.15.
[190] *En.* 5.517.
[191] *En.* 4.469.
[192] *Ge.* 4.523.
[193] *En.* 7.392.
[194] *En.* 6.572.
[195] *Ge.* 4.522.
[196] *En.* 4.534.
[197] *En.* 2.19.
[198] *En.* 2.774.
[199] *En.* 4.532.
[200] *Ge.* 3.259.
[201] *En.* 4.451.
[202] *En.* 7.309.
[203] *En.* 10.176.
[204] *En.* 4.376.
[205] *En.* 6.539.
[206] *En.* 6.110.
[207] *En.* 1.204.
[208] *En.* 2.134.
[209] *En.* 12.31.
[210] *En.* 2.101.
[211] *En.* 4.595.
[212] *En.* 12.314.
[213] *En.* 10.29.
[214] *En.* 6.37.
[215] *En.* 6.377.
[216] *Bu.* 3.54.
[217] *En.* 1.676.
[218] *En.* 3.44.
[219] *En.* 4.634.

[220] *En.* 10.377.
[221] *En.* 9.131.
[222] *En.* 7.317.
[223] *En.* 1.357.
[224] *En.* 6.95.
[225] *En.* 3.459.
[226] *En.* 4.50.
[227] *Ge.* 4.534.
[228] *En.* 4.51.
[229] *Bu.* 3.22.
[230] *En.* 12.153.
[231] *Bu.* 9.53.
[232] *En.* 2.774.
[233] *En.* 4.449.
[234] *En.* 4.2.
[235] *Bu.* 8.69.
[236] *En.* 4.489.
[237] *Bu.* 6.71.
[238] *Bu.* 8.95.
[239] *Bu.* 8.103.
[240] *En.* 4.235.
[241] *En.* 9.186.
[242] *En.* 2.62.
[243] *En.* 10.279.
[244] *En.* 11.14.
[245] *En.* 7.122.
[246] *En.* 3.495.
[247] *En.* 1.562.
[248] *En.* 3.278.
[249] *En.* 1.204.
[250] *En.* 9.157.
[251] *En.* 9.615.
[252] *Ge.* 2.479.
[253] *Ge.* 2.481.
[254] *Bu.* 8.107.
[255] *En.* 5.20.
[256] *Bu.* 4.50.
[257] *Ge.* 1.396.
[258] *Ge.* 2.126.
[259] *En.* 7.341.
[260] *En.* 7.388.
[261] *En.* 1.600.
[262] *En.* 6.389.
[263] *En.* 1.666.
[264] *En.* 12.800.
[265] *En.* 2.777.
[266] *Ge.* 4.332.
[267] *En.* 2.294.
[268] *En.* 4.565.
[269] *En.* 6.51.
[270] *En.* 4.541.
[271] *En.* 4.561.
[272] *En.* 3.190.
[273] *Bu.* 8.29.
[274] *En.* 2.678.
[275] *En.* 2.660.
[276] *En.* 11.369.
[277] *En.* 6.94.
[278] *En.* 4.314.
[279] *En.* 9.492.
[280] *En.* 3.714.
[281] *En.* 11.54.
[282] *En.* 7.365.
[283] *Ge.* 4.495.
[284] *En.* 3.711.
[285] *En.* 4.314.
[286] *En.* 12.56.
[287] *En.* 10.460.
[288] *En.* 4.316.
[289] *En.* 10.461.
[290] *En.* 2.144.
[291] *En.* 10.19.
[292] *En.* 5.789.
[293] *En.* 5.866.
[294] *En.* 1.84.
[295] *En.* 6.354.
[296] *En.* 1.53.
[297] *En.* 5.802.
[298] *En.* 2.131.
[299] *En.* 3.435.
[300] *En.* 8.145.
[301] *En.* 6.526.
[302] *En.* 2.101.
[303] *Ge.* 2.46.
[304] *En.* 10.42.
[305] *En.* 9.80.
[306] *Ge.* 3.50.
[307] *Bu.* 6.22.
[308] *Ge.* 2.140.
[309] *En.* 8.145.
[310] *Ge.* 2.141.
[311] *Ge.* 4.368.
[312] *Ge.* 2.280.
[313] *En.* 3.46.
[314] *Ge.* 2.341.
[315] *Ge.* 4.174.
[316] *En.* 12.720.
[317] *En.* 9.543.
[318] *Ge.* 4.238.
[319] *En.* 7.352.
[320] *En.* 4.485.
[321] *En.* 3.621.
[322] *En.* 7.490.
[323] *En.* 6.422.
[324] *En.* 3.306.
[325] *Ge.* 3.433.
[326] *En.* 3.631.
[327] *En.* 7.88.
[328] *En.* 4.272.
[329] *En.* 1.555.
[330] *En.* 11.413.
[331] *En.* 10.44.
[332] *En.* 6.546.
[333] *En.* 1.75.
[334] *En.* 6.523.
[335] *En.* 3.498.
[336] *En.* 2.778.

[337] *En.* 4.382.
[338] *En.* 4.386.
[339] *En.* 6.97.
[340] *En.* 4.555.
[341] *En.* 4.360.
[342] *En.* 7.598.
[343] *En.* 3.495.
[344] *En.* 11.112.
[345] *En.* 7.421.
[346] *En.* 4.39.
[347] *En.* 3.515.
[348] *En.* 2.436.
[349] *En.* 6.218.
[350] *Ge.* 4.408.
[351] *En.* 7.423.
[352] *En.* 5.792.
[353] *Ge.* 2.140.
[354] *Ge.* 2.142.
[355] *En.* 6.400.
[356] *En.* 6.85.
[357] *Ge.* 4.445.
[358] *En.* 6.532.
[359] *En.* 12.636.
[360] *En.* 7.199.
[361] *En.* 10.72.
[362] *Bu.* 2.69.
[363] *Bu.* 8.48.
[364] *En.* 4.21.
[365] *En.* 10.93.
[366] *En.* 10.69.
[367] *En.* 10.72.
[368] *Bu.* 2.7.
[369] *Bu.* 2.6.
[370] *Bu.* 3.51.
[371] *En.* 4.33.
[372] *En.* 8.395.
[373] *En.* 10.95.
[374] *Ge.* 4.497.
[375] *En.* 9.156.

[376] *En.* 12.932.
[377] *En.* 6.629.
[378] *En.* 11.17.
[379] *En.* 6.466.
[380] *En.* 4.369.
[381] *En.* 4.370.
[382] *En.* 6.807.
[383] *En.* 2.790.
[384] *En.* 12.81.
[385] *Ge.* 3.525.
[386] *En.* 2.548.
[387] *En.* 7.298.
[388] *En.* 5.391.
[389] *En.* 10.872,
[390] *En.* 4.368.
[391] *En.* 2.750.
[392] *En.* 3.686.
[393] *En.* 3.31.
[394] *En.* 6.751.
[395] *En.* 12.883.
[396] *En.* 7.310.
[397] *En.* 7.312.
[398] *En.* 7.445.
[399] *En.* 7.550.
[400] *En.* 12.4.
[401] *En.* 4.551.
[402] *Ge.* 4.408.
[403] *En.* 2.471.
[404] *Ge.* 2.154.
[405] *En.* 2.472.
[406] *En.* 5.375.
[407] *En.* 2.475.
[408] *En.* 3.331.
[409] *En.* 4.472.
[410] *En.* 5.456.
[411] *En.* 3.332.
[412] *En.* 4.609.
[413] *En.* 4.202.
[414] *En.* 3.646.

[415] *En.* 6.555.
[416] *En.* 6.572.
[417] *Ge.* 4.511.
[418] *Ge.* 4.15.
[419] *Ge.* 4.515.
[420] *Ge.* 4.514.
[421] *Ge.* 1.293.
[422] *Ge.* 4.456.
[423] *Ge.* 4.508.
[424] *Ge.* 4.465.
[425] *Ge.* 4.526.
[426] *Ge.* 4.489.
[427] *En.* 10.670.
[428] *En.* 7.458.
[429] *En.* 5.432.
[430] *Ge.* 3.523.
[431] *En.* 4.280.
[432] *En.* 2.322.
[433] *En.* 9.19.
[434] *En.* 5.694.
[435] *En.* 5.790.
[436] *En.* 3.199.
[437] *En.* 3.362.
[438] *En.* 2.149.
[439] *En.* 2.512.
[440] *En.* 2.5.
[441] *En.* 2.204.
[442] *En.* 6.572.
[443] *En.* 12.118.
[444] *En.* 6.252.
[445] *En.* 4.506.
[446] *En.* 6.281.
[447] *En.* 4.518.
[448] *En.* 4.486.
[449] *En.* 4.512.
[450] *En.* 4.643.
[451] *En.* 2.167.
[452] *Bu.* 5.38.
[453] *Ge.* 4.182.

[454] *En.* 7.13.
[455] *Ge.* 3.451.
[456] *Ge.* 3.449.
[457] *En.* 6.100.
[458] *En.* 2.196.
[459] *En.* 6.247.
[460] *En.* 4.94.
[461] *En.* 2.614.
[462] *En.* 4.499.
[463] *En.* 12.102.
[464] *En.* 6.198.
[465] *En.* 4.508.
[466] *En.* 1.88.
[467] *En.* 10.102.
[468] *En.* 1.90.
[469] *En.* 6.426.
[470] *En.* 2.732.
[471] *En.* 6.557.
[472] *En.* 6.257.
[473] *En.* 8.240.
[474] *En.* 7.518.
[475] *En.* 7.341.
[476] *En.* 6.607.
[477] *En.* 7.454.
[478] *En.* 4.408.
[479] *En.* 7.435.
[480] *En.* 6.687.
[481] *En.* 11.510.
[482] *En.* 11.404.
[483] *En.* 3.89.
[484] *En.* 7.339.
[485] *En.* 6.366.
[486] *En.* 12.778.
[487] *En.* 7.445.
[488] *En.* 6.288.
[489] *En.* 7.451.
[490] *En.* 10.607.
[491] *En.* 6.85.
[492] *En.* 8.400.
[493] *En.* 12.805.
[494] *En.* 7.337.
[495] *En.* 1.673.
[496] *En.* 8.401.
[497] *En.* 6.514.
[498] *En.* 8.403.
[499] *En.* 2.152.
[500] *En.* 7.561.
[501] *En.* 5.637.
[502] *En.* 7.562.
[503] *En.* 4.563.
[504] *En.* 8.432.
[505] *En.* 8.485.
[506] *En.* 1.655.
[507] *En.* 3.467.
[508] *En.* 8.436.
[509] Trecho não identificado.
[510] *En.* 8.253.
[511] *En.* 3.29.
[512] *En.* 2.379.
[513] *En.* 6.454.
[514] *En.* 5.716.
[515] *En.* 4.76.
[516] *En.* 12.912.
[517] *En.* 2.103.
[518] *En.* 5.384.
[519] *En.* 11.176.
[520] *En.* 12.296.
[521] *En.* 7.555.
[522] *En.* 4.494.
[523] *En.* 5.645
[524] *En.* 4.495.
[525] *En.* 4.637.
[526] *Bu.* 8.65.
[527] *Ge.* 3.541.
[528] *En.* 4.638.
[529] *En.* 4.639.
[530] *En.* 12.696.
[531] *En.* 7.293.
[532] *Bu.* 2.45.
[533] *En.* 5.648.
[534] *En.* 3.490.
[535] *En.* 4.421.
[536] *En.* 10.443
[537] *En.* 3.42.
[538] *Ge.* 4.324.
[539] *En.* 7.402.
[540] *En.* 10.532.
[541] *En.* 2.675.
[542] *En.* 2.709.
[543] *En.* 2.690.
[544] *En.* 7.454.
[545] *En.* 2.772.
[546] *En.* 6.494. Correção – verso original: labi a corpore tanto: verso sem sentido.
[547] *En.* 9.191.
[548] *En.* 9.320.
[549] *En.* 12.159.
[550] *En.* 8.338.
[551] *En.* 5.798.
[552] *En.* 6.530.
[553] *En.* 10.901.
[554] *Bu.* 10.28.
[555] *En.* 10.900.
[556] *En.* 2.548.
[557] *En.* 10.333.
[558] *En.* 2.619.
[559] *En.* 2.118.
[560] *En.* 4.307.
[561] *En.* 5.783.
[562] *En.* 4.39.
[563] *Bu.* 8.47.
[564] *En.* 2.595.
[565] *En.* 4.516.
[566] *En.* 10.188.

567 *En.* 1.27.
568 *En.* 6.512.
569 *En.* 10.600.
570 *En.* 9.356.
571 *En.* 1.28.
572 *En.* 12.14.
573 *En.* 2.701.
574 *Ge.*3.181.
575 *En.* 12.620.
576 *En.* 12.694.
577 *En.* 2.70.
578 *En.* 6.343.
579 *En.* 8.612.
580 *En.* 6.869.
581 *En.* 6.133.
582 *En.* 6.759.
583 *En.* 2.67.
584 *En.* 4.453.
585 *Bu.* 6.47.
586 *En.* 11.480.
587 *En.* 5.293.
588 *En.* 1.707.
589 *Ge.* 4.475.
590 *En.* 11.50.
591 *En.* 8.598.
592 *En.* 9.618.
593 *En.* 2.680.
594 *En.* 2.682.
595 *En.* 5.683.
596 *Bu.* 9.60.

597 *En.* 7.77.
598 *En.* 7.75.
599 *Ge.* 3.565.
600 *Ge.* 3.566.
601 *En.* 4.123.
602 *En.* 2.130.
603 *En.* 4.164.
604 *En.* 5.677.
605 *En.* 5.662.
606 *En.* 5.684.
607 *Ge.* 3.549.
608 *En.* 1.439.
Correção: em Virgilio, "mirabile dictu".
609 *Ge.* 4.562.
610 *En.* 9.58.
611 *En.* 7.477.
612 *En.* 12.847.
613 *En.* 9.548.
614 *En.* 11.88.
615 *En.* 9.490.
616 *En.* 2.70.
617 *En.* 9.427.
618 *En.* 9.493.
619 *En.* 3.654.
620 *En.* 6.458.
621 *En.* 1.364.
622 *En.* 6.788.
623 *En.* 6.152.

624 *En.* 2.214.
625 *En.* 3.488.
626 *Bu.* 5.42.
627 *Bu.* 8.47.
628 *En.* 12.805.
629 *En.* 8.557.
630 *En.* 8.49.
631 *En.* 10.668.
632 *En.* 2.539.
633 *En.* 2.668.
634 *En.* 11.37.
635 *En.* 10.881.
636 *En.* 10.649.
637 *En.* 6.529.
638 *En.* 1.676.
639 *En.* 12.892.
640 *En.* 11.369.
641 *En.* 9.560.
642 *En.* 12.892.
643 *En.* 6.527.
644 *En.* 10.879.
645 *En.* 7.128.
646 *En.* 9.135.
647 *En.* 3.11.
648 *En.* 1.341.
649 *En.* 11.196.
650 *En.* 6.797.
651 *En.* 2.70.
652 *Bu.* 3.79.
653 *Bu.* 3.110.

Ausonii
Epigramma

Epigramma CXXIX

Medeam uellet cum pingere Timomachi mens
uoluentem in natos crudum animum facinus
immanem exhausit rerum in diuersa laborem
fingeret affectum matris ut ambiguum.
Ira subest lacrymis; miseratio non caret ira.
Alterutrum uideas, ut sit in alterutro.
Cunctantem satis est: non digna est sanguine mater
natorum; tua non dextera, Timomache.

Epigramma CXXX

Quis te simulauit, pessima Colchis/
in natos crudum uoluere mente nefas?
Vsque adeone sitis puerorum haurire curorem
ut ne picta quidem parcere caede uelis?
Numnam te pellex stimulat? Numne alter Iason altera uel
Glauce, sunt tibi causa necis?
Quin ne picta quiden sis barbara: namque tui uim
cera tenax zeli concipit immodicam.
Laudo Timomachum, matrem quod pixit in ense cunctan-
tem, prolis sanguine ne maculet.

Epigramas
de Ausônio

Epigrama 129

Quando Timômaco u'a *Medeia* quis pintar,
com crueldade intentando o crime contra os filhos,
realizou grande esforço em coisas diferentes,
para representar o ambíguo amor materno.
Há compaixão na ira, há ira sob as lágrimas –
o que vires em um, assim seja no outro.
Está muito hesitante: a tua mão não merece
ó Timômaco, u'a mãe com o sangue dos filhos.

Epigrama 130

Quem foi que te pintou, ó péssima das colcas,
co' a mente a preparar um crime contra os filhos?
Queres haurir por sede o sangue dos meninos
quando, senão pintada, os poupa de morrer?
Te atiça acaso a amante? Ou será que, de um lado,
Gláucia e, de outro, Jasão motivam-te a matar?
Para que bárbara não sejas na pintura,
só a cera receba os teus fortes ciúmes.
Louvo Timômaco: pintou u'a mãe co' espada
a hesitar, sem manchá-la co' o sangue da prole.

Draconcius Medea

Medea

Fert animus uulgare nefas et uirginis atrae
Captiuos monstrare deos, elementa clientes,
Naturam seruire reae seruire puellae,
Astra poli et Phoebi cursus et sidera caeli
Arbitrio mulieris agi, perferre Tonantem 5
Quod iubeat Medea nefas, ubi mittere flammas
Imperet aethereas. Penetrat uox illa per auras
Cum uitas mortesque facit, cum fata retorquet
Ad cursus quoscumque uelit. Licet hospite caeso
Seruiat et Scythicae currat per templa Dianae, 10
Possidet astrigerum funesto pectore caelum
Et superos impune premit prece nixa uirago
Inuitos parere sibi. Quae carmina linguis
Murmuret aut urens species quae nomina dicat,
Haec uatem nescire decet, quae nosse profanum et, 15
Quae fuerit uulgasse nefas. Nos illa canemus
Quae solet in lepido Polyhymnia docta theatro
Muta loqui, cum nauta uenit, cum captus amator
Inter uincla iacet mox regnaturus Iason,
Vel quae grande boans longis sublata cothurnis 20
Palida Melpomene tragicis cum surgit iambis,
Quando cruentatam fecit de matre nouercam
Mixtus amore furor dotata paelice flammis,
Squamea uiperei subdentes colla dracones
Cum rapuere rotis post funera tanta nocentem. 25
Te modo, Calliope, poscunt optantque sorores
Dulcior ut uenias, nunc te decet ire rogatam,
Ad sua castra petunt. Lauro succincta poetae
Pegaseo de fonte ueni, quo rore medullas
Et sensus infunde meos. Cur hospes amatur 30
Qui mactandus erat uel cur mactatur amatus?

A Medeia de Dracôncio

Medeia

O ânimo faz mostrar o crime da atra virgem,
elementos servis e os submetidos deuses,
a natura ao dispor de u'a moça e princesa;
as estrelas no céu e o percurso de Febo
seguirem fêmeo arbítrio; o Tonante cumprir
o crime que Medeia ordena – onde lançar
a chama etérea. Aquela voz penetra os ventos
quando traz vida e morte, ou quando guina a sina
para onde quer. Que possa, ao matar o estrangeiro,
servir à Diana Cítia e ocultar-se em seu templo;
co' o cor funesto, a forte heroína ocupa o céu
constelado e, com prece, a impune obriga os súperos
a obedecer. O encantamento que sua língua
murmura, ou quais nomes ardentes diga, é bom
que o vate desconheça – e o que é ímpio saber,
é crime divulgar. Cantemos o que a douta
Polímnia, muda, sói dizer na cena lépida,
ao vir do nauta, quando o amante capturado
– Jasão que logo há de reinar – jaz nos grilhões;
ou o que, chorando, nos coturnos levantada,
a alva Melpômene se ergue em jambos trágicos,
dês que, em chamas a amante, o furor misturado
co' amor fez, de u'a mãe, cruenta madrasta, e as serpes
mostrando as nucas escamosas, transportaram
a má – depois de tantas mortes – sobre as rodas.
Calíope, as irmãs só te chamam e escolhem
que venhas doce – ora rogada, ires convém -
e buscam seus quartéis. Vêm co' os louros de poeta
e da fonte pegásea orvalha co' ele os ossos
e entra em meu senso. Por que o estranho, que devia
ser morto, foi amado, ou o amado foi morto?

Diues apud Colchos Phrixei uelleris aurum
Pellis erat seruata diu custode dracone.
Hanc propter pelagi temerator primus Iason
Venerat ut rutilas subduceret arbore lanas. 35
Vt Scytha conspexit Graiam de littore puppim
Ire per undosum proscissis fluctibus aequor,
Expauit, nam monstra putat: quis crederet umquam
Per freta per rabidas hominem transire procellas?
Barbarus ignaro regi iam nuntius ibat 40
Quae noua perferret pelagus, sed callidus heros
Solus Iason adhuc uento currente carina
Prosilit in fluctus et littora uisa natatu
Nudatus ceu nauta petit. Sed Colchis alumnus
Nuntius ille redit secum comitante iuuenta 45
Vt nossent quid puppis erat quid uela quid arbor.
Membra uiri mox nuda uident fugientis ad undas,
Quem sequitur directa manus capiuntque pauentem
Et manibus post terga ligant. Tunc Iuno Cytheren,
Vt uidit iuuenem Scythicas artasse catenas 50
Et pauidos fugisse simul cum puppe sodales,
Adloquitur: Lasciua Venus iucunda modesta
Blanda potens mitis fecunda uenustas amoris
Pulchra uoluptatum genetrix et numen amantum,
Te diuum regina precor matrona Tonantis: 55
Est nimis acceptus iuuenis mihi pulcher Iason
Qui gelidum quondam mecum transnauerat Istrum,
Et nunc infelix trahitur captiuus ad aulam
Aeetis immitis forsan mactandus ad aras.
Eripe captiuum retinent quem mille catenae, 60
Mitte pharetratum puerum, mea Cypris, Amorem,
Igne tuo flammata cadat furibunda uirago,
Discat amare furor, tandem sit blanda sacerdos,
Templa pharetratae contemnat uirgo Dianae,
Despiciat delubra deae. Licet immemor exstet 65
Religionis amor timeant nec fulmen amantes,
Te solam putet esse deam, te numen adoret,

Junto aos colcos, de Frixo, o tosão de ouro, há muito,
era guardado por u'a serpe vigilante.
Por isso, o primo violador do mar – Jasão –
viera para levar da árvore as lãs brilhantes.
Quando, da praia, um cita viu a popa grega
chegar no undoso plaino, em estos revirada,
temeu, pensando serem monstros – quem creria
que u' homem cruzasse o mar entre iradas procelas?
Já ao rei desavisado ia anunciar o bárbaro
que nova o mar trouxera. Então, o esperto herói,
Jasão, co' o vento, ali movendo a nau, sozinho,
se entrega ao esto, como o nauta nu que busca,
nadando, a praia à vista. Aquele núncio colco,
porém, regressa e traz consigo a juventude
p'ra conhecer o que era um barco, u'a vela e um mastro.
Logo que veem uns membros nus fugindo da água,
seguem-no em reta força, e pávido o capturam.
Prendem-lhe as mãos atrás das costas. Então, Juno,
vendo que os cíticos grilhões o moço atavam
e que na nau, por medo, os amigos fugiam,
fala p'ra Citereia: "Ó lasciva, modesta
e alegre Vênus, do amor meiga e fértil graça,
bela mãe do desejo e nume dos amantes,
eu, rainha e esposa do Tonante te suplico:
querido me é Jasão, o formoso rapaz
que um dia atravessou comigo o Istro gelado
e que, infeliz, ora é levado preso ao paço
do cruel Eetes, talvez p'ra ser morto no altar.
Salva o cativo a quem mil correntes amarram.
Envia, ó Cípria, o Amor, o menino co'a aljava,
e que, a arder em teu fogo, a irada heroína tombe,
que a fúria aprenda a amar e a maga, enfim, se abrande,
que da frecheira Diana o templo ela desdenhe
e olhe p'r'o teu. Possa, esquecido, erguer-se o amor
da religião e o raio os amantes não temam.
Creia que só tu és deusa e adore o teu poder,

Te metuat metuenda deis, te iudicet unam
Quam mare quam tellus quam numina cuncta fatentur
Imperio subiecta tuo per templa per aras 70
Esse uoluptatum dominam, quae corda parentis
Flectis et exutum telo candente Tonantem
Despiciat me saepe iubes nec castus Olympum
Destituat, sit ut imber olor, bacchetur adulter,
Vel quocumque meum placuit mutare maritum. 75
Non queror: Aesonidem tantum peto filia regis
Nunc amet et laudet, mox hunc suspiret anhelet
Quem mactare parat, soluat ceruice catenas
Torpescens armata manus, cui brachia collum
Circumdent, et mucro cadat ieiunus ad aras.' 80
Finierat matrona Iouis. Sic orsa Dione
'Me Venerem me, Iuno, decet me, blanda nouerca,
Imperio parere tuo: quid plura loquemur?
Oderunt mea castra moras.' Sic fata Cythere
Quaerit amoriferum per tota rosaria natum. 85
Ille deas ponti telo flammabat in undis
Maternis submissus aquis. Hymenaeus ad illum
Mittitur. Huic fluctus produnt fumantibus undis.
Vt pelagus caluisse uidet, 'hic aliger' inquit
' Hic latet Idalius. sed non latet, aequora feruent. 90
Agnosco stridere fretum ceu Phoebus anhelos
Oceano demergit equos, cum nocte propinqua
Luna uenit stellante polo pendentibus astris.
Huc ades, o lasciue puer, te mater ubique
Quaerit et e cunctis uestrum me misit alumnum 95
Vt uenias parcente mora.' sic fatus. At ille
Fluctibus e mediis surgens rutilante capillo
Excussit per inane caput, quatit impiger alas
Vt pinnas desiccet aquis, micat ignis ut astra
Plausibus excussus pueri, per cuncta uideres 100
Scintillare diem, uolitant super aequora flammae.
Sic ubi puniceos rutilans Aurora capillos
Pectinat ante diem quae mox perfundet Eoum.

tema-te quem os deuses temem; julgue-te a única
a quem proclamam terras, mar e todos deuses,
por templos e aras a teu mando, que és senhora
dos desejos. Do pai o coração comoves
e, amiúde, mandas que, largando a arma de fogo,
ele despreze-me, e não deixe casto o Olimpo.
Não reclamo da chuva olente, nem do adúltero,
nem que por qualquer coisa mude o meu esposo.
Só rogo que a princesa ora ame e louve o esônide;
logo suspire e anele aquele a quem se apronta
para matar. Que a mão armada, entorpecendo-se,
solte os grilhões da nuca p'ra que abraçar possa
o peito, e a lâmina, em jejum, caia no altar".
A matrona findara e Dione assim começa:
"A mim, Vênus, convém, branda madrasta Juno,
o que mandas cumprir. O que mais falaremos?
Meu campo odeia atraso". Assim, dizendo, Vênus
pelos rosais procura o amorífero filho.
Este, às deusas do mar, co' arma, na onda inflamava
sob as águas da mãe. A ele Himeneu envia
e o esto das ondas fumegantes o revela.
Vendo ferver o pego, diz: "Aqui se esconde
o alado idálio. Mas não se oculta: a água ferve.
Ouço o mar chiar como, no Oceano, Febo imerge
os arfantes corcéis quando, chegada a noite,
a lua vem ao céu cintilante de estrelas.
Vem, lascivo menino. A mãe, por toda parte
te busca e me mandou – um filho dentre os teus –
para que chegues depressa". Assim falou; e aquele,
co' o cabelo a brilhar, surgindo de entre as ondas,
levantou a cabeça e sacudiu as asas
para as penas secar. Como astros, brilha o fogo
que ele tira co' a mão – todos juntos, ver-se-ia
brilhar o dia. As chamas voam sobre as águas
qual quando a Aurora, cintilando, a coma púrpura
penteia antes que o dia espalhe-se no leste.

Phoenix sola genus senio lassata uetusto,
Cinnama cui folium nardum tus balsama amomum   105
Informant post saecla pyram reditura, sepulcrum
Conscendit factura rogos et uerberat alas
Vt flammas adsciscat auis, sic nascitur ignis
Ante alitem ambrosios iam consumpturus odores:
Sic puer Idalius spargebat plausibus ignes,   110
Piscis aues armenta pecus fera pastor anhelant
Flammigero surgente deo. Volat inde per altura.
Iam uolucer non udus erat, quocumque propinquat
Aut ubicumque fuit, blando feruore uaporat
Quem sequitur uernalis odor, uia pulchra rosarum   115
Tenditur et uiolas pallentes candida peplo
Lilia distingunt ac florea semita crescit,
Persulcans per inane polos micat orbita florum.
Cypris odoriferos sensit fraglare uolatus
'Natus adest' inquit 'multis iam spargitur aer   120
Floribus, ambrosio totum respirat odore.'
Dum loquitur lasciua Venus, uenit ecce Cupido
Fessulus et gremio matris libratur anhelans
Quo sessurus erat. quem protinus illa uolantem
Occupat et crines componit mater Amori   125
Ac puerum complexa fouet dans oscula nato.
Sic blandita iubet: 'Pyrois mens ignea mundi
Atque uapor fecunde poli, successio rerum,
Affectus natura genus fons auctor origo,
Tu uitae fecunda salus tu blanda uoluptas   130
Tu princeps pietatis, Amor, te praeduce mundo
Alternant elementa uices et non perit orbis,
Cum pereant quaecumque creat, nec sentit ademptum
Successu redeunte nouo. Venit ecce nouerca
In manibus iam Iuno meis supplexque locatum   135
Quae fuerant optanda tibi: Medea sacerdos
Sacrilega quae uoce solet compellere caelum,
Inuitos accire deos, urguere Tonantem,
Dum precibus elementa quatit mare sidera terras

Fênix é a espécie una que, exausta da velhice
(p'ra quem o nardo, o incenso e o amomo
formam u'a pira em que, após séculos, retorne)
p'ra arder a pira sobe à tumba e bate as asas
trazendo as chamas; desse modo, nasce o fogo
para, antes da ave, consumir o odor ambrósio.
Então, co' a mão, o idálio os fogos espalhava.
O pastor, a ave, a fera, o peixe e o gado arquejam
surgindo o deus que porta as chamas. Voa no alto.
Já seco o alado, de onde quer que se aproxime,
por onde vai brando vapor se exala, e o segue
o olor primaveril. Alarga-se o rosal.
Violetas claras se distinguem pelo manto
dos alvos lírios. Cresce um caminho florido;
brilha, sulcando o céu, uma roda de flores.
Do odorífero voo, a cípria sente o cheiro
e diz: "Meu filho chega! O ar de flores se espalha;
co' ambrósio odor tudo respira". Enquanto Vênus
lasciva fala, eis que Cupido, cansadinho,
arfante chega e, se sentando no materno
colo, embala-se. A mãe do Amor logo segura
o alado e ajeita seus cabelos; dando beijos
no filho, o acaricia. Abraçada ao menino,
mansinha ordena: "Ó fogo, ígnea mente do mundo,
fértil vapor do céu, ó sucessão das coisas,
ó origem, fonte, autor, raça, natura, afeto,
branda volúpia, salvação fértil da vida,
da fé príncipe, Amor. Conduzindo tu o mundo,
os elementos se sucedem, não morre o orbe
- quando o que cria morre, a falta não percebe
na sucessão voltando. Eis que a madrasta Juno
às minhas mãos veio rogar que te emprestasse,
pedindo a ti o que for. Medeia, a maga que usa
chamar o céu com voz sacrílega, invocar
ínvitos deuses, vexar Jove e, enquanto abala
com preces astros, terras, mar e os elementos,

Naturam turbare simul, tua tela medullis   140
Excipiat – Hoc Iuno petit iuuenemque Pelasgum
Diligat optet amet cupiat suspiret anhelet.
Sollicitus tamen ista para cautusque memento:
Medeam fixurus eris.' Sic fata Dione.
Risit Amor matrisque sinu se subtrahit ales,   145
Spicula saeua legit quibus olim Luna per umbras
Pastorem flammata tenet, nec sustinet ignes
Luna Cupidineos Solis quae sustinet orbem
Et fratris radiis conceptus lucis adoptat.
Hoc ait ignipotens: 'Telo Medea cremetur   150
Quo Scythicam succendit amor dominaeque fauillas
Excutiam per templa uolans, et uirgo cruenta
Adprobet hos arcus dominae plus posse pharetris,
Namque Diana feras, ceruos et figere dammas
Adsolet: hoc telum reges et numina figit.'   155
Quattuor interea niueas adstare columbas
Cypris amoena iubet, roseis frenantur abenis,
Candida puniceis subduntur colla rosetis,
Nam iuga suntcompacta rosis, fert dextra flagellum
Purpura quod mollis tenuis quod sericus ornat.   160
Iam uolucer conscendit aues et blanda uoluptas
It comes, amplexus ueniunt, Hymenaeus adhaeret,
Gaudia concurrunt, risus atque oscula pergunt.
Nam licet Idalias sociarint frena columbas
Et iunctae per cuncta uolent, tamen impiger ales   165
Nunc hanc nunc illam residet gaudetque iugales
Iam releuare suas et se pensare uolatu.
Sublatum propriis persentit in aera pinnis
Aurigam quadriga uolans, iterumque columbas
Adpetit et pharetris conlidit dorsa uolantum.   170
Nondum per Scythicas glacies stat barbara Colchis
Sed iam bruma rigens Arctoi tristior axis
Tollebat concreta gelu, it pinniger audax,
Et magis accessu pueri plaga maesta serenat
Aduentum testata dei, mox tetra fugantur   175

a natura turbar, tua arma acolha nas vísceras –
Juno isso pede – e que ao pelasgo moço escolha,
ame, deseje, almeje e anele. Ansioso, enfim,
essas coisas prepara e lembra com cuidado:
Tu cravarás Medeia". Assim Dione falou.
O amor alado ri, deixa o seio da mãe
e escolhe o espinho, com que há muito a lua em chamas
toca o pastor – os cupidíneos fogos não
suporta a lua, que suporta o orbe do sol
e prefere colher raios de luz do irmão.
O ignipotente diz: "Que Medeia se queime
co' a flecha com que o amor inflama a cítia; e as cinzas
voando sacudirei no templo. Veja a cruenta
que este arco pode mais do que a aljava da deusa
pois Diana usa acertar feras, gamos e cervos,
enquanto a minha flecha acerta os reis e os deuses.
No entanto, a amena cípria ordena que se apresentem
quatro alvas pombas. Róseas rédeas as enfreiam;
brancos pescoços vão sob um leito de rosas,
montes de rosas! Traz a da destra um chicote
ornado com fina e macia seda púrpura.
Já ergue as aves o alado, e a volúpia o acompanha
branda, os abraços vêm; Himeneu se avizinha,
gáudios concorrem, andam ósculos e risos.
Freios podem jungir, pois as pombas idálias
que a toda parte vão. Então, o lesto alado
ora uma, ora outra monta e voando se diverte
de pesar e aliviar seus pássaros jungidos.
Voando, a quadriga sente o auriga no ar levado
sobre suas penas; e ele outra vez chama as pombas
e acerta co' o carcás o dorso das voadoras.
Ainda no gelo cítio não se encontra a bárbara;
porém, mais triste, enregelante trazia a bruma
dura co' o gelo do Arcto. Audaz segue o pinígero
e, quanto mais anda, serena a triste plaga
mostrando vir um deus. O flamígero afasta

Nubila, caeruleos excludit flammiger imbres.
Impia iam Colchis iam saeuior ara Dianae
Coeperat ostendi, iam tunc mandante tyranno
Ecce trahebatur ceu taurus pulcher Iason,
Quem sequitur Medea nocens urguetque ministros 180
Nudato mucrone furens. Delubra subibant
Iamque propinquabant aris, sed numen amantum
Furtim templa petit, sonuerunt tela pharetris,
Exultat gauisa nimis Medea sacerdos:
Telorum strepitum castae putat arma Dianae 185
Increpuisse tholo, credit sua uota sacerdos
Ante preces audisse deam. Mox numen adorans
'Omen adest' inquit 'Triuiam te, Luna Diana,
Confiteor perstans, heres Proserpina mundi,
Nam tria regna tenes: tu caelo Cynthia regnas, 190
Venatrix terrena micas, capis atria Ditis,
Tempora distribuens, regnis et cursibus apta:
Iam grates audita loquor. Iacet hostia templis
Per fluctus aduecta tuis.' Sic fata per aras
Virgo cruenta molam perfert. At mystica nutrix 195
Fessa licet tremebunda gemat, tamen ipsa iacentem
Tendere colla iubet uel pectora prona supinet.
Ergo peregrinus cum iam uersatur Iason,
Forte oculos per tecta leuat, uidet ecce uolantem
Atque salutantem puerum. Sed nauta precatur 200
Murmure sollicito numen quod mundus adorat:
'Si caelum si terra tui sunt, alme, triumphi
Vel quidquid natura creat, si sanguinis expers
Mortis et infaustae, sed sunt tantum hostia flores
Matris et insertae pendent per templa coronae 205
Sanguine uirginei tantum contenta pudoris:
Eripe me his inuicte malis. Ego uictima seruor
Atque utinam seruer, iaceo feriendus in aris.'
Audiit ignipotens, hominum nam murmura sentit,
Et ridens gauisus ait: 'pirata decore, 210
Quid metuis quem fata manent, cui uita superstes

as nuvens tétricas e expulsa as tempestades.
Já começavam a ser vistos a ímpia colca
e o altar de Diana. Então, por ordem do tirano
eis que o belo Jasão é trazido qual touro.
Nociva vai Medeia e, em fúria, impele os servos
co' a espada nua. Já acercavam-se do templo
e dos altares. Mas o nume dos amantes
furtivo chega e do carcás as flechas soam.
Rejubilando-se, Medeia exulta e pensa
que a arma da casta Diana o estrépito das flechas
soara no templo. A maga crê que, ante suas preces,
a deusa ouvira o rogo. Então, cultuando o nume,
diz: "Chega o agouro! Que és a trívia – Diana, Lua
e Proserpina, a dona do orbe – atesto firme,
pois tens três reinos. Tu, Cíntia, reinas no céu;
na terra brilhas, caçadora; e tens o inferno,
partindo os tempos, apta aos reinos e aos caminhos.
Já ouvida, eu agradeço. A vítima trazida
pelas marés jaz em teu templo". A cruenta virgem
deita a mola no altar. A mística nutriz
geme tremendo e arfante. Ela ordena ao jazente
esticar o pescoço ou supinar o peito.
Estando já virado, o estrangeiro Jasão
por acaso olha o teto, e eis que avista o Cupido,
que voa e acena. Então, o nauta, co' um murmúrio
aflito roga ao deus a quem o mundo adora:
"Se são teus triunfos, ó almo, o céu, a terra ou tudo
que, sem o cruor da morte infausta, a natureza
produz, então, p'ra mãe são oferendas tanto
as guirlandas de flores que pendem no templo
quanto lhe apraz o cruor do pudor virginal.
Do mal me livra. Eu sou guardado como u'a vítima!
Me oxalá guardes. Jazo pronto a ser ferido"!
O ignipotente ouviu. Percebe os ais do moço
e rindo diz: "Por que temes quem traz o Fado,
belo pirata, p'ra quem resta até aqui a vida,

Restat adhuc, quem regna petunt, cui pellis amata
'Imminet et coniunx dabitur Medea sacerdos'?
Sed memor esto mei ne te fortuna superbum
Reddat et incipias iterum ceu nauta uenire.'   215
Dum loquitur pinnatus Amor, iam uirgo leuabat
Destricto mucrone manura. Captiuus Iason
Exclamat: 'succurre Venus, succurre Cupido.
Iam ferior, Medea ferit.' sic fatus. At ille
Ignea sidereo componit spicula neruo,   220
Misit arundineum per flammea cornua ferrum,
Stridula tela uolant: rapiunt praecordia flammas,
Corda calent oculique labant, suspiria rumpuut,
Marcida funereum laxauit dextera ferrum.
Sed nutrix mirata moras 'dic uirgo quid haeres?'   225
Increpat 'ecce feri. Fibrae rapiantur et exta,
Consultum det fata iecur. Medea moraris?
Occidimus. Torpescit iners antistita Phoebes
Permixto pallore rubens, non lumina uibrat,
Non furit aut tremuli strident in murmure dentes.   230
Cur homicida uacas et stas rea? Sed rea non es
Si fueris homicida magis. Cur explicat artus
Aut tangit cur saepe caput, quid spirat hiatus
Oris et ad zonam digiti mittuntur inermes?
An magus est pirata iacens et sacra Dianae   235
Murmure sollicito prohibet soluitque profanus?'
Dixerat et gladium dextrae reuocabat inerti
Impia turpis anus. Rursus conclamat Iason:
'Victima sum, pereo, iugulus male mucro minatur,'
Pinnatus subrisit Amor rursusque sagittas   240
iecit et ardentis nutantia corda fatigat.
Aestuat interea sacris repetita sacerdos
Ignibus. Effatur: 'non est haec uictima digna.
Nou torta ceruice iacet, male palpitat artus,
Erigit impatiens et saucius ante dolorera,   245
Sanguine membra carent. iam non erit hostia grata
Quae sicco mucroue cadet.' Conuersa sacerdos

por quem procuram reis, o amado velo alteia
e a quem Medeia será dada por esposa?
Lembra de mim. De novo a Fortuna não faça-te
insolente e, outra vez, ponhas-te a agir qual nauta".
Enquanto fala o alado Amor, na mão já a virgem
levava o gume. O capturado Jasão clama:
"Valei-me Vênus e Cupido, sou ferido:
Medeia fere"! Assim falou. Aquele apresta
co' o divino tendão as abrasadas setas
e pelo arco de fogo atira a haste de ferro.
Chiando, a arma voa: o peito inflama-se e se aquenta
o coração; os olhos tremem, ais se irrompem
e a enlanguescida mão soltou o funéreo ferro.
Mas a ama, pasma co' a demora, increpa: "Ó virgem,
diz, por que hesitas? Fere! Saca as veias e as vísceras.
Dê o fado o fígado. Medeia, se atrasares,
morremos. Se entorpece a antístite de Febo,
cora com palidez misturada, não pisca,
não se enfurece nem ressoa co' ais os dentes.
Por que descansas, ré assassina – e ré não és
se mais matares. Por que o braço expõe-se e toca
tanto a cabeça? Por que a boca expira e os dedos
ao cinturão inermes chegam? Será um mago
o pirata que jaz e, co' aflito murmúrio,
proíbe e desfaz, profano, o sacrifício a Diana?
Dissera e devolvera a espada à mão inerte
a ímpia e malvada anciã. Jasão de novo exclama:
"Sou vítima, pereço! O gume ameaça a gorja".
O amor alado riu e outra vez atirou
ardentes flechas – e o abalado cor oprime.
No entanto, procurando o sacro fogo, a maga
se inflama e diz: "esta não é u'a digna vítima:
não jaz co' a nuca curva, agita mal os braços
e ante a dor se ergue, fatigado e mal sofrido.
Aos membros falta sangue. Ingrata seria a vítima
que o gume seco imola". E a maga ao moço volta-se:

Ad iuuenem: 'dic nauta fugax, pirata nefande:
Est consors matrona decens an caelibe uita
Degis adhuc nullumque domi tihi pignus habetur?' 250
'Solus' ait captiuus 'ego, mihi pignora nulla
Coniugis aut sobolis.' dictis gauisa uirago
Blanda refert: ''uis ergo meus nunc esse maritus?'
'Seruus' Iason ait 'tantum ne uita negetur
Te precor et dominam fateor.' Sic fatus. At illa 255
Rumpit uincla iubetque uiro suspendat ab aris
Vt facinus purget proprium. Vocat ipsa maritum
Vestibus indutum Tyriis quas sericus ambit
Mollis et in medio fuluum distinxerat aurum,
Blattea puniceo radiabant stamina filo. 260
Expauit nutrix, omnes stupuere ministri.
At puer ignipotens uictor per templa triumphat,
Nudus ludit Hymen, mollis lasciuia saltat,
Blanda libido coit, simplex affectus inhaeret,
Ludicra puniceis resonabant oscula labris, 265
Dant faciles plausus concordia gratia lusus:
Sponsus Iason erat gaudens et sponsa sacerdos
Ad thalamos post templa ruit. Tunc pronuba Iuno
Adfuit et grates Veneris facunda canebat.
Ecce triumphantes ingratia dura iugales 270
Consequitur gressu consors, obliuio iungit.
Marcidus interea domitis rediebat ab ludis
Liber anhelantes residens post proelia tigres,
Quem sequitur iucunda manus saltare parata
Ebria pampineis miscens uestigia thyrsis. 275
Sensit amoriferum Scythicam fixisse sagittis
Et uolucrem puerum populatum templa Dianae
'Illo iam gressus' dixit 'conuertite tigres,
Estis opus, mea turba, deo. Properate ministri.
Pinniger Idalius minor est sine munere nostro.' 280
Dixerat et Scythiam Bacchus iam sponte petebat.
Iam uenit ad Colchos, iam se Semeleia iungunt
Agmina, Bybliades saltant Bacchaeque rotantur.

"Diz, ó nauta fugaz, ó pirata nefando,
é decente esposa ou solteiro consomes
até hoje a vida, sem nenhum filho no lar"?
"Sou só", diz o cativo. "Eu não tenho nenhum
filho ou esposa". A fala alegra a mulher, e, branda,
ela responde: "Então queres ser meu marido".
"Sou um servo", diz Jasão. "Não me negando a vida,
dona te rogo e atesto"! Assim diz e ela rompe
a corrente e ao varão ordena erguer-se da ara
para purgar seu crime. Ela chama o marido
que traja u'a veste tíria orlada por macia
seda – ouro fulvo a repartia na metade;
com fio róseo, o pano púrpura brilhava.
A ama espantou-se, todos servos se pasmaram
e, vencedor, triunfa no templo o ignipotente.
Nu, Himeneu brinca, salta a lépida lascívia,
libido se une e o afeto simples vem pegado.
Jucundos beijos nos rosados lábios soam,
aplaudem fáceis a concórdia, a graça e o brinco.
Jasão, o noivo, se alegrava, e a maga, a noiva,
no leito atrás do templo, cai. Prónuba Juno
então chegou, cantando, e a Vênus dando graças.
E a dura ingratidão às triunfantes parelhas
co' esquecido andar eis que acompanha o esposo.
Líber, no entanto, dos vencidos jogos, bêbado
voltava, após as guerras, sobre arfantes tigres.
Segue-o uma turma alegre, ébria e pronta a dançar,
aos passos misturando emaranhados tirsos.
Vê que o amorífero menino alado à cítia
flechara e devastara o santuário de Diana.
"Voltai-lhe o passo, tigres", diz, "Estais, meu bando,
a serviço do deus. Escravos, apressai.
Sem nossa ajuda o alado idálio é diminuído".
Dissera e, já buscando a Cítia por vontade,
aos colcos chega. A ele se ajunta a semeleia
malta e as biblíades bacantes dançam, rodam

Venatu interea rediens delubra petebat
Plectriferi germana dei, mirata repente 285
Quod sileat templum, subito quod sparsus ubique
Ambrosius sic fraglet odor. Sonuere per aures
Fescennina deae. Pulchrorum uota geruntur:
Iungitur Aesonidi fulgens Medea marito.
Erubuit doluitque simul: 'non omine fausto 290
Coniungatur' ait 'nec prospera flammea sumat.
Displiceat quandoque uiro cui turpiter audax
Sacrilegus processit amor, sed iustius opto:
Perfidus egregiam contemnat nauta iugalem,
Dulcior affectus uel amara repudia mittat. 295
Funera tot uideat fuerint quot pignora mater,
Orba parens natos plangat, uiduata marito
Lugeat et sterilem ducat per saecula noctem.
Aduena semper eat, se tanti causa doloris
Auctorem confessa gemat.' Sic fata Diana 300
Tristis abit, delubra tacent, sacraria maerent,
Sanguine templa carent, nutrix tamen atria tantura
Templorum seruabat anus; haec anxia crimen
Virginis et raptum deflebat maesta pudorem.
Qualis in exhaustis per sordida tecta ruinis 305
Strix nocturna sonat rostro stridente per umbras
Qualis et horrendus funesto carmine bubo
Conqueritur deflenda gemens dimi tristia maestus
Funerea sub nocte canit, sic anxia nutri
Ingemit et tremulas diffundit maesta querellas. 310
Nuntius interea maesto uolat ore satelles
Ad regem subuectus equo, natamque tyranno
Indicat ignoto passim nupsisse marito.
Expauit genitor. Sic quondam tristis Agenor
Concidit Europae senior fraudatus amore 315
Cum nesciret adhuc generum meruisse Tonantem.
Ira dolor numen pietas iniuria regnum
Concutiunt franguntque uirum, iubet arma ministris,
Coniugii nam fama ducem rapiebat in enses.

Vindo da caça, então, a irmã do deus plectífero
voltava ao templo. De repente, ficou pasma
co' o seu silêncio e porque aqui e ali cheirava
o ambrósio odor. A deusa ouviu os fesceninos
trazendo os votos dos formosos: que Medeia
se unisse fulgurante ao esônio marido.
Corou-se ela e sofreu: "Com mau agouro, case-se",
diz "e não se erga u'a boa chama, mas desgoste,
pois que ao homem u' amor audaz, torpe e sacrílego
conduz. Então mais justo eu decida: que o pérfido
nauta despreze o egrégio enlace e que afetado
mais docemente o mande ao amargo repúdio.
Que tantos mortos quantos filhos a mãe veja
e chore sem a prole. Enviuvada, pranteie
o esposo, e siga u'a noite estéril pelos séculos.
Seja estrangeira sempre e gema ao confessar-se
causa de tanta dor". Assim falando, Diana
triste se afasta. O templo cala-se e se aflige
precisando do sangue. A velha ama, porém,
guardava o átrio no templo, e angustiada chorava
o raptado pudor e o crime da donzela.
Qual na sórdida casa em ruínas, uma bruxa
noturna soa, pela sombra, a boca estrídula,
ou como o horrendo mocho chora, em pieira fúnebre,
lamentável tristeza enquanto mesto canta
sob a noite feral, assim geme a ama aflita
e mesta alastra as queixas trêmulas. No entanto,
com mesta fala, um sentinela núncio voa
ao rei, sobre um corcel, e ao tirano revela
que co' um marido estranho a filha se casara.
Pasmou-se o pai, como Agenor que, outrora triste,
logrado pelo amor de Europa, se abateu
sem saber que ganhara o Tonante por genro.
Do reino, a injúria, a fúria, a dor, a fé e o nume,
abalam o varão, que às armas manda os servos,
pois das bodas a fama aos gládios o levava.

Cum poenas mortesque parat, uenit Indus ad aulam   320
Liber et egregia compressit uoce furentem:
'Sic tibi, rector' ait 'mentem possedit inanis
Relligio? sic pignus amas ut tela parentur ?
Quid furis? Exspecta dulces de prole nepotes.
Virginitatis onus melior tolerare sacerdos   325
Non potuit, feruescit amans: et casta Diana
Pastorem confessa uirum.' Haec Liber aiebat.
Mulcentur iam corda ducis natamque turannus
Purgat et extemplo Medeae laudat amorem.
Sic meruit ueniam geuerum confessus Achilles,   330
Sic pater ignouit Lycomedes pectore natae,
Et Pyrrhum suscepit auus gremioque nepotem
Fouit et ad Troiam post crimina misit Achillis.
Vt Scytha mollitus blanda pietate mitescit,
Mox iubet ut generum uel pignus regis ad aulam   335
Deposito terrore uocent. Tunc regia lauro
Ciugitur et postes soceri pia serta coronant.
Mox thalamos subiere pares, laetatur Iasou
Sponsus et in castris Veneris Medea triuniphat.
Quattuor interea Phoebus transegerat annos,   340
Sed natos Medea duos fecunda marito
Ediderat, cum nocte iacens suspirat Iason.
Nec gemitus latuere magam: 'quam, callide, fraudem
Quodue nefas moliris?' ait 'non fallis amantem.
Dulcia saepe uigil contrectans pectora coniux   345
Agnoui quia furta paras quia mente fugaci
Infaustum quodcumque cupis: secreta polorum
Cognosco, si morbus erit, si bella parentur,
Si pluet aut flamma caelum rutilante coruscet,
Et tu Medeam credis quia fallis, Iason?'   350
Tunc sic Aesonides stimulet quae cura medullas
Indicat et pellis causas uel tempore tanto
Quod lateat socios qui iam sic regnat amicus,
Consumptum quem morte putant planguntque parentes:
'Optarem reuidere meos iterumque reuerti   355

Enquanto apresta a pena e as mortes, o indo Líber
chega ao paço e co' a voz egrégia aclama o irado:
"É assim, rei, que uma fé inane tem-te a mente?
Amas tanto tua filha a ponto de te armares?
Por que iras? Vê os doces netos de tua prole.
Não tolerou a maga o ônus da virgindade
e, amando, ardeu-se – e a casta Diana o declarou
pastor dos homens." Dizia Líber e abrandava-se
o coração do rei. O tirano perdoa
a filha e logo louva a paixão de Medeia.
Como Aquiles obteve, ao declarar-se genro,
vênia; e como perdoou Licomedes à filha e
acolheu o neto Pirro, o acariciou no colo
e o enviou a Troia após o crime contra Aquiles.
Quando o cita acalmou, por piedade adoçado,
logo manda chamar, deposto o medo, ao paço
a filha e o genro. Então, o palácio do sogro
foi por louros cingido; e os postes, por guirlandas.
Ao leito subiu o par. Jasão, o noivo, alegra-se;
e, nos quartéis de Vênus, Medeia triunfa.
Febo quatro anos já, no entanto, transportara
e Medeia parira os dois filhos do esposo
quando Jasão, deitado, uma noite suspira.
O ai não se oculta à maga. "Ah, manhoso, que engano
ou crime aprontas"?, diz. "Não enganas a amante.
Tocando o doce peito, eu, esposa vígil, soube
o que aprestas de furto e o quê, co' alma fugaz,
de infausto queres. Sei dos segredos do céu,
se haverá peste, se preparam-se combates;
se choverá ou faiscará no céu a chama.
Acreditas, Jasão, que tu enganas Medeia"?
Então, o esônio conta o que o âmago lhe inquieta:
as questões do tosão; que há tempos vive longe
dos companheiros e que é amigo de quem reina
enquanto seus pais choram e o creem dado à morte:
"Quero rever os meus e voltar ao teu leito,

Ad thalamos, regina, tuos, monstrare Pelasgis
Quid coniux quid fata ualent.' Medea marito
'Iam pariter pergamus' ait 'sic aurea pellis
Tollitur ut lateant uastum mea facta draconem,'
Dixerat et stratis rapitur sub nocte silenti.   360
Astra uocans et signa ciens iubet illa Soporem
Ad nemus ad pellem uel templum Martis abire:
Dormierat serpens, pellis subtracta marito
Traditur et pariter fugerunt fratre necato.
Accipiunt natos et singula pignora portant.   365
Ventum erat ad Thebas, pellis datur aurea regi.
Miratur rex ipse Creon, laudatur Iason
Quod freta quod terras sic felix praedo uagetur.
Regis nata decens fuerat pulcherrima Glauce
Iam cui uirginitas annis matura tumebat   370
Haec ubi conspexit iuuenem, flammata nitore
Aestuat et laudans alieni membra mariti
Optat habere uirum. Sonuit genitoris ad aures.
Tunc rector Thebanus ait: 'Si Iuppiter auctor,
Si Lachesis, si fata iubent, nil ipse morabor.   375
Progenies mea turpe cupit: fortuna fauorem
Praestet et innumeri laudent per saecla nepotes.
Virgineo dabitur pellis cum dote pudori.'
Finierat senior. Votum cognouit Iason
Et grates elatus agit. Praecepta tyrannus   380
Diffundit per regna nocens, inuitat iniquus
Vt ueniant ad uota duces. Dum festa parantur,
Cognouit Medea nefas nec tardius illud
Credidit, ingratum nam senserat ipsa maritum.
Ante diem tamen illa dolens cum cerneret aulam   385
Et regis feruere domum, cum magna parantur
Prandia, uenturi mittebant praemia reges,
Signorum cursus et plenae cornua lunae
Captabat Medea furens. Iam clauserat orbem
Cynthia sidereis transcendens saltibus astra.   390
Mox Colchis se spargit aquis, et sulphura lauro

ó rainha, p'ra mostrar aos pelasgos o quanto
valem a esposa e o fado". Ao marido, Medeia:
"Iremos juntos", diz. "O tosão levaremos
p'ra que da serpe imensa os meus atos se ocultem".
Disse e, na noite muda, ela abandona o leito.
Chamando os astros e assoviando, mando o sono
ir ao templo de Marte, à mata do tosão.
Dorme a serpente. É entregue o tosão ao marido
e os dois, após o irmão matarem, fogem juntos.
Tomam os filhos – levam só os descendentes.
Chegam a Tebas e o tosão é dado ao rei.
Pasma-se o próprio Creonte e elogia Jasão
porque, feliz pirata, em terra e mar vagara.
Era filha do rei a belíssima Gláucia
de quem a virgindade os anos maturavam.
Quando viu o rapaz, pelo viço inflamada,
louvando os membros do marido alheio, queima-se
e quer ter o homem. Fala aos ouvidos do pai.
Então, o rei tebano diz: "Se Jove e Láquesis
e o fado ordenam, nada eu mesmo atrasarei.
Minha filha quer mal. Mas que a Fortuna a apoie
e muitos netos agradeçam pelos séculos.
Do virginal pudor, o dote será o velo".
Findou o velho. Jasão soube do voto e, altivo,
deu graças. Pelo reino, o malvado tirano
espalha o aviso e iníquo, chama para as bodas
os generais. Enquanto a festa era aprontada,
Medeia soube do delito, e não tardou
em nele crer, pois percebera ingrato o esposo.
No dia, então, quando, sofrendo, ela viu o paço
do rei bulir, quando o banquete era aprontado
e os reis que haviam de chegar enviavam dons,
o arco da lua cheia e o percurso dos signos
Medeia, irada, olhou. Já a Cíntia o orbe fechara
nas selvas siderais, atravessando os astros.
A colca de água se borrifa e as tochas fumam

Cum taedis fumant, purgabat membra sacerdos,
Et campum secreta petens ubi mille sepulcra
Adstabat deiecta oculos confessa reatum,
Et Lunam manibus tensis cum uoce precatur: 395
'Astrorum princeps, signorum gratia fulgens
Et caeli stellantis honos, caliginis hostis
Ac nocturnorum triplex regina polorum
Atque tenebrarum splendens patrona mearum,
Cui cancer domus est ora clarissima mundi, 400
Brachia contorquens stellis quae mense peragras
Quod Phoebus radians toto uix explicat anno,
Corporis et dominam uerax quam turba fatetur,
Tu nemorum custos tu mors pinnata ferarum,
Vrsus ceruus aper pantherae damma leones 405
Retia cum ueniunt aut cum uenabula uibrant
Ante necem tua praeda iacent: te tertius heres
Participem regni consortem iuris amari
Optauit mundumque dedit tibi dona secundum,
Sub tua terribilis rapiuntur sceptra tyranni, 410
Diues pauper inops raptor pirata sacerdos
Aduenient sub lege pari, non sorte sub una:
Tu punis post fata reos et uiscera saeuo,
Persephone, das nostra cani, post regna barathri
Quae uultum mutare soles uisura Tonantem: 415
Da ueniam, Medea precor, cum clade suorum
Non decet ira deos. Mereor pro crimine poenam,
Te feriente tamen, non ut mendicus Iason
Sit uindex, regina, tuus, qui criminis auctor
Ipse fuit. miseram solus non puniat oro 420
Qui mecum feriendus erat. Cuicumque iubebis
Colla paro feriat: tantum ne uirgo Creontis
Discidium pariat nautam ductura maritum.
Exaudi famulam, dolor est, non zelus Iason.
Quinque dabo inferias – sat erunt pro crimine nostro – 425
Ilustres animas, niueam cum Iasone Glaucen,
Mortibus amborum regem super addo Creonta

co' o louro enxofre. A maga os membros alimpava
buscando o campo de mil tumbas escondidas.
Baixando o olhar, parava, a confessar um crime.
Estendidas as mãos, co' a voz suplica à lua:
"Prima entre os astros, fulgurante dom dos signos,
honra do céu brilhante, inimiga das brumas,
tríplice rainha do noturno firmamento,
das minhas trevas, ó patrona esplendorosa,
que em Câncer tem no céu as bordas mais radiantes,
que arqueando os braços todo mês corres os astros
pois, fulgurando, o sol todo o ano acusto, expõe-te
e a multidão veraz diz senhora do corpo.
Guardiã da mata, tu, morte alada das feras,
o urso, o cervo, a pantera, os leões, o gamo e o porco
quando caem na armadilha ou, quando os chuços vibram,
morrem, despojos teus. A ti o terceiro herdeiro
da lei do reino amaro escolheu por consorte
e deu-te os dons do ínfero mundo. Sob teu cetro
terrível, morrem os tiranos. O indigente,
o raptor, o pirata, o rico, o pobre e o mago
iguais vêm sob a lei – não sob única sorte.
Punes os reis depois da morte e nossas vísceras
tu dás, Perséfone, ao cruel cão; e tu que após
do inferno sois mudar a face p'ra ver Jove.
A Medeia permite o assassínio dos seus.
Aos deuses a ira não convém. Mereço a pena,
ainda se firas tu. Que o mendigo Jasão
teu vingador não seja – o autor que foi dos crimes.
Só peço que não puna u'a pobre quem devia
comigo ser ferido. A quem quer que ordenares
que fira a gorja, apresto. A donzela de Creonte
que leva o esposo marinheiro não separe-se.
Ouve tua serva – não é zelo, é dor Jasão.
Sacrificarei cinco – o que basta a meu crime -
ilustres almas: com Jasão, a nívea Gláucia;
aduzo sobre a morte de ambos o rei Creonte

Enatos miseranda duos, mea pignora, supplex
Offero sacrilegos nostro de corpore fructus
Ne prosit peccasse mihi.' Sic fata sacerdos   430
Suspexit: tonuere poli, nec Luna uidetur
Sic tauros urguere suos sed cursibus astra
Ignitis responsa dabant. Gauisa sacerdos
Vertit ad infernum gemitus regemque barathri
Secura iam uoce ciet Furiasque precatur: 435
'Iam pie rex Erebi qui formidabile regnum
Mortis habes, quem terra premit, qui funera mundi
Excipis et tantis non exples luctibus aulam,
Anguicomae uos quoque deae quibus impius horror
Turpia uipereae funduntur membra cerastae,   440
Plurimus ora tegit pendens de uertice serpens
Et sinuant orbes per pallida colla dracones:
Si manibus laniata meis mala uictima uestros
Ad manes peruenit homo, si uiscera matris
Vos propter scindens homines in uentre necaui,   445
Nunc nostras audite preces. Regnator Auerni,
Crastina cum Glauce ueniet nuptura marito,
Mox Furias admitte tuas, properate sorores
Tartareae. Thebis iterum iam uota geruntur,
Currite, per thalamos Iocastae frater et heres   450
Coniungit natam. gens haec est uestra. Dicabit
Mortibus impietas, affectus funera praestent.
Cur mora? nam nihil est quod non me exaudat umquam.
Virginitas si casta placet, retinere pudorem
Si libet et numquam contagia blanda mariti   455
Quaeritis, innuptae nuptam exhorrete sorore.
Si Furias saeuire precor nec sponte nocetis,
Non estis Furiae, nomen mutate domosque,
Ponite serpentes, alienas reddite flammas
Et puerum Veneris quem iam tempsistis arate.   460
Dixerat et terra strepitum tremibunda ciebat,
Quo steterat Medea loco telluris hiatu
Finditur. Attonitas inclinat cautior aures

e meus dois filhos miserandos. Suplicante,
de meu corpo ofereço os sacrílegos frutos.
Que não me valha ter pecado"! Assim dizendo,
olhou p'ra cima. O céu reboou. Não viu-se a lua
seguir seus touros, mas os astros respondiam
em cursos ígneos. Satisfeita, a maga volve
ao rei do Báratro e aos infernos seus gemidos
e, já com voz segura, invoca e pede às Fúrias:
"Ó pio rei do Érebo, que tens o assustador
reino da morte – e a terra oprime, que recebes
os funerais e que de luto o átrio não enches;
e também deusas anguicomas, de ímpio horror,
vós que espalhais os membros de escamosas víboras
(do alto pendendo, cobre a face u'a serpe plúrima
e enrodilhadas cobras curvam-se na nuca):
se, infeliz vítima por mim sacrificada,
aos vossos manes homem chega; se por vós
abrindo as vísceras da mãe, matei no ventre,
ouvi-me as preces. Rei do Averno, quando Gláucia
na manhã vier co' o esposo para se casar,
manda tuas fúrias logo, apressa as irmãs
tartáreas. Já outra vez em Tebas prestam votos.
Correi. No leito, o irmão de Jocasta une a filha
e herdeira. É gente vossa. Às mortes a impiedade
consagrar-se-á, e os funerais os afetos excedam.
Tardais por quê? O que eu não ouço nunca é nada.
Se apraz a virgindade e se o pudor guardais,
Se não buscais o brando toque do marido,
horrorizai co' a amásia a noiva. Se atacar
às fúrias peço, e sem vontade o mal fazeis,
Fúrias não sois. Mudai de nome e lar. Deponde
as serpentes; fazei voltar a chama alheia
e de Vênus amai o filho que enjeitastes".
Disse, e a terra a tremer retumbava. O lugar
da terra em que Medeia estivera se abriu.
Com cautela, ela inclina os ouvidos atônitos

Et surgens 'audimur' ait 'nam terra tremescit,
Verbera plaudentum resonant per inane sororum,   465
Sibila uipereis uibrant sub dentibus angues.
Res melior tempusque monet redeatur ad urbem,
Ante tamen fluuio corpus mergatur et undis.'
Quod maga digrediens mox perficit et petit urbem.
Exilit interea tecturus Lucifer astra   470
Puniceo prouectus equo rutilusque micansque
Concusso de crine iubar dittundit in orbem
Flammigeri roseas praecedens solis abenas:
Coeperat aula ducis strepitu resonare clientum.
Iam Phoebus scandebat equos et luce rubebat   475
Post noctem uentura dies, iam tecta Creontis
Regibus implentur, iam proxima uirgo marito
Sederat et tabulas calamo sulcabat Iason.
'Conuentum pactumque' sonat 'signate tabellas'
Horrida Tartareo ueniens de gurgite uirgo   480
Tisiphone signumque premit gauisa Megaera,
Allecto testis ceras adamante notauit,
Anguibus horrendis per regia tecta flagellant.
Interea Medea nouam formare coronam
Coeperat et niueis miscebat sulphura ceris: 485
Pix et stuppa ligat, species dat quattuor artis
Mascula tura cremans, sterili suffire cypresso
Cura fuit cyproque ligat quod naufraga puppis
Perdiderat, cristata manus sancire iubetur,
Lambere caeruleis permisit serta cerastis.   490
Exitiale rapit mox praemia tetra uenenum
Atque aurum mentita nocens radiare corona
Creditur et gemmas flores imitantur iniqui.
Dum munus Medea parat haec funera Glaucae,
Processit roseis sol mundum amplexus habenis.   495
At maga sulphuream ponens ad busta coronam
Haec ait : 'O mundi facies pulcherrima Titan
Naturam feruore tenens elementa coartans,
Ne dispersa fluant aut mundi machina mergat,

e diz se erguendo: "Ouvi, a terra se estremece.
Ressoa no ar o açoite das irmãs que o estalam;
cobras sibilam sob dentes viperinos.
Melhor é a coisa. O tempo adverte à urbe voltar;
nas ondas e no rio, então, se imerja o corpo".
Após fazê-lo, a maga parte p'ra cidade.
No entanto, Lúcifer detrás dos astros sai
no esplendente corcel e, cintilando rútilo,
da sacudida coma o brilho no orbe espalha,
do sol de chamas superando as rédeas róseas.
No pátio começara o soar dos convidados.
Febo os corcéis já erguia e a alva, depois da noite,
co' a luz se avermelhava. Enchia-se já o paço
de Creonte. A virgem junto ao esposo se sentara
e as tabuinhas Jasão co' o cálamo sulcava.
"Nas tabuinhas firmai o pacto", soa a virgem
Tisífone, que vem do sorvedouro tártaro;
Megera, alegre, põe sua marca e, em testemunho,
as ceras assinou Alecto, co' adamante.
Do paço o teto sacudia co' as serpentes.
No entanto, punha-se Medeia a urdir u'a nova
coroa. Misturava enxofre às brancas cerdas.
Pez une à estopa; dá formato a quatro membros;
preocupou-se, queimando o incenso, em fumegar
co' o cipreste infecundo, e une o cipro que um náufrago
perdera; impôs à mão em crista castigar
e às serpes permitiu lamberem as guirlandas.
Logo o letal veneno toma os atros prêmios tétricos.
Crê-se que o ouro nocivo irradie na falsa
coroa, e flores más imitem pedrarias.
Ao que Medeia apronta o funeral de Gláucia,
o orbe abraçando, o sol avança as róseas rédeas.
Na pira, a maga pondo a coroa de enxofre,
diz: "Ó Titã, face belíssima do céu
que, co' o calor tendo a natura, os elementos
atas p'ra que do céu não flua e afunde a máquina;

Stelligeri iubar omne poli, quem sphaera polorum   500
Sustinet et prohibet rutilam plus ire per aethram,
Dum contra rapis axe rotas et colligis ignes
Ipse pias animas mites et claudis in aeuum
Orbe tuo, miserere tuae, deus optime, nepti.
Insidant haec serta comis et uirginis ora   505
Digna corona premat: sint, inquam, regis in aula
Munera nostra rogi, dent praemia tanta sepulcrum,
Ignea mors rapiat sponsum cum paelice busto.'
Sic effata minax Solis mox numen adorat.
'Tempus adest, pergamus' ait. Sic fata coronam   510
Tollit et insontem fingens ad tecta Creontis
Venerat; oblata sponsae dat serta puellae:
'Accipe uirgo libens auratam fronte coronam
Quam captiua dabo, qualem mea pignora sumant.'
Dixerat et capiti quod iam diademate regni   515
Splendebat fera serta locat. Laudata recedit
Colchis et infaustas uomuerunt munera flammas.
Has radians nam Phoebus alit. Iam creuerat ignis,
Vritur ingratus usta cum uirgine nauta,
Cum genero nataeque parat succurrere rector   520
Vritur ipse Creon. Rogus est mox aula tyranni.
Diffugiunt omnes populi conuiua ministri,
Saltantum fugere chori. Nam festa canentes
Ambusti lamenta sonant nec tympana plausu
Percutiunt, sed turba gemens hinc inde lacertos   525
Verberat et flentes sed non sua funera plangunt.
Stabat sola nocens necdum satiata sacerdos
Nec secura tamen: numquam sic posse uenena
Credidit aut precibus tantum seruire furores.
Sed postquam solos quos iusserat ignis adussit,   530
Tunc natos furibunda premit. Nam Mermerus insons
Et Feretus matrem blanda pietate uocabant.
Vt flammas uitare queant, infantia simplex
Affectu petit ipsa necem uel sponte pericla
Quaerit inops, passura necem mucrone parentis,   535

brilho do polo constelado, a quem a abóbada
sustenta e proíbe ires além do ardente zênite,
enquanto vais contra o eixo e coliges os fogos
e enclausuras p'ra sempre almas brandas piedosas
em tua órbita, te apieda, ó bom deus, de tua neta.
Que esta grinalda entre nas comas, e a coroa
da moça a face aperte. As piras no átrio régio
sejam dons meus e deem os prêmios os sepulcro.
Morte ígnea arraste p'ra fogueira a esposa e a amásia".
Falando assim, minaz, do sol o nume adora.
"É tempo, vamos!" diz. Então, pega a coroa.
Fingindo-se de insonte, ao palácio de Creonte
vai e dá à jovem noiva a grinalda em oferta:
"Na fronte aceita, moça, a coroa dourada
que eu, cativa, darei, e que meus filhos trazem".
Dissera, e na cabeça em que já fulgurava
a tiara régia, ajusta a atroz grinalda. A colca
louvada parte e o dom vomita infaustas chamas.
Radiante, Febo as alimenta. O ingrato nauta
ao ver o fogo, co' a incendiada virgem queima-se.
Indo o rei Creonte socorrer o genro e a filha,
ele mesmo se queima. O pátio do tirano
logo é u'a pira. Do banquete fogem todos:
escravos, povo e coro. Os cantores da festa
meio queimados ais entoam; e os tambores
não toca a mão. Gemendo, ali braceja a turba -
os que pranteiam não choram sua morte. A maga
malvada e só não satisfeita ainda e insegura
estava. Nunca creu poder tanto o veneno
ou que às preces, assim, os furores servissem.
Então, depois que ao chão mandado, o fogo ardeu,
a furibunda os filhos pega. O insonte Mérmero
e Féreto piedade à mãe pediam. Como
não consegue evitar o fogo, a ingênua infância
co' afeto busca a morte e, de bom grado, os riscos,
pronta a aguentar da familiar lâmina a morte,

Ignari quae mater erat quid saeua pararet.
Tunc gennetrix furibunda manum suspendit et ensem
Ac fatur: 'Sol testis auus, Sol Persice Mithra,
Luna decus noctis, Furiae, Proserpina, Phiton:
Accipe Sol radians animas, tu corpora Luna   540
Nutrimenta animae, fundit quem mucro cruorem
Sumite uos Furiae, noctis rex exigat umbras.
Spiritus in uentos. Satis est punisse noceutes
Iusontesque simul miseros hoc ense necabo
Quo genitor feriendus erat, nihil ipsa dolebo   545
Si ingrata maneat nullus de gente superstes.'
Haec ait et geminos uno simul ense nouerca
Transegit pueros. Quos sic portabat ad arcem –
Vt proceres uidere nefas, timuere cruentam
Et doluere simul – ceu quondam baccha Lyaei   550
Saeua caput iuuenis mater gestabat Agaue.
'His' inquit Medea 'rogis ubi pulchra nouerca
Et pater ipse Creon uel perfidus arsit Iason
Vos, miseri, commendo mei.' Sic fata minorum
Corpora saeua parens funestos mittit in ignes   555
Et currus metuenda petit. Venere dracones
Viperea ceruice iubas et colla leuantes
Squamea, cristato radiabant uertice flammae.
Currus taeda fuit, sulphur iuga, temo bitumen
Et rota cypressus, solidarat frena uenenum,   560
Plumbeus axis erat raptus de quinque sepulcris.
Occupat illa grauem funesto corpore currum,
Ire Furor residens tetros simul imperat angues,
Tolluntur celeres, mox se tellure leuabant,
Iam nutant per inane rotae hinc inde labantes,   565
Aera saeua petit uolitans quadriga ueneni.
Et poterat fuscare diem, corrumpere uentos,
Ni Phoebus rubuisset auus de crimine neptis
Et totum meliore coma perfunderet orbem.
Saeue furor, crudele nefas, infausta libido,   570
Impietas, furiae, luctus, mors, funera, liuor,

desconhecendo o que a cruel mãe lhes preparara.
Então, a irada genitora ergue a arma e a mão,
e diz: "Testemunhai, ó avô Sol, Mitra pérsico,
ó Fúrias, Píton, Proserpina e Lua da noite:
acolhe as almas, sol radiante, e ó lua, os corpos
que às almas nutrem. Tomai vós, Fúrias, o cruor
que a faca verte, e o rei da noite exija as sombras.
Almas aos ventos! Inocentes e culpados
juntos basta punir. Matá-los-ei co' esta arma
com que devia ao pai ferir. Não condoerei
se dessa gente ingrata nada mais restar".
Disse, e a madrasta co' u'a arma só, trespassa as duas
crianças. Então, p'r'o alto os levava quando os nobres
viram o crime, se apiedaram e temeram
a cruenta, como outrora, Agave, a atroz bacante
que, sendo mãe, levava a cabeça do filho.
Diz Medeia: "A essa pira onde a bela madrasta,
o pérfido Jasão e o próprio Creonte queimam,
pobres meus, vos confio". Assim falando, a mãe
lança ao funesto fogo os corpos dos pequenos.
Temível, chama o carro. As serpentes chegaram
erguendo na cerviz juba e nuca escamosa.
Chamas raiavam na encristada ponta. O carro
era uma tocha; enxofre, o jugo; o vieiro, pez;
cipreste, a roda. Ao freio, o veneno enrijara
e o eixo de chumbo foi roubado em cinco túmulos.
Com seu corpo funesto, ela sobe no carro;
junto o furor sentando, ordena irem-se as cobras.
Lestas se ergueram e elevaram-se da terra.
Então, librantes, nutam pela rota inane.
A atroz quadriga venenosa pelo ar voa.
Ofuscaria o dia e viciaria os ventos
se Febo não corasse ante os crimes da neta
e, melhor, não lançasse a coma em todo o mundo.
Libido infausta, furor sevo, crime cruel,
fúrias, livor, morte, impiedade, luto e enterros

Linquite mortales miseroque ignoscite mundo,
Parcite iam Thebis, diros cohibete furores.
Inde uenit quodcumque nefas. Sic Cadmus aratro
Obruit infaustis crudelia semina sulcis, 575
Inde seges ferrata micat, uel Martis anheli
Heu male conceptis praegnatur terra uenenis:
Emicuit galeata cohors aciesque nefanda,
Rumperet ensiferis cum forrea messis aristis,
Insurgunt clipeis, rapiunt simul arma phalanges 580
Mortibus alternis et mutua fata minantur,
Fraternumque nefas qui gessit uindicat ensis.
Inde Athamas miserandus erat, miser inde Palaemon,
Inde Iocasta fuit, turpis fuit Oedipus inde,
Inde Eteocles erat frater Polynicis et hostis, 585
Et Polynices inops germani morte peremptus.
Blanda Venus, lasciue puer, Semeleie Bacche,
Parcite uos saltim Thebis, quibus auctor origo
Aut soboles praeclara fuit: tibi mater, Iacche,
Thebana de stirpe tuam Thebisque, Dione, 590
Harmoniam nupsisse ferunt: pro munere Thebae
Et pro tot meritis sic funera tanta merentur?
Crimen erit genuisse deos, iam Creta Tonantem
Depositum nutrisse neget, iam Delos in undas
Fluctuet et paueat partus meruisse deorum, 595
Te Venerem freta uestra negent, abiuret Amores
Cyprus et Idalium pigeat cohiisse Dionen,
Vulcanus Lemno, Iuno spernatur ab Argis,
Gorgone torribilis Pallas damnetur Athenis,
Sitque nefas coluisse deos, quia crimen habetur 600
Relligionis honos, cum dat pro laude pericla.

mísero orbe esquecei e deixai os mortais.
Poupai já Tebas, impedi os diros furores.
Todo crime então vem. Assim, co' o arado, Cadmo
sementes cruéis enterra em sulco abominável.
De ferro, a sege brilha, como se do arquejo
de Marte, a terra, ó!, se emprenhasse de venenos.
Co' elmos desponta a coorte e o exército nefando.
Quando, co' ensíferas espigas brota a messe,
escudos se erguem e as falanges pegam armas.
Ameaçam-se co' o fim mútuo e alternadas mortes,
e quem comete o fratricídio, a espada vinga.
Pobre era Palemão e miserando, Atamas.
Jocasta e Édipo, então, foram torpes. Etéocles
era inimigo e irmão de Polinices, e este
desgraçado morreu pela morte do irmão.
Branda Vênus, Cupido e semeleio Baco,
ao menos Tebas perdoai vós, dos quais origem,
criadora ou nobre filha foi: tua mãe, Iaco,
é de estirpe tebana e Dione, tua Harmonia
em Tebas se casou. Devem-se tantas mortes
ao dom tebano e a tantos méritos? Será
crime ter deuses concebido. Creta negue
ter nutrido o Tonante, e Delos tema ter
dos deuses merecido o parto, e que flutue.
Teu mar, Vênus, te negue; os amores abjure
Chipre; e o idálio Dioneu ter cultuado, envergonhe.
Argos e Lemnos, Juno e Vulcano desprezem.
Palas co' a Górgona, condene-se em Atenas
e seja crime ter cultuado deuses, pois
é crime a fé, quando o louvor perigos traz.

Bibliografia

ÁCIO. In: *Remains of Old Latin - Livius Andronicus, Naevius, Pacuvius, Accius*. Tradução de E. H. Warmington. Cambridge: Harvard University, 1936. v. 2.

AUSÔNIO. In: D. MAGNI AUSONII. *Opera Omnia*. London: Bipontina, 1823.

DRACÔNCIO. In: DRACONTIUS. *Carmina Minora Plura Inedita*. Lipsiae: Teubner, 1873.

ÊNIO. In: *Remains of Old Latin*: Ennius Caecilius. Tradução de E. H. Warmington. Cambridge: Harvard University, 2006.

HIGINO: HYGINUS. *The Myths of Hyginus*. Tradução de M. Grant. Lawrence: University of Kansas, 1960.

HOSÍDIO GUETA. In: OSIDIO GUETA. *Medea. Tragedia Centone Virgiliano*. Tradução de Pietro Canal. Venezia: Dita, 1851.

OVÍDIO. In: OVID. *Heroides. Amores*. Tradução de Grant Showerman. Cambridge: Harvard University, 1914.

OVÍDIO. In: OVID. *Metamorphoses*. Tradução de Frank J. Miller. Cambridge, MA: Harvard University, 1916. v. 1-2.

OVÍDIO. In: OVID. *Tristia. Ex Ponto*. Tradução de A. L. Wheeler. Cambridge: Harvard University, 1924.

PACÚVIO. In: *Remains of Old Latin*: Livius Andronicus, Naevius, Pacuvius, Accius. Tradução de E. H. Warmington. Cambridge: Harvard University, 1936.

SÊNECA. In: SENECA. *Tragedies*. Tradução de John Fitch. Cambridge: Harvard University, 2002-2004. v. 1-2.

VALÉRIO FLACO. In: *VALERIUS FLACCUS*. Tradução de J. H. Mozley. Cambridge: Harvard University, 1934.

VARRÃO DE ÁTAX. In: *Fragmenta Poetorum Latinorum*. Ed. W. Morel. Lipsiae: Teubner, 1927. p. 93-99.

Sobre o tradutor

Márcio Meirelles Gouvêa Júnior possui graduação em Direito (2000), mestrado em Estudos Clássicos pela Universidade de Coimbra (2009), mestrado em Literatura Clássica (2007) e doutorado em Estudos Literários pela UFMG (2013). Pesquisador da Universidade de Coimbra, é professor de Língua e Literatura Latina.

Traduziu os *Cantos argonáuticos*, de Valério Flaco (Annablume, 2012). Prepara atualmente, para a Coleção Clássica, traduções dos centões virgilianos, dos *Fastos*, de Ovídio, da *Farsália*, de Lucano, e do *Apêndice Vergiliano*.

Esta edição das *Medeias latinas* foi impressa para a Autêntica pela Formato em junho de 2019, no ano em que se celebram

2121 anos de Júlio César (102-44 a.C.);
2103 anos de Catulo (84-54 a.C.);
2089 anos de Virgílio (70-19 a.C.);
2084 anos de Horácio (65-8 a. C.);
2069 anos de Propércio (c. 50 a.C.-16 a.C.);
2062 anos de Ovídio (43 a.C.-18 d.C.);
2005 anos da morte de Augusto (63 a.C.-14 d.C.),
1954 anos de Sêneca (4 a.C.-65 d.C.),
1963 anos de Tácito (56-114 d.C.);
1954 anos do *Satyricon*, de Petrônio (c. 65);
1620 anos das *Confissões*, de Agostinho (399)

e

22 anos da fundação da Autêntica (1997).

O papel do miolo é Off-White 80 g/m². E o da capa é Supremo 250 g/m².
A tipologia é Bembo Std.